세상의
벽 하나를
빌리다

세상의 벽 하나를 빌리다

최범석 지음

북하우스

I N T R O

나는 사람을 좋아한다. 그 이유는 잘 모르겠다.
무조건 좋아하는 것에는 보통 그럴싸한 이유가 없으니
이유를 찾지 못하는 게 당연한지도 모른다.
사람들 속에 있으면 이상할 정도의 위안을 받는다.
그리고 내 앞에 있는 이에게 좀 더 잘해주고 싶은 생각이 든다.
그 사람이 필요로 하든, 필요로 하지 않든 나는 그에게
좀 더 잘해 줄 무언가를 찾기 위해 그 틈을 두리번거린다.

사실 나는 사람들한테서 힘을 얻는지도 모른다. 그리고 사람들한테서 에너지를 얻고 결정적인 영감을 얻는다. 사람들하고 같이 했던 시간을 뒤로 하고 돌아오는 길에 내 두뇌는 새로운 것들로 가득 찬다. 사람을 만나고 사람을 좋아하는 비결은 이해하는 데 있다는 생각이다. 낯선 사람을 이해하려는 마음이 들면 어느 사이 나도 모르게 그 사람이 좋아진다. 그건 왜냐고 물을 일도, 또 책임져야 할 일도 아니어서 좋다.

photo by 다모리

아마도 내가 옷을 만드는 건, 모두 내가 사람을 이해하고 또 좋아하기 때문일 것이다. 그렇지 않으면 내가 만드는 옷과 그 세계는 한 순간 허물어질지도 모른다. 이 책을 준비하면서 내가 얼마나 사람들을 좋아하는지를, 또 사랑하는지를 알게 되었다. 그리고 그렇기 때문에 비로소 내 자신을 조금은 알 것 같았다. 앞으로 더 좋은 옷들을 만들어야 한다는 것도, 앞으로도 더 많은 사람들을 만나보고 좋아해야 한다는 것을 알려준 이번 작업에 감사한다.

CONTENTS

STAGE 3

STAGE 4

STAGE 5

사람들은 나에게 무모했다고 말했다.
나는 그 말이 싫었다.
차라리 '무식하다'든가, '뭘 모르는 녀석'이라고
솔직하게 말하지 않는 부분에 대해 화가 난 것인지도 몰랐다.
난 기댈 곳이 없었다.
아무 기댈 곳이 없는 나 같은 사람이 기대야 할 것이라곤
오로지 다음날 아침에 뜨는 태양뿐이었다.

STAGE 1

태현인 벌써 약속지점인 골목에서 기다리고 있었다. 그 놈은 가죽재킷에 선글라스를 끼고 있었다. 그 녀석도 나와 마찬가지로 아버지 옷을 입고 나온 게 분명해 보였다. 하지만 '주윤발처럼 꾸며보자' 는 우리의 첫번째 미션은 누가 봐도 나의 승리였다. 내가 보기에 태현인 '주윤발' 보다는 전영록이나 조용필쯤 되어 보였다.

'주윤발처럼 되기' 가 소원이었던 우리는 어느 날, '주윤발' 이나 '알파치노' 같이 멋지게 꾸미고 나서 뒷골목에서 다시 만나기로 했다. 우선 집으로 돌아온 나는 내 옷이고 형들 옷이고 마구 뒤져보았지만 어디에도 주윤발 스타일은 없었다. 그 스카프조차 없었다. 나는 아버지 옷장을 열어보았다. 아마 그 당시 우리 형제들 중에 감히 아버지 장농에 손을 대거나, 열어본 아이는 내가 처음일 거다. 멋쟁이셨던 아버지는 어디에 무엇을 두었는지 손수건이 몇 장인지까지 다 기억하실 정도로 꼼꼼하고 예민한 스타일이라 아무도 아버지 물건에 손을 대지 못했다. 그런데 아버지의 옷장 속에는 주윤발이 몇 명이나 들어 있는 것이었다. 그 옷들을 본 순간, 과연 난 어떤 배우든지 변신할 수 있을 것처럼 고민이 될 정도였다. 우선 나의 몸에 맞지도 않는 트렌치 코트를 걸쳐보았다. 한쪽 주머니 속에는 언제든지 꺼내서 방아쇠를 당길 수 있는 총이, 다른 한쪽 주머니에는 카드를 쥐고 있어야 어울릴 것 같았다. 그렇게 서서 거울을 보니 한 다섯 살 정도는 나이를 더 먹은 기분이 들

담배의 첫 모금을 들이마신 것뿐인데
필름이 거꾸로 돌아가고 눈앞이 팽팽 돌았고
머릿속은 터질 듯 어지러웠다.
마치 그보다 더 어렸던 시절의 기억들이
깜빡깜빡 편집되는 듯했다.
내 어린시절의 기억은
주윤발 스타일의 누아르 필름으로 남아 있다.
물론 B급이거나 C급일 테지만 말이다.

었다. 안에는 잘 다려진 흰색 셔츠를 받쳐 입고 화이트 머플러를 길게 늘어뜨려 포인트를 주었다. 그리고 마무리로 아버지의 흰 구두까지 신었더니 제법 그럴싸해 보였다. 처음으로 내 자신의 외모에 반한 순간이었다.

골목길에서 내 의상과 내 표정을 동시에 살핀 태현이는 역시나 두말없이 자신의 패배를 인정했다. 여기에 빼놓으면 안 될 것이 있었으니 그건 바로 지난번에 처음으로 둘이 몰래 사서 피우다 남겨둔 담배였다. 그 '문제의 소품'을 활용해야 하는 순간이 닥쳐온 것이다. 우린 골목길에서 인적이 드문 것을 확인하고 정말 마피아처럼 담배에 불을 붙여 꼬나 물고는 길을 걸었다.

그런데, 그 길 맨 끝에 나타난 한 존재가 있었으니, 바로 아버지였다. 아버지. 도대체 왜 여기에 서 계시는 겁니까.

난 바로 귓불을 잡힌 채로 집으로 끌려가야 했다. 세상에서 내가 제일 멋져 보인다고 생각했던 날이었는데…… 내 멋진 의상이 벗겨진 채로 나는 아버지에게 정말 먼지가 나도록 맞았다. 정말 많이 맞고 정말 많이 울었다. 어떻게 맞고 얼마나 울었는지는 기억나지 않지만 '정말 끝장나게'였다는 건 정확히 기억한다. 그뿐만이 아니었다. 아버지로부터 태현이와 놀지 말라는 금지령이 떨어졌다. 하지만 나는 아버지 말씀을 따를 수 없었다. 열세 살 적, '주윤발'과 '알 파치노'에 함께 열광할 수 있었던 것은 태현이뿐이었다. 우린 아버지 몰래 계속 만났고 그때마다 마피아 놀이를 해야 했다. 주윤발이 될 때까지, 더이상 주윤발이 그립지 않을 때까지…….

DR. MARTENS

'뉴키즈 온 더 블록'의 'step by step'을 매일 흥얼거리며 초등학교 5학년을 보냈던 아이. 그 중에 조던 나잇을 가장 좋아했던 아이. 뉴키즈의 비디오 테이프를 구해 옆집 친구 태현이와 되지도 않는 춤을 추면서 슬며시 외국가수와 외국영화에 눈을 돌렸던 아이. 그 아이가 나였다. 어렸을 때, 내가 접했던 외국문화는 사실 태현이가 가르쳐준 셈이다. 당시 우리 집에는 비디오 플레이어가 없었기 때문에 나는 태현이 집에서 태현이가 구해 온, 혹은 내가 구해온 비디오 테이프를 보고 또 보며 춤을 추곤 했었다. 물론 태현이 부모님이 돌아오시기 전까지만이었다.

그러다 프린스, 바비 브라운, 엠씨 해머, 보이 조지 등으로 관심영역을 넓히면서 자연스레 태현이의 집에서 롤러 스케이트 장으로 우리의 활동 무대를 넓혀갔다. 또 그러다 얼마 지나서는 외국영화들에 사로잡혔다. '대부', '언터처블', '영웅본색' 등을 봤을 때는 영화 속에 흐르는 마피아적인 분위기에 묘한 매력을 느껴 밤잠을 설치기도 했다.

아마도 그 영향 때문이었던 걸로 기억한다. 태현이와 나는 어느 날 서로 누가 먼저랄 것도 없이 담배에 손을 뻗쳐보자고 합의했다. 각각 300원씩 걷어서 겨우 담배를 샀다. 태현이 방에서 '영웅본색'을 틀어놓고 준비한 성냥으로 우린 담배에 불을 당겼다. 두렵지 않았고 떨리지도 않았다. 왜냐하면 중요한 건 '주윤발처럼'이었다. 태현이와 나, 둘 중에 누가 더 주윤발 같은가. 그것만이 문제였다.

하지만 지금 생각해보면 그때 우린 확실한 실패를 겪지 않았나 싶다. 담배의 첫 모금을 들이마신 것뿐인데 필름이 거꾸로 돌아가고 눈앞이 뱅뱅 돌았고 머릿속은 터질 듯 어지러웠다. 마치 그보다 더 어렸던 시절의 기억들이 깜빡깜빡 편집되는 듯했다. 거기서 멈출 수는 없었다.

태현이와 난 한 모금을 더 마셨고 우린 그렇게 몇 개피의 담배를 해치웠다. 그렇게 공모를 성공시킬 수 있었다는 것만으로도 내 어린시절의 기억은 주윤발 스타일의 누아르 필름으로 남아 있다. 물론 B급이거나 C급일 테지만 말이다. 안 지 얼마 되지 않은 사실이지만 방송이나 여러 매체에서 담배 노출을 자제시키는 이유가 순전히 나나 태현이처럼 따라하는 녀석들 때문일 것이다.

그 시절부터 한참 다른 친구들과 어울리기 시작했다. 역시나 초등학교 5, 6학년쯤이었던 것 같은데 그때는 자주 우이동의 4·19 탑에 가서 놀았다. 아이들과 같이 있다는 사실만으로도 마냥 신나고 재미있었다. 별 재미난 일도 없었지만 생라면을 부셔 먹으면서 말도 안 되는 얘기들이나 지껄이면서 어울리다가 해질녘에 뿔뿔이 흩어져 집으로 돌아가는 길은 꽤나 서운했었다. 누가 뭐라 해도 그때 내가 배운 그것은 분명 '낭만'이었다.

중학교 때부터 나는 소위 말하는 '날라리'의 세계로 입성했다. 일학년 때까지는 그래도 학교도 잘 다니고 수업에도 충실했지만, 이학년에 올라가면서부터는 대충 분위기 파악도 했겠다 친구들도 생겼겠다 겁없이 깡부터 생겨 아예 학교생활은 뒷전이었다. 결석도 잦았고 학교 담을 넘어서 몰래 도망치는 담치기는 내 전공이었다. 우리 패거리들은 서로 만나면 스님처럼 합장하는 포즈를 취하며 인사를 하는 등 우리만의 독특한 색깔을 가지고 싶어했고 다른 아이들보다는 좀 색다른 녀석들이라는 분위기를 연출하려고 했었다. 그때는 튀어보려고 그랬던 것이겠지만 지금 생각해보면 그건 바로 요즘 말하는 '스타일'이 아니었나 싶다. 스타일을 갖지 않으면 왠지 허기진 느낌이랄까, 뭐 그런 것.

하고 싶은 것도 많고 갖고 싶은 것도 많은 중학생 시절이었다. 나는 그때부터 아르바이트를 하면서 용돈벌이를 한 결과, 그 당시 최고 유행하던 게스 데님 바지 허리춤에 주먹만한 삐삐를 차고 다닐 수 있었다. 당시엔 어른들 중에서도 삐삐를 가지고 있는 사람이 드물 때였다. 중학생의 신분으로는 겨우 패스트푸드점 아르바이트나 피자 치킨 배달 같은 것이 전부였지만 그래도 나는 학교보다는 학교 밖에서 더 할 일이 많음을 알았고 학교 밖에 마음 맞는 친구들과 무엇보다 무한한 구경거리가 더 많다는 걸 알았다. 이렇게 내가 하고 싶은 대로 내 호기심들을 채워나가는 사이, 집에 손을 벌릴 수는 없다고 생각했다. 아마도 가족에 대한 약간의 미안함 때문이었는지도 모르겠다. 그래서 이때부터 나는 실제적으로 자립을 했다. 집에서도 공부하라고 성화를 하는 편이 아니기도 했지만, 보통의 기준으로 보면 날라리가 분명한 내 생활에 일말의 자책이나 스트레스를 받지도 않았고 잘못된 방향으로 가고 있다는 생각조차도 하지 않았다. 내 기준으로 나는 충분히 건전했고 내 생활은 매일 매일 흥미로운 날들의 연속이었으니 아무 부러울 게 없었다. 마음대로 하고 싶은 것을 할 수 있다는 것, 그것은 행복이었다. 그때 난 처음으로 '행복'이 무엇인지를 배웠던 것 같다.

인문계 고등학교에 진학할 이유가 없어졌다. 상업고등학교에 진학함으로써 자연스레 중학교 때와 다르지 않은 생활을 영위할 수 있었다. 그래도 다른 점이 있다면 나름대로 여기저기 아는 사람들도 많이 생기기 시작했다는 것, 그리고 그렇게 발이 넓어지면서 중학교 때보다 일거리가 많아졌다는 것이다. 버는 돈의 규모도 차원이 달랐다. 떡볶이와 오뎅 포장마차를 해서 한 달에 몇 백씩 수입을 올리기도 했고 옷 장사 하는 형과 누나들을 도와주면서 좋아하는 옷도 실컷 입어보고 쏠쏠한 용돈벌이도 하곤 했다.

그때의 나처럼 내 주변의 친구들 역시 옷에 관심이 많았다. 제대로 멋을 부릴 줄 아는 아이들과 어울리는 건 자연스러운 일이었다. 지금이야 압구정동 청담동이 소위 말하는 물 좋은 곳이지만 내가 고등학교 다닐 초반에는 돈암동이 그랬다. 많은 옷가게들이 늘어선 돈암동 번화가를 걸을 때면 갖고 싶은 옷, 입고 싶은 옷들이 많아 어디에 눈을 둬야 할지 몰랐다.

그러다가 돈암동에서 압구정으로 터를 옮기면서 노는 물을 압구정으로 옮긴 셈이 되었다. 일본 잡지가 흔하지 않던 때였지만 우리는 알음알음으로 일본 잡지를 구해서 남들보다 먼저 일본 스타일을 따라 하고 다녔다. 학교 친구들이 엉덩이가 반질반질한 교복을 입고 다닐 때에도 우리는 스타일에 죽고 스타일에 사는 폼생폼사로 거리를 누볐다.

이때 어울려 다녔던 친구들의 소식을 간간이 들으면 사람 사는 모양이 참 여러 가지다 싶다. 그때에는 다들 비슷한 날라리 한통속이었는데 지금 어떤 친구는 가정 꾸리고 회사 다니면서 착실히 월급쟁이하고 있고, 어떤 친구는 건달로 동네에서 주름잡고 있고, 또 어떤 친구는 동대문에서 옷장사 하고 있고…… 참 여러 가지다.

세상에서 벽 하나를 빌리다

“저 벽, 저 주세요. 저, 나이는 어리지만 부모님 도움 안 받고 살려고 옷 장사 시작하려 합니다. 벽 놀려서 뭐합니까. 월세는 꼬박꼬박 드리겠습니다.”

나는 계속 조르고 졸랐다. 어린 놈이 기특해서였는지, 깡이라도 있어 보여서였는지는 모르지만 결국 처음에는 꿈쩍도 않던 홍대 앞 그 건물 주인은 옵션으로 창고까지 공짜로 빌려주기로 하고 벽 사용료로 월세를 받겠다고 했다. 시작이었다. 작은 시작이었지만 분명 시작은 시작이었다. 작은 형이 차로 물건을 옮겨주고 벽에 옷을 걸 수 있게 철장을 쳐줬다. 최고였다. 아무도 안 다니는 아침 길, 나와 형만이 그 길의 주인이 된 것 같았고 마냥 신이 났다.

19살 고3 때였다. 워낙 빈티지를 좋아했던 나는 곧 머지 않아 빈티지가 유행할 거라 확신했었다. 당시에는 빈티지가 유행하기 전이었는데 그때 사람들이 생각하고 있는 빈티지의 개념은 미국에서 입다 버린 쓰레기 옷들을 한국에 들여와 젊은이들이 입고 있는 것, 그것이었다. 하지만 나는 이상하게도 시간이 지난, 오래된 느낌의 옷에서 느껴지는 편안함과 질감 따위를 좋아했다. 그러나 사람들은 닳으면 닳을수록 더 멋스러워지는 빈티지의 가치를 아직 모르고 있었다. 당시엔 폴로, 게스, 케빈 클라인, 저버, 유즈드 등 수입 데님 브랜드들의 세상이었다. 하지만 나는 일본 잡지를 접하면서 곧 닥쳐올 빈티지의 유행을 나

"저 벽, 저 주세요. 벽 놀려서 뭐합니까.
월세는 꼬박꼬박 드리겠습니다."
내 맘대로 되는 게 없었다.
날개를 달고 훨훨 팔릴 빈티지들은 말 그대로
구제가 될 판이었다.
하지만 생존해야 했다.
여하튼 벽 앞에 서 있어야 했다.

와 어떻게 연결시킬 수 있을지 고민하기 시작했다. 분명 19살이라는 나이는 미래에 대해 고민을 해야 할 나이였다. 우선 나는 내가 제일 잘하는 게 무엇일까 생각해보았다. 아직 어린 나이이기도 했지만 냉정하게 판단컨대 내가 가진 능력 중에 내가 이 사회에서 제 목소리를 낼 수 있는 능력은 없었다. 단지 남들보다 좀 더 옷을 좋아하고 조금 잘 입는다는 것뿐.

나는 밑도 끝도 없이 옷 장사를 하기로 결정했다. 난 어려서부터 좋은 옷을 싸게 샀다. 생각해보니 그것도 능력이라면 능력이었다. 그때 당시 청평화와 제일평화에 가면 외국 브랜드들이 한국 공장에서 만들고 남은 스탁(상표를 자른 상태의 옷)을 싸게 파는 가게들이 많았다. 남대문에서 액세서리와 밀리터리 룩을 싸게 팔았다면 광장시장에서는 구제를 싸게 팔았다. 나는 그곳을 찾아간 다음 구석구석을 뒤져 주인 아줌마도 모르는 수입 브랜드의 옷들, 우리나라에는 전혀 소개가 안 된 수입품들을 싸게 사들였다. 시장 아줌마들은 아주 뻔한 폴로나 라코스떼, 버버리, 알마니 등의 옷만 비싸게 팔고 나머지 옷들은 싸게 팔았다. 특히 나처럼 자주 기웃거리는 아이들에게는 조금의 특혜도 주어졌다. 그 특혜란 미국에서 물건이 새로 들어올 때 짐을 같이 풀 수 있게 해주는 기회였다. 짐정리를 하면서 좋은 물건이 나오면 잔뜩 눈독을 들이다가 짐정리가 끝나는 동시에 내가 원하는 아주 싼 가격에 그 옷들을 내 손에 넣었다. 그것도 독수리가 닭을 채듯 아주 날렵하게.

그러던 중, 의정부에도 일본산 구제랑 미국산 구제를 파는 할머니가 있다는 정보를 입수했다. 그 할머니를 찾아가 봤더니 그 할머니의 물건이 광장시장의 것보다 훨씬 질도 좋았고 가격도 훨씬 쌌다. 아니, 이렇게 좋은 물건들을 못 알아보는 사람들이 있다니. 좋은 예감이 들었다. 거침없이 좋은 예감이었다. 나는 의정부 할머닐 만나고 나서 내 장사를 하기로 결심했다.

그 동안 아르바이트를 해서 모아놓은 돈으로 물건을 사기로 마음을 먹고 그때부터 매일 의정부와 광장시장의 아주머니들과 흥정을 해나갔다. 좋은 물건을 싸게 산 다음, 잘 손질해 보관해둔 옷들이 팔릴 날만 기다렸다. 그렇게 팔 물건은 모으고 있었지만 정작 가게를 할 돈은 없었다. 노점을 할 만한 마땅한 곳을 물색했다. 쉽지 않았다. 이 계절이 지나면 내가 모아놓은 옷들은 팔 수가 없게 되는데…… 점점 시간에 쫓기게 되었다. 그러다가 홍대 앞에서 장사를 할 수 있을 것 같은 건물 한 켠의 벽을 만났다. 무작정 건물주를 만났고, 나는 '제발 벽을 달라' 고 사정을 했다.

하지만 정작 자신만만하게 장사를 시작했던 첫날, 손님은 없었다. 일을 끝내고 다시 형의 차에 물건을 싣고 집으로 가는데 내 인생이 너무 창피했다. 하지만 모든 걸 포기하고 도망치기에는 이미 모든 게 시작됐다. 다음날도 그 다음날도 나는 그 벽 앞에 섰다.

그런 내가 안쓰러웠는지 형이 나를 도와주러 나왔다. 추운 날이어서인지 형은 내복을 입고 나왔다. 사실 난 내복을 입는다는 것 자체가 촌스럽다는 생각에 아무리 추워도 내복을 절대 입지 않았는데 노점 장사하면서는 그런 '가오' 도 무너졌다. 손가락 끝과 코 끝이 빨갛게 얼어붙는 상황에서 간지를 앞세울 때가 아니었다. 나도 내복을 입고 그 무료하고 지루하기 짝이 없는 추운 날들을 버티기 시작했다.

그래도 내 맘대로 되는 게 없었다. 날개를 달고 훨훨 팔릴 빈티지들은 말 그대로 다시 구제가 될 판이었다. 결국 나는 비겁하게나마 그 당시 유행하는 미키마우스, 구피 등의 캐릭터 양말까지 팔기 시작했다. 그런데 이상한 건 양말이 내가 사입한 옷보다 잘 팔렸다. '처음에 내가 하려고 한 건 이게 아닌데……' 그리고 옷을 사가는 층도 내가 타깃으로 삼은 젊은 친구들이 아닌 동네 아주머니 아저씨들이었다. 내가 너무 앞서가고 있는 걸까. 빈티지가 시기상조였던 것이다. 빈티지를 중고떨이로 알고는 무조건 깎아달라고 고집부리는 아주머니와 미키 양말만 까만 봉지에 꾸역꾸역 채워서 사가는 아저씨들을 보면서 정말이지 이건 아닌데 싶은 생각이 들었다. 게다가 가끔씩 경찰들이 노점 단속을 나와 내 불편한 신경을 긁다 가기도 했다. 언젠가는 경찰이 양말과 옷들을 마구잡이로 싸서 경찰차에 실어버리는 바람에 실랑이가 벌어지는 일도 있었다. 비록 노점 장사라곤 해도 벽 하나 차지하는 거라 통행에 큰 불편을 주는 것도 아니었는데 이건 좀 너무한다 싶은 마음이 들어 버럭 대들기도 했다. 너무 어리다는 이유로 나를 함부로 대하는 가 싫어 대들었던 건데 그때 수위를 조절하지 못했다면 아마도 돈을 벌기는커녕 열아홉 꽃다운 나이에 철창신세를 져야 할지도 모르는 일이었다. 하지만 생존해야 했다. 여하튼 벽 앞에 서 있어야 했다.

월세를 내야 할 때도 왔다. 결국 그해 겨울을 그렇게 버텨낸 후, 봄이 되자 마음을 굳혔다. 장사를 접기로 마음먹은 것이다. 근근이 버텨나가긴 했지만 스물의 나이에 길거리에서 캐릭터 양말을 판다는 건 시간 낭비였다. 적어도 그때의 난, 곧 도래할 빈티지 세상을 접수해야 할 인물이었으니까.

태호직물의 최범석입니다

홍대 길거리에서의 첫 실패는 큰 상처였다. 누가 아무리 위로해봤자 상처의 자리는 더 커져갔다. 무엇을 시작한다는 것에 대한 두려움이 생겼다. 내 장사란 걸 다시는 하지 못할 거라는 나약한 생각도 수시로 덮쳐왔다. 중학시절 이후로 부모님께 용돈을 받아쓰지 않았던 터라 기본적인 생존을 위해 어떤 일이라도 하기는 해야겠는데 그렇다고 다시 내 일을 벌이자니 우선 겁부터 났다. 막막했다. 또래의 친구들이 신나게 열중하던 연애도 내 눈엔 들어오질 않았다.

그러던 차에 종로 광장시장에서 원단 장사를 하고 있던 친구의 이모가 원단을 배워보는 게 어떠냐는 제안을 했다. 나는 바로 원단 시장으로 출근을 하기로 했다.

"그래 우선 원단을 배우고 나서 그 다음에 옷을 만들어보면 되지 않을까?"

지극히 단순한 목표를 세웠다. 그런 목표라도 세우지 않으면 난 어떻게 될 것만 같은 처지였다.

초봉 40만원에 일을 배우러 들어갔다. 월급 40만원으로는 생활이 힘들 것이고 무엇보다 한동안 아무 옷도 사 입지 못할 거라고 생각하니 앞이 깜깜했다. 하지만 그때의 내 처지를 생각하면 더이상의 바닥은 없었다. 이미 충분히 바닥이었던 생활인데 40만원이 작다고 불평한다는 건 말도 안 되는 일이었다. 새로운 일이니까 당분간은 마음 붙이기도 쉬울 거라고 나를 다독였다.

기분 좋은 상태로 첫 출근을 기다렸다. 광장시장에는 구제 할머니들도 많이 있으니까 일을 좀 도와드리고 옷 좀 싸게 달라고 하면 될 거야. 운이 좋으면 얻어 입을 수도 있을 테고…… 이런 생각들을 하니 즐겁기도 했다.

5시 30분에 기상을 했다. 첫 출근을 위해 머리에 젤을 바르고 흰 셔츠에 데님을 입고 집을 나섰다. 앞으로 얼굴을 맞대고 살아갈 상가 사람들을 만날 생각을 하니 들뜨기도 했고 내가 어떻게 손님들을 잘 요리할 것인가를 생각하니 두근거리기도 했다.

새벽 6시, 정거장엔 사람들이 많았다. 사실 이렇게 일찍 나와본 적이 없어서 이렇게 이른 시간에 하루를 시작하는 사람들이 많다는 것을 몰랐다. 새삼 세상엔 열심히 사는 사람들이 참 많구나 하는 생각을 했다.

첫 출근과 함께 앞집, 옆집으로 인사를 다녔다.

"안녕하세요. 오늘 태호 직물에 첫 출근한 최범석입니다. 반갑습니다. 잘 좀 봐주세요. 많이 가르쳐주시구요."

하지만 텃세를 부리는 건지 이곳 분위기가 원래 냉랭한 건지 내가 인사를 하는데도 다른 가게의 점원들은 살짝 인사만 받거나 아예 모른 체를 하는 거였다.

그렇게 머쓱한 채로 하루를 보내고 저녁이 되자 친구의 이모부가 앞으로 내가 해야 할 일들을 설명해주셨다.

첫째, 아침 일찍 나와 다른 집보다 빨리 셔터를 열 것.

둘째, (2평 정도 되는) 매장 청소하기.

셋째, 매일 스와치(원단 쪽샘플)를 잘라서 스와치 북을 만들 것.

넷째, 손님이 와서 원단 스와치를 달라고 하면 어느 브랜드냐고 물어보고 해당 스와치를 찾아준 다음, 창고에서 원단을 날라다 줄 것.

난 이모부에게 원단을 알고 싶다고 했지만 이모부님은 천천히 배우라는 말과 함께 옆에서 하는 일들을 지켜보라고만 했다. 며칠 동안 내가 하는 일이라고는 창고에서 원단을 빼 와서 화물차에 원단을 실어주고 어디로 보내달라며 주소 적힌 종이를 건네는 일이 다였다. 원단 시장의 매장은 정말 작지만 창고는 매장의 백 배에서 천 배 정도의 넓이어서 일이 쉬운 건 아니었다. 물론 단순하기 짝이 없는 일이었지만 말이다.

"원단을 좀 알려주세요. 그래야 원단을 팔고 또 디자이너나 손님들한테 뭐라고 원단 얘기를 하죠."

더이상 참을 수 없을 것 같아 용기를 내 뭐라고 요구를 했지만 돌아온 대답은 싱거운 무쪼가리 같았다.

"넌 그럴 필요 없어. 아침에 영업을 하는 영업사원이 따로 있어. 영업사원들이 영업해 오면 넌 배달만 해주면 돼. 그리고 나중에 아주 열심히 하면 너도 원단 배워서 영업 나갈 수 있어. 그러면 월급도 많이 받고, 그리고 더 오래하면 그 손님들을 가지고 니가 가게도 낼 수 있어. 아주 아주 오래하면……."

'아주 아주 오래' 라는 말이 참을 수 없을 정도로 따끔하게 들려왔다.

그러니까 내가 원단을 배우는 일은 아주 먼 일이었다. 내가 첫날 인사를 했던 사람들은 이곳에서 영업을 하는 대선배 되는 형들이고 나는 그들에게 그냥 아무것도 아닌, 흰 셔츠만 깨끗이 다려 입고 왔다갔다

하는, 문 열고 배달하고 문 닫는 아이였던 것이다.

그렇게 난 첫 달 월급을 받았다. 이제 상호만 들으면 원단을 챙겨서 주소도 없이 공장으로 옮겨다 주고 어느새 얼굴을 익힌 공장 사람들과 무표정한 인사를 하고 매일 어떤 원단이 얼마만큼 들어가는지 파악을 하고 그리고 아주 멋스럽게 원단을 어깨에 짊어질 줄 아는 노련하고도 단순한 젊은이가 돼 있었다.

첫 월급으로 받은 돈으로 무슨 생각에서였는지 영어학원에 등록했다. 저녁 7, 8시쯤 일이 끝나면 곧장 학원으로 달려가 밤 9시 타임의 영어강좌를 들었고 처음으로 20만원이란 돈으로 적금을 들기도 했다. 하지만 지금 생각해보면, 내가 그때 그렇게 힘들게 일하지 않았다면 난 아마 그때 번 돈으로 옷이나 사고 치장을 하는 데 썼을 게 분명했다. 그렇게 시간이 지나면서 사람들을 알아가고 조금씩 원단의 개념도 익혀갔다. 그런 와중에도 나는 여전히 형들에게나 사장님에게나 질문맨이었다. "왜요? 왜, 왜, 왜……."

점심시간 같은 때에는 잠깐 짬을 내서 구제 장사하는 할머니들을 찾아가 일을 도와주고 티셔츠나 바지 등을 싸게 구입했다. 원단 시장을 돌며 맘에 드는 원단과 단추들을 사 모은 다음 단추를 바꿔 달아보거나 작은 소품을 만들면서 나만의 세계를 그려갔다. 내가 할 수 있는 최고의 사치였다.

그렇게 보낸 다섯 달이었다. 어느새 통장에는 100만원이라는 목돈이 들어 있었다. 당시 내게 100만원은 큰 돈이 아니었다. 그 전에 떡볶이 장사를 했을 때도 더 많은 돈을 벌었으니까. 그렇지만 그 돈들을 고스란히 까먹어 한푼도 없었기 때문에 그 정도의 목돈을 모은 것만으로도 감사한 일이었다.

나는 이 통장에서 최소한의 가능성을 보았다. 나는 그 돈을 통해 최소한의 희망의 냄새를 맡았다. 그리고 다시 목표를 세울 힘을 얻었다. 다섯 달 동안 열심을 뛰어다니고 질문을 해댄 덕분에 동대문 현장의 생리도 익혔고 원단에 대해서도 감을 잡아갔다. 뭔가가 다가오고 있다는 느낌을 받았다. 이젠 정말 다른 일에 눈을 돌려야 할 때가 왔다는 직감이 나를 찾아왔다. 그 직감을 놓치고 싶지 않았다.

골라, 골라

원단 시장을 그만두기로 마음을 굳히고 다른 일을 찾아 나섰다. 생각을 정리할 겸 남대문 시장엘 갔다. "내가 할 수 있는 게 뭐가 있을까" 하는 생각을 하며 돌고 도는데 여자 신발을 만 원에 파는 곳이 눈에 들어왔다. 남대문 시장에서도 유독 그 가게에만 사람들이 북적북적 모여 있었다.

"아저씨, 이 물건 어디서 해와요? 얼마예요?"

"도매로 할 생각 있으면 사천 원까지 줄게요."

4천 원 사서 만 원에 팔면 6천 원이 남는다. 해볼 만한 장사라는 생각이 들었다. 마침 부산의 아주 좋은 자리에 노점상을 할 수 있다는 정보를 입수했다. 난 부지런히 물건을 해서 부산으로 내려갔다. 남포동에 터를 잡고 신발을 팔기 시작했다.

하지만 문제가 없지 않았다. 우선 너무 창피했다. 나름 자존심과 '간지'로 살아온 나인데 길거리에 만 원짜리 신발을 잔뜩 널어놓고 지나가는 사람을 붙들고 흥정하고 돈 세고 한다는 게 쉽지 않았다. 처음 사흘간은 물건을 팔지 못했다. '골라, 골라' 소리가 입가에서만 맴돌 뿐 입을 떼지 못했으니까. 순간 퍼뜩, 이러다 난 죽을지도 모른다 싶은 생각이 들었다. 구멍가게로 달려가 소주를 샀다. 벌컥벌컥 술을 마시고 술기운에 호객을 했다. 결과가 달랐다. 그날로 30만 원어치를 팔았다. 시작이 어렵지 한번 입을 떼고 나니 그 다음은 힘든 것도 몰랐다. 어차피 돈 벌러 부산까지 내려온 거였다. 게다가 점점 두둑해지는 돈가방을 생각하면 절로 흥이 나서 내 목소리는 더 높아졌다. 장사는 날이 갈수록 잘 됐다. 나중에는 혼자서는 감당이 안 돼 친구들이 내려와 도와줘야 할 정도였다. 물건도 좋았고 운도 좋았고 목도 좋았다. 그렇게 나는 부산에서 '작은 재벌'이 되어가고 있었다. 하지만 복병이 나를 기다리고 있었다. 그쯤 내 사치병이 또 다시 도지기 시작한 것이다. 그때 한창 '별은 내 가슴에'라는 드라마가 인기였다. 그 드라마를 보면서 주인공들의 옷들을 따라 입고 다니기 시작했다. 워낙 옷 사는 걸 좋아했던데다 갑자기 돈도 생기니 겁도 없이 질러대기 시작했다. 돈을 벌어 서울에서 내 숍을 차리는 것을 목표로 시작한 부산생활이었지만 드라마가 끝나갈 무렵엔 내 수중에 남은 돈이 거의 없었다. 아차 싶었다. 원단가게 일을 하면서 100만원이 들어 있던 통장을 들여다보며 했던 다짐들을 떠올렸다. 이러다간 죽도 밥도 안 되겠다 싶어 엄마에게 맡아서 모아달라고 부탁하고 돈을 버는 족족 엄마에게 부쳤다. 그렇게 일 년, 부산에서의 신발장사를 마감하고 서울로 올라왔다. 이젠 노점이 아닌 작은 가게 하나를 차릴 수 있게 되었다.

손님들이 내 치즈를 사러 왔다

서울에 올라와서는 신촌, 이대, 홍대 등지를 돌아다니며 가게 자리를 알아봤다. 노점이 아니라는 사실만으로도 충분히 의기양양했다. 하지만 기대에 잔뜩 부푼 채로 발품을 팔았지만 부동산을 다녀보면서 내가 가지고 있는 돈이 나한테만 큰 돈이었지 가게를 열 만큼의 돈이 아니라는 사실을 알았다. 또 머리가 아파왔다. 그렇다면 서울이 아닌 다른 곳에 답이 있는지도 몰랐다. 당시 만나던 여자친구가 의정부에서 옷 가게를 하고 있었는데 서울이 아닌 의정부라면 그 정도의 돈으로 할 수 있는 가게를 찾을 수 있을 것 같았다. 그 친구는 처음으로 사귄 여자친구였는데, 옷에 대한 감각이 아주 뛰어났다. 그 친구에게서 옷에 관한 많은 걸 배울 수 있었다.

의정부로 가서 가게를 보러 다녔다. 비록 인적이 드문 골목이더라도 내 가게를 할 수 있는 장소라면 괜찮을 것 같았다. 덥썩, 전에 호프집을 하던 곳을 계약했다. 그 주변으로는 순대국집과 갈비집과 정육점이 전부였지만 내가 가진 돈으로 가능한 유일한 곳이었다.

엄마에게 잔금을 치르게 돈을 달라고 했을 때 사고가 터졌다. 내가 맡긴 돈 중의 일부를 작은형 교통사고 합의금으로 썼다는 것이다. 형이 엄마 떡을 배달하다가 교통사고를 낸 것이었다. 눈앞이 캄캄했다. 아무것도 보이지 않았다. 너무 화가 나서 눈은 빨개졌고 그 화를 참으려다 보니 구토가 나올 지경이었다. 그래도 형 일이었다. 엄마가 얼마나 급했으면 그 돈으로 합의를 봤을까. 나만 엄마 자식은 아니니까. 머리로는 겨우 이해를 했지만 당장 가슴은 너무 답답해 미칠 것 같았다. 엄마와 형을 대면할 자신이 없어 한동안 집에 들어가지 않았다.

우선 가게의 꿈을 접어야 할지도 모른다는 사실이 가장 고통스러웠다. 점점 잔금을 치러야 할 날은 다가왔고 여자친구에게 사정 얘기를 하지 않을 수 없었다. 혼자 끙끙대느니 같이 해결책을 찾는 것이 나을 듯했다. 그래도 여자친구는 제법 장사가 잘 되고 있었다. 내 말을 들은 여자친구는 그러지 않아도 가게를 하나 더 내고 싶었다며 그 호프집을 반으로 나누어서 반은 자기가 쓰고 반은 나보고 쓰라고 했다. 인테리어도 아는 분이 외상으로 해준다고 나섰다. 순간 빚쟁이가 되었다. 그래도 내가 내 가게를 할 수 있다는 생각 하나만으로 밀어붙였다. 가게 인테리어를 맡겨놓고는 조금이라도 돈을 벌어보려 공사장에서 막일을 시작했다. 이제 와서 생각해보면 어쩌면 그렇게 독하게 할 수 있었을까 싶지만 그 방법 밖에는 없었다. 점점 가게가 완성되어 갔지만 막일을 하면서 이를 악물고 번 돈 몇 푼으로는 물건 해올 돈이 되질 않았다.

나는 물건을 떼어오는 대신 내가 아끼는 보물들을 꺼내서 가게에 걸어놓고 팔기로 했다. 예전에 홍대에서 팔던 구제들을 꺼내 다시 손질하고 내가 그 동안 모아온 내 옷들은 물론, 부산에서 사치를 하며 사 모은 옷들을 내 놓았다. 인테리어가 끝나고 손질한 옷들을 걸었다. 내 첫 숍에 옷들을 걸고 밖에 나가 가게를 들여다보니 가슴이 시속 100킬로미터 달려온 사람처럼 쿵쾅쿵쾅 뛰었다. 노점이 아니다. 내 손으로 내가 직접 장만한 내 가게다. 여러 느낌들 때문에 오픈을 앞둔 하루 전날, 난 한참을 가게 앞에서 서성이다가 돌아왔다.

오픈 일이 왔다. 홍대에서 노점상을 하고 남아 있던 넥타이와 양말들을 가게에 들어오는 모든 이들에게 공짜로 나눠주기로 했다. 의정부에는 아는 사람들이 없어 우선 손님부터 끌어야 했다. 내가 멋진 모습으로 전단지를 뿌리면 나를 기억한 사람들이 양말이나 넥타이를 받으러 많이들 올 거라고 생각하며 전단지를 뿌리고 또 뿌렸다.

첫날, '치즈'엔 사람들이 제법 들어왔었다. 치즈는 내 가게 이름이다. 치즈를 방문한 그들에게 그들이 원하는 넥타이와 양말들을 아낌없이 안겨주었다. 그렇게 저녁까지 공짜를 뿌리고 마감을 했지만 첫날 내 장부는 0이었다. 밥도 안 먹고 열심히 웃음을 팔았건만…….

그날 저녁, 여자친구와 그녀의 친구들과 함께 오픈 축하주를 마셨다. 첫날 여자친구는 어느 정도 팔았지만 하나도 팔지 못한 나는 이러다 곧 빚쟁이로 구속될지도 모른다는 상상을 하며 술에 취해갔다.

둘째 날 역시 사람들은 많이 왔었다. 둘째 날은 8만 9천 원어치를 팔았다. 그리고 셋째 날은 12만 9천 원을 팔았다. "그래. 이제 시작이니까 너무 성급하게 굴지 말자." 하면서도 불안을 씻어낼 길이 없었다. 그리고 드디어 넷째 날, 하루 이틀 사흘 눈으로 옷을 찍고만 갔던 손님들이 다시 찾아와 지갑을 열었다. 원래 가격의 반에 반도 안 되는 가격에 내놓은 내 귀한 보물들에 욕심나지 않을 리가 없었다. 87만 6천 원을 팔았다. 그리고 다섯째 날은 백만 원을 넘겼다. 그렇게 해서 난 두 달 만에 빚을 다 갚을 수 있었다.

의정부 치즈에서 옷을 안 사 입으면 멋쟁이가 아니다라는 소문이 돌 정도로 치즈는 인기가 있었다. 중고등학생 꼬맹이들도 내가 편해 보였는지 스타일 좋은 형이라고 따르며 허물없이 드나들었고 그 친구들이

40
photo by

38

또 친구들을 데려오면서 치즈의 옷들은 날개 돋친 듯 팔려나갔다.

물론 의정부 역시 텃새가 있는 동네였지만 근처에서 레스토랑이나 보석가게를 하는, 나름 잘 나가는 젊은 사람들도 하나둘씩 치즈에 찾아와 옷을 사가면서 나는 쉽게 의정부 안에서 입지를 다질 수 있었다. 당시 치즈가 의정부 패션문화에 절대적인 한 획을 그었다고 감히 자부할 수 있다. 그때 손님이었던 꼬맹이들이 지금은 동대문에서 옷도 만들고 장사도 하고 하는 걸 보면 알 수 있다.

장사를 하다 보니 너무 똑같은 옷만 파는 게 재미없었다. 내 안목으로 물건을 골라 파는 것에서 조금 발전해 내 스타일로 조금씩 고치거나 바꾸어서 물건을 내놓았다. 반응이 좋았다. 그러다가 조금 더 나아가 맘에 드는 디자인을 다른 원단으로 만들어본다든지, 디자인 자체를 수정해서 주문한다든지 하는 식으로 차별화를 시도했다. 이때부터 조금씩 옷을 만들 준비를 했던 것 같다. 일단 교본을 사서 기본적인 재단 공부를 하고 가벼운 티셔츠부터 시작을 했다. 처음 내 손으로 직접 만든 티셔츠가 탄생되었을 때의 감회를 아직도 잊지 못한다. 지금의 기준으로 보자면 정말 하찮은 것이고 우스운 것이지만 그땐 뭔가를 만들어냈다는 뿌듯함에 뭐든지 할 수 있을 것만 같았다. 그렇게 옷장사의 감을 잡아갈 무렵 의정부 구석에서 이러고 있으면 뭐하나 싶은 생각이 들었다. 물건을 주문하러 동대문에 갈 때마다 도매하는 형들이 동대문에서 장사를 해보라고 부추겼던 말 때문이었는지도 모르겠다. 그렇게 치즈를 연 지 일 년도 안 돼 나는 동대문으로의 진출을 결심했다. 산골에서 바다로 나가고 싶었다.

21살, 바다로 나가다

바다에 도착하니, 21살이었다. 그런데 동대문으로 들어오라고 부추겼던 사람들이 막상 내가 동대문에 가게를 내려고 하자 모른 척 냉대를 하는 것이다. 어느 정도는 짐작했던 부분이었지만 조금 당황하지 않을 수 없었다. 하지만 맨몸으로 넉살로 그들의 경계심을 녹일 수밖에.

동대문에 입점을 하려면 상가 상우회의 힘이 필요했기에 입김이 센 상우회 형들을 매일같이 찾아가서 가게를 달라고 졸라댔다. 당시 동대문 시장은 경기가 좋아 프리미엄을 주고 들어갔어야 했다. 프리미엄 500만 원을 주고 2월에 가게를 받기로 결정이 나자 나는 아침부터 저녁까지 원단 시장으로 공장으로 정신없이 뛰어다니면서 몸으로 부딪치며 막무가내로 배웠다. 예를 들면 원단을 익히는 데 있어서도 '면 30%, 폴리에스테르 70%' 혹은 '옥스퍼드', '캔버스' 처럼 원단 이름과 개념을 정확히 알아야 하는데, 나는 '페라가모 천', '프라다 천' 이런 식으로 외울 수밖에 없었다. 자세하게 알려주는 선배도 없고 마땅한 가이드북이 있는 것도 아니었으니 주먹구구식이었다. 시간도 오래 걸렸고 방향도 잘못 잡아 헤매기도 많이 헤맸다. 게다가 상우회에서는 어린 놈이라고 만만히 보고 그러는 건지 입점을 한 달, 두 달 자꾸 미루는 것이었다. 그리고는 500만 원을 더 얹어달라고 했다. 이미 2월로 맞춰서 팔려고 만들어놓은 옷들이 있었는데 제때 입점을 못해서 팔지 못하면 모두 재고가 될 판이었다. 발등에 불이 떨어졌다. 넋 놓고 당할 수

만은 없었다. 이미 만들어놓은 옷들은 동대문 가게들을 돌면서 위탁으로 팔아달라고 부탁을 하고 다녔다. 또 매일같이 상우회 형들을 찾아가서 졸라대는 게 일이었다. 어렸으니 겁도 없었고 다행히 넉살도 좋았다. 그리고 결국 요구대로 프리미엄을 더 얹어주고 가게를 받을 수 있었다.

4월 22일이었다. 그 날짜를 아직도 기억하고 있다. 아무것도 모른다, 아무것도 없다는 의미로 Mu라는 브랜드로 오픈을 했다. 오픈 하는 날 내 물건을 위탁으로 팔아주던 사람들이 많이 와서 옷들을 사갔다. 그리고 운이 좋게도 대만, 중국, 홍콩 상인들이 와서 대량으로 물건을 사가는 것이었다. 매일 백만원 단위로 매출이 올랐다. 그래서 나는 의정부의 치즈에서 확인했던 것처럼 동대문에서도 내 스타일이 꽤나 파급력을 가지는 게 아닌가 하는 생각을 했었다. 그런데 손님의 발길도 보름 정도 지나니까 뚝 끊겼다. 알고 보니 외국 상인들의 오더가 있는 시기가 따로 있는데 마침 오픈 때가 운 좋게도 그 시기여서 초반 장사가 잘 됐던 것이다. 그래도 큰 오더는 뚝 끊겼지만 지방 거래처들이 조금씩 생기면서 다행히 Mu는 차근차근 자리를 잡아가고 있었다.

그때 텍스(tex)라는 중저가 브랜드에서 오더가 내려왔다. 지금은 브랜드 회사에서 동대문에 수주를 주는 일은 없지만 예전에는 그런 일들이 종종 있었다. 2천만 원 정도의 규모였는데 계속 적자만 겨우 면하던 때라 덕분에 숨통이 막 트이는 듯했다. 그런데 물건을 넘기고 나자마자 부도가 나버린 것이다. 원단이나 공장이나 결제는 밀렸는데 돈도 못 받고 옷까지 이미 넘어가버린 뒤라 두 배로 힘들었다. 게다가 동대문의 매장들은 2평 남짓 공간에 앞 뒤 옆으로 다 트여 있어서 어느 집이 얼마나 장사가 잘 되는지 눈으로 뻔히 보이는 데였다. 다른 가게들은 거래처 사람들이 줄을 서서 기다리다가 장기(주문 확인서, 계산서)를 받아가는데 내 가게만 파리를 날리고 있으니 상대적으로 위축될 수밖에 없었다.

안 되는 이유는 또 있었다. 내 옷은 다른 옷들보다 스타일이 강해서 여러모로 위험을 감수해야 했다. 게다가 아직 경험이 부족해서 사이즈가 엉뚱하게 나오기도 했고 원단과 공장에도 발이 넓지 않아 완성도도 좋지 못했다. 계절마다 지속적으로 새로운 옷은 나와야 하는데 자금 회전은 딸렸고 공장에서는 어린 놈이 어려운 옷만 주문한다고 박대당하기 일쑤였다. 옷을 찾는 날이 돼서 찾아가면 내 제본과 원단은 봉지에 담긴 그대로 문 밖에 나와 있기도 했다. 그렇게 일 년이 지났다.

디자이너 클럽, 제일평화시장 등의 도매시장 상인들은 대부분은 자기가 옷을 만들어서 파는 사람들이었다. 대개는 나처럼 정식교육을 받지 않은 사람들이었다. 모두들 옷을 좋아하고 또 옷으로 큰 돈을 벌 욕심을 가진 이들이었다. 그래서 각자 개성들도 강했고 색깔들도 다양했다. 나뿐만이 아니라 모두가 지기 싫어하는 잡초 같은 사람들이었다. 그들과 함께 있다 보면 부지런해지지 않을 수가 없고 오기가 동하지 않을 수가 없다.

동대문 도매시장은 저녁 8시에 문을 열고 아침 8시에 문을 닫는다. 대개 새벽 3~4시에 장이 끝났다. 나는 마감하고 정리하고 두 평 남짓의 매장에서 칼잠을 자고 아침에 바로 원단 시장에 나가서 한 바퀴 돌며 시장조사를 하고 다시 공장으로 가서 작업 진행 사항을 체크했다. 그렇게 하고 집에 가면 오후 5시였다. 그러면 다시 초저녁 잠을 자고 일어나 동대문으로 가서 매장 문을 열었다. 그렇게 보낸 일 년이었다.

치즈로 모았던 돈도 거의 바닥이 났고 심적인 고통도 컸다. 이대로 무너지는 건가 싶어 마음이 복잡했다. 그러다가 머리라도 식힐 겸 가방 매장을 하는 형들과 울산으로 놀러 가게 됐다. 그때 구찌의 녹색과 적색으로 이루어진 띠가 눈에 들어왔다. 두 색의 매치를 잘 활용해서 옷에 넣으면 좋을 것 같았다. 그 아이템을 활용해 바로 옷 제작에 들어갔다.

며칠 뒤 내 가게 앞에는 긴 줄이 서기 시작했다. 구찌 테이프가 시쳇말로 대박이 난 것이다. 그때 직원 한 명을 두고 있을 때였는데 워낙 갑자기 찾는 손님이 많아져서 손이 모자랐다. 장기를 미친 듯이 썼다. 정말 꿈에 그리던 일이 내 눈앞에서 일어나고 있었다. 마감을 할 때마다 너무 기분이 좋았다. 서울뿐 아니라 부산 울산 대구 등 전국으로 많은 거래처가 생겼다. 새벽마다 돈 세는 재미가 쏠쏠했다. 97년 동대문에 들어와 Mu라는 브랜드로 남성복을 시작하고 일 년의 고전 끝에 나온 히트 상품이었다.

98년에는 같은 이름의 여성복 브랜드 Mu를 론칭했다. 구찌 테이프를 그대로 가져와서 스타트를 끊었다. 남성복보다 더 폭발적인 반응이었다. 구찌 테이프에 이어 숫자 티셔츠와 몇몇 점퍼들이 연이어 히트를 치면서 Mu는 동대문에서 제일 주목받는 브랜드가 됐다.

장사가 잘 되니 비싼 원단을 끌어다 물건의 퀄러티를 높일 수 있었고 주문량이 많아지면서 생산 가능한 공장 수도 늘어났다. 사람도 더 필요했다. 여자직원 하나에 남자직원 둘, 나까지 모두 네 명이 매일같이 밥 먹고 같이 한데 잠 자면서 한 배를 탄 사람들처럼 움직였다. 아침에

는 원단 시장을, 낮에는 공장을 돌고 잠깐 집에 들어갔다가 동대문에서 다시 모이고를 반복했다.

겨우 22살이었던 사장과 그 또래의 직원들은 그렇게 친구처럼, 마치 노는 것처럼 일을 했다. 몸은 힘들었지만 주머니가 두둑해지면서 다같이 맛있는 것도 먹으러 다니고, 다같이 베트남으로 여행도 다니고 하면서 팀웍을 다졌다. 그 시절, 바빴지만 항상 에너지가 넘쳤고 즐겁게 일했고 열심히 살았다. 그때 여성복에서 일하던 희진이라는 친구와는 아직까지 같이 일하고 있다. 장장 십 년의 시간이다. 십 년을 같이 일할 수 있는 사람을 만났다는 건 서로에게 행운이자 앞으로 살아갈 날들에 대한 희망일 것이다. 이런 튼튼한 믿음은 쉽게 얻을 수 있는 게 아닐 테니까.

그렇게 Mu로 승승장구를 하다가 2003년 또다른 브랜드 A.N.B를 론칭했다. A.N.B는 프리미엄 데님 브랜드였다. 당시 동대문의 진은 아직 싼 편이었는데 유명 브랜드 데님이 몇십만 원씩 하던 때라 품질은 뒤지지 않으면서 그 중간쯤의 가격대의 진이라면 충분히 승산이 있었다. 그리고 역시나 A.N.B가 론칭하고 나자 동대문 데님 시장의 판도가 바뀌었다.

좀 더 멀리 내다보기

동대문에서 장사를 하다 보면 거래처 사람들과 친해지는 경우가 많다. 성환이 형이 그 대표적인 사람인데 그 형은 내 가게에 와서 늘 많은 옷을 사갔다. 게다가 항상 현금으로 거래를 하고 물량도 많아서 우리 가게의 우수고객이었다. 처음에는 젊은 사람이 현금으로 대량 물건을 해가길래 돈 좀 있는 집 아들인가 보다 했는데 알고 보니 나랑 비슷한 데가 많은 사람이었다. 부산 자갈치 시장에서 바닷물을 퍼올려 수족관을 채우는 일부터 시작한 맨주먹의 사나이였다. 그렇게 악착같이 번 돈을 사기당한 뒤, 맨몸으로 울산으로 쫓겨와서는 다시 바닥부터 시작해서 '총각 보세'를 차렸는데 마침 그 가게가 잘 돼서 재기에 성공한 케이스였다. 배경을 알고 나니 더 친밀감이 생겼다. 당시 성환이 형은 울산에서 여러 개의 큰 보세가게를 하고 있었는데 이 형과 친해지면서 그쪽 경상도 지방의 젊은 사람들을 많이 알게 되면서 모임도 결성하게 됐다. 멤버가 열 명쯤 되었는데 한 달에 3만 원씩 모은 다음, 멤버 중 누군가에게 경조사가 생기면 몰아서 주는 모임이었다. 이 모임은 유쾌했고 젊었고 화끈했다.

당시 나는 군대문제가 걸려 있었다. 군대에 다녀오면 트렌드를 읽는 눈이나 감각이 흐트러질 것이 뻔했다. 멋쟁이였던 친구들이 군대에 갔다가 칙칙한 피부 톤과 망가진 센스로 돌아오는 걸 많이 봐왔다. 군대는 모든 대한민국 남자들에게 짐이겠지만 나같이 디자인을 하는 사람

홈쇼핑을 찾아다녔다.
내가 가진 전부를 모두 쏟아부은 옷들을 들고.
그러나 가는 곳마다 보기 좋게 퇴짜를 맞았다.
해마다 기부를 했다.
내가 만든 옷들을 잔돈푼이라도 받겠다고
땡처리를 할 수는 없었다.

들에게는 더 큰 짐이었다. 친구 중에 스타일 좋고 아이디어 좋은 멋진 친구가 있었는데 군대에 갔다 오더니 살아야 할 앞날이 더 걱정이라며 바로 회사원이 되어버렸다. 그리고는 아저씨가 되었다. 그런 모습을 보는 것이 나로서는 편치 않았다.

나는 내 나이 또래의 청년들보다 너무 많은 일을 하고 있었다. 도매를 하면서 거래처도 많이 잡은 상태였고 돈도 제법 벌리는 데다가 딸린 직원들도 있었고 벌여놓은 일도 많았다. 이제서야 옷 만드는 일에 감이 잡히기 시작했는데 군대 갈 나이가 되어 영장이 나오기만을 기다리다니. 어찌해야 할지를 몰라서 여러 방면으로 방법을 찾아보았으나 해답이 없었다. 언제쯤 군대 영장이 나오려나 두려운 마음으로 병무청 사이트에 들어가보는 게 내 일과 중 하나였다. 난 허리디스크 수술을 크게 한 적이 있어서 공익근무 판정을 받은 상태였지만 공익근무요원이라 해도 매일 옷을 만들어야 하는 나로서는 매인 몸이 장애가 되는 건 마찬가지였다. 남자라면 누구나 군대를 생각할 때, '어떻게 하면 안 갈 수 있을까?' 하는 생각을 한 번씩은 해보다가 뾰족한 방법이 없으니 자포자기하는 심정에 '에이, 확 해병대나 가버릴까?' 하면서 갈팡질팡하기 마련이다. 답답한 마음에 선배들에게 하소연을 해봐도 '네 사업은 어쩌고?', '네 스텝들은 어쩌고?' 하는 대답만 돌아오게 마련이었다.

그 무렵 성환이 형을 따라 울산에 놀러 갔다가 수영이 형을 만났다. 울산의 아주 외진 곳에 있는 '꿀' 이라는 바에서였는데 수영이 형은 그 바의 주인이었다. 꿀은 지방 구석에 있긴 정말 아까웠다. 서울에서 미술대학을 나온 형이 직접 내부 인테리어를 한 거였는데 꿀의 인테리어는 대중들이 이해할 수 없는 특별한 무언가가 있었다. 여하튼 수영이 형은 내 군대문제에 대해 다른 대답을 해주었다.

"군대 갔다 와. 왜 안 가? 넌 지금 너무 닳았어. 군대 가서 충전하고 와. 그렇게 길진 않아. 그리고 넌 왜 그렇게 고생을 하면서 살아? 좀 편하게 생각하고 편하게 살면 안 돼?"

"형 같으면 갈 수 있어요? 이렇게 일을 많이 벌여놨는데……."

"다녀오면 더 잘 될 수도 있는데 왜 당장만, 지금만 보고 사니? 사람이 좀 더 멀리 보고 가야지."

나에겐 그 말이 참 생소했다. 다른 사람들은 당시 내가 하고 있는 일을 거론하며 어떻게든 할 수만 있으면 군대를 가지 말라고 하는데 수영이 형은 달랐다. 갔다 오면 더 잘 될 거라니? 그렇게 말한 사람은 수영이 형이 유일했다. 하지만 나는 수영이 형의 말 덕분에 군대에 대한 스트레스에서 조금 자유로울 수 있었다. 그 당시엔 그리 여러 번 만나지는 않았지만 '꿀'과 수영이 형은 내게 강한 인상을 남겼다. 그리고 다행히 군대도 면제되어 진행하던 일을 계속 할 수 있었다. 당시 내 또래의 남자들이 많았던 데다가 공익근무요원도 넘쳐나서 시간이 지나면서 저절로 면제가 되는 대기보충면제를 받았고 그냥 그렇게 오 년이 지나 군대문제가 종결되었다. 조국은 오 년간 내 애간장만 태우게 하다가 결국은 나를 부르지 않았다.

수영이 형은 후에 내가 제너럴 아이디어를 준비하면서 다시 만나게 됐고 여전히 함께 하고 있다. 내 머릿속에 새로운 바람을 불어넣어준 아주 고마운 사람이며 진심으로 나를 아껴주고 다독여주는 믿음직한 형이다.

동대문 일기

동대문에 들어간 지 오 년이 지났을 때는 대박 상품이 연달아 터져 세 브랜드 모두 장사가 잘 되고 있었다. 26살의 열혈청년은 겁이 없었다. 그때 다른 사람들이 내가 만든 옷을 똑같이 카피를 해서 나보다 싸게 팔았다. 난 그렇게 신경 쓰지 않았다. 난 또 좋은 상품을 만들면 되니까. 어차피 그건 동대문의 생리였다. 이웃 가게에서 많이 팔리는 옷이 있으면 바로 앞 가게라 해도 똑같은 옷을 만들어서 더 싸게 파는 곳이 동대문이다. 그래서 많은 사람들이 머리채를 잡고 싸우는 걸 수도 없이 봐왔다.

나는 동대문에서 정일이 형과 아주 가깝게 지냈다. (지금은 정일이 형이 w5h의 대표이사로 있고 나와 홍록기 형이 이사로 있다.) 그때 정일이 형은 2#1이라는 브랜드를 가지고 있었다. 정일이 형은 굴지의 패션 업체에서 디자이너로 있다가 자기 브랜드로 돈을 벌어보겠다고 동대문으로 나와서 자기 사업을 하고 있었다. 한때 유행했던 모택동 프린트 티셔츠와 한문 티셔츠를 만들어낸 장본인이다. 어디나 그렇겠지만 동대문 상인들에게도 드러나지 않는 급이라는 게 있어서 '끼리끼리' 라는 말처럼 서로 눈여겨보고 멀리서 관심을 갖는 사람들이 있다. 정일이 형과 나도 그런 경우였다. 누가 먼저 다가가서 인사를 한 적도 없지만 서로의 디자인을 지켜보면서 호감을 갖고 있다가 어느 술자리에서 만나 급격하게 친해지게 됐다. 그후로 정일이 형과 나는 다른 동대문 사람들처럼 피 튀기는 경쟁관계가 아니라 어떤 트렌드가 올 것인지를 얘기하고 원단이나 생산라인 등의 좋은 정보를 나누는 동료이자 친한 선후배 사이가 되었다.

그러던 어느 날 정일이 형이 물었다.

"범석아, 너 이번 겨울에 예비작업 안 하니?"

"왜?"

"중국에 있는 형 친구가 이름있는 브랜드만 만드는데 아주 잘 만들어. 그 친구한테 이번 겨울 작업을 좀 많이 맡겼거든. 혹시 너도 생각 있으면 얘기해. 소개해줄게."

"아주 좋은 퀄러티에 가격도 아주 훌륭하단 말이지…… 그래 나도 중국 작업 해볼래."

그렇게 난 중국에서 샘플을 보기로 했다. 만들고는 싶었지만 한국에서는 단가가 안 나오고 봉제가 너무 힘들어 할 수 없었던 그런 옷들을 샘플로 넣었다. 그리고 한 달 정도 지난 후에 작업물이 나왔다. 감탄이 절로 나왔다. 가격은 둘째치고 정말 제품이 우수했다. 난 모든 옷들을 다 중국에서 대량으로 생산하기로 했다. 동대문에서의 장사도 계속 잘 되고 있었고 거래처도 많았다. 그리고 내놓는 상품들이 줄줄이 히트하는 바람에 내가 좋아하는 옷들은 다른 사람들도 좋아할 거라는 오만한 생각을 할 무렵이었다. 겁도 없이 내가 가지고 있던 전부를 다 투자하기로 했다. 10억이 조금 안 되는 돈이었다.

그렇게 여름을 보내고 가을로 접어들면서 큰 창고를 얻었고 10월이 되어서는 내가 디자인한 옷들을 실은 컨테이너 트럭이 창고 앞에 도착했다. 차도 한 대가 아니라 두 대였다. 직원들과 나는 하루 종일 옷 박스를 실어 날랐지만 끝이 안 보일 정도였다. 그렇게 정리를 다 하고 나서는 날씨가 빨리 추워지기를 기다렸다. 아주 들뜬 마음으로 "겨울만 돼보라지. 다 죽었어. 가격도 퀄러티도 우수해. 내가 이번에 제대로 보여준다."를 중얼거리며 주문을 걸었다. 드디어 기다리던 때가 되었고 난 직원들에게 이 옷을 아주 사랑스러운 맘으로 그리고 아주 자랑스럽게 팔라고 주문을 했다. 그리고 직원들 역시 내가 말한 대로 아주 사랑스럽게 또 자랑스럽게 중국에서 생산해온 옷을 팔기 시작했다.

처음 나온 리버시블 탈부착 점퍼는 첫날 반응이 별로였다.

"오늘은 날씨가 안 추워서 그런가. 내일은 좋아질 거야." 하며 직원들의 사기를 충전시켰다.

그러나 그 점퍼는 다음날도 그 다음날에도 반응이 신통치 않았다. 그리고 날씨가 더욱 추워져 그 점퍼는 다시 창고로 들어갈 시간이 되었고 내가 아주 기대를 많이 한 오리털점퍼와 더플코트를 출고했다. 그런데 이 옷들 역시 반응이 없었다. 내가 기획한 옷들이 이렇게 한꺼번에 외면당한다는 게 믿어지지 않았다. 그해에 지오다노나 베이직 하우스, TBJ 이런 브랜드에서 아주 싼 가격의 더플코트랑 오리털점퍼를 내놓는 바람에 내 기대작들은 일제히 무너졌다. 정말 마구 무너졌다. 그래도 직원들 앞에서 휘청대는 모습을 보일 수는 없었다. 난 자존심으로 여기까지 버텨온 놈이다. 아는 사람들을 통해 건너 건너의 연줄을 잡아서 홈쇼핑을 찾아다녔다. 내가 가진 전부를 모두 쏟아부은 옷들을 들고. 그러나 가는 곳마다 보기 좋게 퇴짜를 맞았다. 당시 홈쇼핑으로 들어가는 옷들은 대개 기업체들의 브랜드들이었다. 내 옷들은 브랜드 상품들과 비교하자면 물량도 적고 사이즈도 다양하지 못해서 홈쇼핑

MONEY
EXCH
BUY/SEL
CAS

용으로 맞지 않았다.

마지막 홈쇼핑 업체의 담당자를 만났을 땐 그나마 남아 있는 마지막 자존심까지 다칠 정도였다. 그는 정말 '어린 녀석이 뭘 믿고? 니가 뭘 알기나 하니? 이것 가지고 되겠어?' 라는 식으로 나를 대했다. 내 물건이 홈쇼핑의 성격에 맞지 않아서 어쩔 수 없이 못 받는 거라면 나 또한 뭐라고 할 수는 없다. 하지만 그의 일방적인 태도는 내게 모멸감을 안겨줬고 나는 큰 상처를 안고 뒤돌아서야 했다. 내가 야심에 차 기획했던 그 옷들은 거의 그대로 창고로 다시 들어갔다. 그리고 나서도 해마다 다시 팔아보려 했지만 재고는 재고였다. 그 정도로 나에게 쓰디쓴 경험을 안겨준 옷들은 없었다.

나는 해마다 그 옷으로 불쌍한 사람을 도왔다. 잔돈푼이라도 얻겠다고 땡처리를 하느니 마음이라도 부자가 되는 게 낫겠다 싶어 해마다 기부를 했다. 내가 만든 옷을 그렇게 싸게 넘길 수는 없었다. 여하튼 그렇게 대량의 옷들을 처리했다.

그런데 정말 재미있는 건 사람과의 인연인 것 같다. 그로부터 시간이 꽤 흐른 어느 날, 지금의 제너럴 아이디어의 최범석에게 한 홈쇼핑 업체에서 연락이 왔다. 나에게 머리 숙여 "저희한테 기회를 주시면 안 될까요?" 라고 물어온 사람은 전에 내 자존심을 심하게 건드린 그 사람이었다. 이번엔 입장이 바뀌어 그가 나에게 부탁을 해온 것이다. 그때 옷이 가득 든 큰 가방을 들고 눈물을 훔치며 주차장을 빠져나갔던 사람이 나였다는 것을 그는 기억도 못하는 모양이었다. 후에 술자리에서 그를 다시 만나게 되었다.

"그때 일, 저 못 잊어요."

"에이, 다 지난 일인데…… 좀 풀어요. 그때는 어쩔 수가 없었잖아요. 사람 일이 다 그렇지."

그는 민망해하며 지난 일들을 덮고자 했다. 어쩌면 그의 말대로 아무것도 아닌 일이었는데 내가 과민반응을 보인 건지도 모르겠다. 여하튼 나는 이런 경험들 때문인지 천성 때문인지는 잘 모르겠지만 절대 사람을 가볍게 대하지는 않는다. 인간에 대해서는 기본적으로 존중하는 자세가 필요하다고 생각한다. 사람 일은 어떻게 될지도 모르고 나의 처지 역시 한결같을 순 없으니 말이다.

쇼를 보았다

디자이너들은 대부분 누구의, 어떤 패션쇼를 보고 자극을 받아 디자이너가 되어야겠다고 마음을 먹는다. 나도 그렇다. 2002년, 디자이너 홍은주의 파리 컬렉션을 따라가서 세계적인 무대의 쇼를 보고 디자이너가 되기로 마음을 먹었다. 2002년이면 A.N.B를 론칭하고 한창 잘 되고 있을 때였다. 동대문 장사를 하고 있으면서도 압구정동과 청담동 일대를 손바닥 안에 넣고 있었던 터라 이렇게 저렇게 발도 넓어져 있었고 패션 쪽 인맥도 어느 정도 줄이 닿아 있었다. SFAA(Seoul Fashion Artist Associtaion)의 회원이기도 했던 디자이너 홍은주 선생님도 그렇게 알게 됐다.

유럽의 컬렉션은 뉴욕, 런던, 밀라노, 파리가 있다. 여성복과 남성복(남성복은 밀라노와 파리만 진행)을 따로 진행하며 각각 봄/여름(S/S), 가을/겨울(F/W) 이렇게 일 년에 두 번씩 컬렉션이 있는데 서로 겹치지 않게 일주일 정도씩 텀을 두고 이어져 있다. 여성복의 경우에는 한 컬렉션에서 대개 50~80개, 남성복의 경우에는 40~50개의 팀이 컬렉션을 발표를 하게 되는데 각 도시마다 정해진 패션쇼 장소가 있기는 하지만 몇 명 독특한 팀이나 재정적으로 든든한 브랜드들은 저마다 컨셉이 있는 자신들만의 장소에서 쇼를 하기 때문에 스케줄 표를 보면 시간 옆에 장소와 찾아가는 방법, 셔틀버스 타는 방법까지 안내되어 있는 도시도 있다. 서울 컬렉션은 한 장소에서 모든 쇼가 치러지지만 다양한

Reliance
PCO

공간에서 패션쇼를 치른다는 점이 내가 파리 컬렉션에서 발견한 첫번째 신선함이기도 했다.

홍은주 선생님은 파리 루브르 박물관 지하의 쇼장에서 쇼를 했다. 처음 본 파리 컬렉션에 나는 흥분하지 않을 수가 없었다. 화려했고 환상적이었고 아름다웠다. 서울로 돌아와서도 머릿속에는 온통 쇼를 통해 받은 충격뿐이었다. 나도 쇼를 해보자. 내 능력이 어디까지인지 한번 테스트를 해보고 싶다. 그냥 소박하게나마 내 주변 사람들을 모아서 파티처럼 하면 되지 않을까. 그래도 쇼니까 몇 명의 전문가들이 와서 봐주면 좋겠지. 그런데 어떻게 그들을 모을 수 있을까. 그때 쇼에 대한 나의 열정은 대단했다. 여기저기 접촉을 시도해봤지만 경험도 없고 달랑 동대문 경력이 전부였던 나에게 도무지 기회란 없었다.

그러던 어느 날 자주 가던 삼청동의 재즈 바, 재즈 스토리에 가게 되었다. 다 허물어져가는 초가집 같은 곳이지만 독특한 분위기에 반한 나는 단골이 됐고 주인 내외와도 곧 친해졌다. 나이로만 치면 스무 살까지 차이가 나지만 재즈 스토리의 형과 형수는 전혀 나이가 느껴지지 않는 젊고 재미있는 분들인지라 흥수 형, 애균 누나 이렇게 부르며 지내는 사이가 되었다. 그날도 스치는 말로 패션쇼를 대한 얘기를 했었다. 그리고 얼마 지나지 않아 전화가 왔다. 흥수 형과 어떤 인연인지는 모르겠지만 ○○패션 사장님이시라며 비서인 듯한 사람이 전화를 바꿔주었다. 아주 점잖은 목소리에, 그리고 대기업 사장이라는 소개에 난 이미 주눅이 들어버렸다.

"여보세요."

"네……."

"경험은 있나요?"

"학교는 어디를 나왔나요?"

내가 별로 대답할 게 없는 이런저런 것들을 물어보시더니 중앙 콘테스트에 가보는 건 어떠냐며 제의를 하셨다. 나는 중앙 콘테스트라는 것에 대해 관심이 없어서 몰랐는데 신인들을 한 곳에 모아 테스트를 해보고 역량 있는 신인에게 기회를 주는 그런 콘테스트였다. 사실 내가 간절히 원하는 건 콘테스트가 아니었다. 쇼였다. 자만심이 아니라 그래도 몇 년간 옷 만들어서 밥 먹고 살았는데 옷을 가지고 누구와 실력을 겨뤄서 붙고 떨어지고 하는 행사는 싫었다. 그리고 애초에 콘테스트라는 말은 나와 어울리는 말이 아니었다.

얼마 후 째즈 스토리의 애균 누나는 나에게 한 디자이너 선생님을 소개해줬다. 처음 만난 선생님이 내게 보여달라고 한 건 남들이 흔히 이야기하는 포트폴리오나 졸업작품이 아니었다.

"너 지금 입고 있는 것처럼 만들 수 있어?"

그분은 다시 '스파'의 박윤수 선생님을 소개해줬다. 그러나 대학교를 안 나왔다는 사실은 당시 패션업계의 신인으로서 인정될 수 없는 부분이었다. 서울패션인협회 측에서도 소개하는 입장이 난처하다며 일본에서 패션 공부를 한 것으로 하자고 제의했다. 처음 쇼에 서기 위해서 나는 거짓 이력을 달아야 했다. 패션 쪽은 그랬다. 후에 '제너럴 아이디어'가 인정받으면서 여기저기 소개될 때 일본 이력이 부담스러워 허위라고 먼저 밝혔는데 아직도 어떤 잡지에서는 그 꼬리표를 달고 기사를 내보내곤 한다. 그때는 그럴 수밖에 없는 상황이라는 것을 서로가 인정하는 분위기였고, 거짓말을 한 것에 대해서도 도덕성의 문제로 곤욕을 겪은 일은 없지만 지금 생각해보면 나 스스로 가끔씩 창피할 때가 있다. 여하튼 그렇게 만난 박윤수 선생님은 포트폴리오도 없는 내게 어떻게 자신을 증명하겠느냐 물으셨고 나는 열흘 안에 열 벌을 만들어 보이겠다고 당당히 말했다. 박윤수 선생님은 황당해하는 표정을 감추지 못하며 자신 있으면 해보라고 하셨고 나는 열흘 동안 일곱 벌을 만들어서 가져갔다. 차근차근 옷들을 살피시던 선생님이 말문을 열었다.

"쇼를 해봅시다."

그렇게 해서 나는 SFAA 컬렉션으로 데뷔할 수 있었다.

STONES
WITHSTAND
DIVORCE * SLANDER
RIP-OFFS * SLAGGING
UNDER-AGE SEX
PASS

내가 누구이고, 어떤 사람인지를 알고 싶다고 했다.
하지만 과연 내가 나를 설명할 수 있을지 자신이 없었다.
그럴 때마다 나는 내가 좋아하는 것들을 설명하기 시작한다.
그렇게 그것들을 설명하다 보면
나도, 나를 알고 싶어했던 당사자도 고개를 끄덕이는 순간이 있다.
누구에게든 말할 수 있어야 한다.
내가 누구인지, 내가 어떤 사람인지를.

STAGE 2

쇼 완전정복

치즈를 뒤로 하고 동대문으로 처음 나갈 때의 기분과 비슷했다. 쇼를 준비하는 동안 설렘과 기대보다 내가 얼마나 할 수 있을까 하는 고민과 걱정이 더 컸다. 누구 밑에서 일을 배워본 적도 없고 보기만 했던 쇼를 직접 연출하려니 어디서부터 시작해야 할지 감이 안 왔다. '우선 콘셉트부터 정하자.' 내가 보여주고 싶은 게 무엇인지, 어떤 옷을 만들 건지 생각해봤다. 도저히 답이 안 나와 하루는 클럽에서 음악만 죽도록 들어보기도 하고 하루는 서점에 가서 책만 하루종일 보기도 했다. 그러고 언제나처럼 노트에 낙서를 하기 시작했다. 최범석, 모험, 깡, 부러움, 친구, 열정, 일, 반항, 자유, 사랑, 동경 등을 쓰다 보니 내 색깔이 보였다. 배우지 않은 나이지만 잘 할 수 있다는 반항의 끼, 그리고 내가 가고자 하는 곳에 대한 동경. 첫 쇼의 콘셉트는 Rebellion & Aspiration으로 정했다. 음악도 영국의 락을 틀기로 했다.

그리고 모델도 내 스타일대로 뽑았다. 지금은 유명해진 찰스, 반항적 이미지가 인상적이었던 찰스는 내 첫 무대를 통해 데뷔를 했다. 연예계의 대표 반항아 김창렬을 무대에 세웠고 이미지가 강한 여자 모델을 찾아 수염을 붙이고 남성복을 입혔다. 모델들의 전에 없었던 강한 워킹과 눈빛은 '최범석, 저 녀석이 반항을 하는구나'를 노골적으로 보여줬다.

내가 평생을 살아가면서 기억해야 할 숫자, 2003년 12월 02일은 내가 난생 처음으로 첫 쇼를 연 날이기 때문이다. 15분의 쇼를 위해 두 달이 넘는 시간을 투자했다. 백스테이지에 있는데 많이 설레었다. 쇼가 시작되기 바로 전에는 모델도 잘 보이지 않았다. back wall이 흰색이었는데 세상이 전부 흰색으로 보였다. 긴장한 티를 내지 않으려고 애썼고 나름 담대하게 마쳤다고 생각했다. 그러나 숨길 수 없는 거였나 보다. 쇼가 끝나자 주변 사람들이 내 얘기들을 해주었다.

"범석이는 포커페이스는 아냐."

"왜?"

"너무 긴장하던데."

"보였어?"

"응. 다 보였어."

이제 와서 하는 얘기지만 이때가 내 인생 최고의 긴장상태였다. 날 봐달라고 많은 사람들을 불러모았다. 많은 사람을 위해 내가 만든 자리도 처음이었지만 옷을 사랑하고 좋아하는 것밖에 내세울 게 없는 나에게 기본도 없는 놈이라고 할까봐 슬며시 겁이 나기도 했다. 하지만 나는 배운 거 하나 없는 놈이 시건방만 떤다는 힐난이 쏟아져도 감수할 마음가짐이 돼 있었다. 파티라는 이름을 내세우긴 했지만 이 쇼 하나에 내 인생이 걸려 있다고 해도 과언이 아니었다.

그 쇼가 끝났다. 막이 올랐나 싶었는데 곧 쇼가 끝나고 말았다. 이 15분을 위해 몇 달을, 아니 지난 몇 년을 고생했다고 생각하니 주체할 수 없을 만큼 허무했다. 게다가 백스테이지 안에서 정신없이 뛰어다니느라 정작 나는 쇼를 보지도 못했다. 사람들의 반응이라도 그때그때 캐치할 수 있었다면 덜 허무했을 텐데 나는 쇼도, 관객의 반응도 아무것

배우지 않은 나이지만 잘 할 수 있다는 반항의 끼, 그리고 내가 가고자 하는 곳에 대한 동경. 첫 쇼의 콘셉트는 Rebellion & Aspiration이었다. 모델들의 전에 없었던 강한 워킹과 눈빛은 '최범석, 저 녀석이 반항을 하는구나.'를 노골적으로 보여줬다. SFAA 컬렉션에 선보인 내 옷들은 젊은 사람들이 좋아할 요소가 많아서 그리고 무엇보다 입을 수 있는 옷으로 쇼를 했다는 점에서 호평을 받았다.

도 보지 못했다.

애쓴 바가 있었으니 어느 정도 기대는 했겠지만 그렇다고 큰 반응을 기대한 건 아니었다. 단지 나에 대한, 내 감각과 실력에 대한 전문가들의 비판과 칭찬, 모두를 듣고 싶었다.

그날, 신인 디자이너를 향한 의례적인 인터뷰가 있었고 어색한 사진도 많이 찍혔다. 아마 내가 26년을 살면서 찍은 사진보다 그날 찍힌 사진이 더 많을 것이다. 인터뷰도 카메라 플래시도 익숙지 않았지만 처음으로 '내가 주인공이구나' 하는 것을 느꼈다. 물론 뻔한 아주 의례적인 질문들뿐이었지만…… 그때 한 기자가 다가왔다.

"안녕하세요. 전 바자의 강주연 기자인데요. 내일 피곤하시겠지만 인터뷰 좀 해주시면 안 될까요? 정욱준, 서상영, 김서룡 등 다섯 명의 주목받는 남성복 디자이너들의 스토리인데 실장님의 쇼를 보고는 취재를 하고 싶어서요."

"내일요? 시간 괜찮습니다."

"함께 사진 찍고 싶은 모델이나 인물이 있으시면 함께 오셔도 좋구요. 재능 있는 디자이너를 독자들에게 소개하는 지면이니까요, 부담 가지실 것 없어요. 그럼 내일 봐요."

태연한 척했지만 기분이 너무 좋았다. 쇼를 한 것도 좋았지만 쇼를 하자마자 유명 패션 잡지의 지면을 차지할 수 있다는 것도 가슴 뛰는 일이었다. 그것도 이미 정상급인 디자이너들과 나란히…… 이렇게 좋은 기회가 바로 찾아와주다니. 행운이었다.

다음날 내가 만든 의상들을 들고 내가 발탁한 모델, 찰스와 내가 좋아하는 삼청동의 째즈 스토리 홍수 형과 같이 촬영에 임했다. 찰스는 내 쇼를 통해 데뷔를 했다. 디자이너는 오디션을 통해 모델을 선택한다. 내가 주문하는 대로 모델들이 워킹을 하고 포즈를 취하면 그 표현력을 보고 모델을 선택한다. 그때 찰스를 보고 내 옷들의 콘셉트와 맞아떨어진다는 생각을 했다. 흥수 형은 쉰 정도의 아저씨로 백발의 신사다. 나훈아 아저씨와 같은 카리스마를 가진 형인데 내게 버팀목이 돼주는 만큼 찰스와 나의 젊음과 형의 숙련됨이 균형을 잡아줄 거라 생각했다.

화보 촬영이 끝나고 강주연 기자가 다가와 말을 건넸다.

"제가 가장 먼저 인터뷰 요청을 했죠? 아마 이제 인터뷰 요청이 많이 올 거예요. 전 최실장님의 가능성이 보이네요. 잘 될 거예요. 절 믿으세요. 저도 최실장님을 믿어요!"

그때 그 기자의 믿음이 나에게 큰 힘이 되었고 난 그 믿음을 깨뜨리기 싫었다. 지금도 바자와 엘르의 패션 디렉터로 일한 강주연 차장님을 자주 본다. 어쩔 땐 누나라고도 하는데 아직도 그녀는 나에게 힘이 돼준다. 물론, 그녀는 반대로 자신이 힘들고 매너리즘에 빠질 때마다 나를 보러 와서 힘을 얻어간다고 주장하지만. 나 혼자만의 해석일지도 모르지만 그녀는 어머니가 줄 수 있는 막강한 믿음을 나에게 주었다. 누군가가 나를 믿어준다는 것은 큰 힘이자 자산이다. 그러기에 나는 자존심을 내던져서라도 그들에게 실망을 안겨주면 안 된다고 생각한다. 그런 오기가 지금까지 나를 버티게 해준 건지도 모른다.

그리고 정말 그날의 인터뷰 이후 여러 매체로부터 인터뷰 요청이 들어왔고 여기저기서 옷 주문 의뢰가 들어왔다. 심지어 동대문이 베이스였던 나의 동대문 사무실까지 찾아와서 옷을 사 가는 사람들이 생겨났다.

그리고 그 잡지가 세상 밖으로 나왔을 때쯤 난 신데렐라가 되어 있었다. 쇼는 나에게 행운을 가져다 주었다. SFAA컬렉션에는 모두 40여 개의 팀이 참가했는데 모두 기성 디자이너들뿐이었다. 그 속에 신인은 나 하나였다. 내 쇼의 콘셉트를 굳이 말로 하자면 이렇게 표현할 수 있을 것 같다. 기성세대에 대한 반항과 미지의 것에 대한 동경. SFAA컬렉션에 선보인 내 옷들은 무엇보다도 젊은 사람들이 좋아할 요소가 많았기 때문에 호평을 받을 수 있었던 것 같다. 그리고 무엇보다 쇼를 위한 옷이 아닌 입을 수 있는 옷으로 쇼를 했다는 점도 강하게 어필됐다는 평도 들었다.

고흐의 뇌를 훔치다

신데렐라가 되고 나서 난 어리둥절했다. 여기저기 인터뷰도 많았고 만나자는 사람들도 많았다. 엔터테인먼트 회사, 브랜드 회사에서부터 사진가, 레스토랑 사장님 등에 이르기까지.

그런데 나는 시작 자체가 나를 테스트하기 위해 뛰어들었던 거라 숍도 없는데다 생산라인도 전무했다. 물론 홍보와 관련된 스태프도 시스템도 아무것도 없었다. 오히려 사람들이 옷을 사러 동대문으로 찾아와서는 어서 빨리 숍을 내라고 야단들이어서 급하게 압구정에 자리를 알아보러 다녔다.

난 파리 르 클레어나 도쿄의 준야 와타나베처럼 사람이 많이 다니는 대로변보다는 인적이 드문 골목으로 가게를 알아봤다. 그리고 윈도우가 없는 건물을 택했다. 그런 곳이 저렴하기도 할뿐더러 이제 주목받기 시작한 나의 이미지에도 잘 맞는 듯했다. 밖으로 노출되지 않는 매장, 그래서 안을 더욱 들여다보고 싶은 곳, 그런 것이 내가 원하던 것이었다.

나는 몇 년 전 내가 군대문제 때문에 힘들었던 시절 울산에서 만났던 수영이 형을 수소문하기 시작했다. 울산의 '꿀'에서 만나고 이미 여러 해가 지났지만 그 사이 통 연락을 하지 못했었다. 제너럴 아이디어를 준비하는 동안 울산의 작은 바 '꿀'이 기억에서 떠나지 않았다. 제너럴 아이디어만의 분위기를 만들 수 있는 사람은 수영이 형밖에 없다는 생각이 들었다. 수소문 끝에 청와대 부근, 부암동에서 형을 만날 수 있었다. 형은 외국에서 생활하다가 잠깐 한국에 들어와 있던 차였다. 수영이 형은 이전과는 많이 달라져 있었다. 세상을 등진 도인의 냄새가 났다. 원래 사람들과 그다지 어울리는 편은 아니었지만 만나지 않은 세월 동안 너무 고생을 한 게 한눈에 보였다. 형과 난 신촌으로 가서 아무 곳이나 들어갔다. 난 항상 물이 좋거나 분위기가 좋은 곳을 찾는데 형은 그런 것보다 항상 무엇을 하러 가느냐에 더 관심이 많은 사람이기에 그냥 길거리 맥주 집으로 들어갔다. 형의 첫마디는 군대는 다녀왔냐는 것이었다. 그만큼의 시간은 지났던 것이다.

"운이 좋았는지 안 갔어. 나 같은 놈은 안 와도 된대."

"아이고, 아깝다. 다녀왔으면 좀 더 컸을 텐데…… 아깝다."

"정말 오랜만에 보는 형은 왜 이리 도인 같아졌어? 머리도 너무 길었다. 형, 원래 그렇게 머리에 새치가 많았나? 염색을 하든가 아니면 좀 잘라야겠다."

형 말로는 영국에서 삼 년 정도 유학을 했는데 아주 고생이 많았다고 한다. 영국에서는 커트비가 너무 비싸서 한 번도 커트를 하지 않았다고 하니 그의 생활이 어떠했을지 대강 짐작이 됐다.

"근데 무슨 이유로 날 만나자고 한 거니?"

나는 본론으로 들어가 매장 얘기를 꺼냈다.

"나 이번에 압구정에 숍 내는데 형이 인테리어 해주면 안 돼? 나, 전에 형이 만든 바 인테리어에 너무 감동을 받아서 제너럴 아이디어를 꼭 형이 만들어줬으면 해."

"나 이제 인테리어 안 하는데…… 이제 업자 소린 안 들을란다. 그리고 다시 곧 런던으로 갈 거야."

"형, 나 동대문 물건으로 소매하는 게 아니라 나 디자이너가 돼서 내 옷을 팔아. 이번에 스파에서 쇼하고 숍 낸단 말이야. 숍은 대충 봐놨는데 형이랑 한번 보고 어떻게 할지 구상해보고 싶어. 나 꼭 좀 도와줘, 형."

한참을 설득했다. 나의 꿈과 포부에 대해 간절히 전하면서 제너럴 아이디어의 비전과 함께 나름대로 세운 계획들을 늘어놓았다. 그렇게 한참을 듣다가 형은 승낙을 했다. 사실 나는 형이 내 청을 들어줄 때까지 물고 늘어질 참이었다.

"그래, 도와줄게. 해보자."

드디어 수영이 형을 얻었다. 도와주기로 하자 형은 네이밍에도 관심을 가졌다.

"그런데 와 이름이 제너럴 아이디어인데? 너 전에 동대문에서 Mu로 했잖아. Mu로 하지 왜?"

"Mu는 동대문 브랜드이고 난 이제 디자이너 브랜드를 만든 거야. 제너럴 아이디어 이름 짓는 데 한 달은 넘게 걸렸어."

"그래서 왜 제너럴 아이디어로 지었냐 말이다."

"평범한 아이디어의 옷을 만들기보다 아주 아이디얼한 옷을 만들고 싶고 나만의 세계를 만들고 싶은 것. 그러니까 일상적인 아이디어를 일상적이지 않게 보이고 싶은 거지. 반어법으로 표현한 건데 어때? 우선 어감이 아주 좋지 않아? 그리고 심벌하고 로고도 만들어야 하는데 아이디어가 떠오르지 않아."

"범석아, 형 절친한 친구 중에 해얼이라는 친구가 있는데 함 만나볼래? 그아도 니만큼 특이하다. 그놈아 그래픽하는데 그아가 너랑 잘 맞을 거 같아."

난 며칠 후 해얼이 형을 만났다. 그는 두꺼운 뿔테안경 안에서 나의 행동과 말을 아주 세심하게 바라보고 있었다.

"제 제너럴 아이디어는 평범하지 않아요. 제 제너럴은 제너럴하지 않게 풀고 싶어요."

"그러면 우선 제너럴한 요소를 뽑아보죠. 그리고 범석 씨가 요즘 좋아하는 것들을 말해보세요."

"전 클레식 차를 좋아하구요 영국밴드를 좋아하구 그리고 아티스트를 동경해요."

"그럼 차는 뭐를, 아티스트는 누구를 좋아하나요?"

"차는 옛날 미니를 좋아하구요 아티스트는 고흐를 좋아해요. 얼마 전에 네덜란드 고흐 뮤지엄을 갔다가 보고 반했어요. 그만의 세상, 그만의 자기 고집, 그만의 타협…… 제가 좋아할 만한 걸 너무 많이 가지고 있어요."

"아~"

"아~"

"아~"

세 명 다 동시에 바로 고흐라고 외쳤다. 해얼이 형은 바로 작업에 들어가서 며칠 지나지 않아서 뇌를 얹은 빨간 고흐를 만들어왔다. 그렇게 나의 빨간 고흐는 완성이 되었다.

본격적으로 매장 공사에 들어갔다.

정말 적은 자본으로 인테리어를 맡긴 나도 우습지만 그걸 하기로 한 형도 참 웃긴 사람이다. 여하튼 일은 그렇게 시작됐다.

우선 우린 행거를 상의했다. 당시 청계천 다리가 철거 중일 때라, 청계천의 무언가를 가져와 역사의 단면을 매장에 넣어보자는 데 합의했다. 처음에는 청계천의 부서진 아스팔트 조각을 가지고 와서 테이블을 만들고자 했다. 그런데 안타깝게도 아스팔트는 전부 잘게 부숴져 있어 가지고 올 수가 없었다. 우린 철근을 가지고 와서 행거를 용접해서 만들고 기찻길의 침목을 가지고 와서 테이블을 만들고 벽을 세웠다. 마네킹과 입구의 조형물은 대학생들을 동원해 만들었고 미국 학교의 마루 마감재를 구해서 건물 마당에 깔고는 주차장을 완성했다. 그리고 피팅룸에 있는 거울에는 멋진 프레임도 만들었다.

“형, 아주 오래된 오디오월을 만들고 싶어. 그리고 스피커랑 고서적을 구해 매인월도 만들어보고 싶고. 내가 스피커하고 고서적은 구하러 다녀볼게. 형은 침목하고 고재 구해와.”

우린 무엇보다도 오랜 시간의 흔적이 묻어 있는 재료를 좋아했고 사람들이 잘 안 쓰는 소재를 과감하게 쓰면서 쾌감을 느꼈다. 그게 우리 매장과 다른 매장과 다른 인테리어 콘셉트였다. 일을 하면서 손발이 잘 맞으면 아무리 힘이 들어도 즐겁게 일할 수 있다는 걸 새삼 알게 된 시간이었다.

그렇게 우린 서울에서부터 서울 외곽까지 샅샅이 돌며 자재를 구하고 매일 회의를 하며 새롭게 탄생할 제너럴 아이디어 매장 탄생을 기대하며 즐거워했다. 곧 다가올 론칭에 맞춰 옷도 만들고 인테리어도 하며 아주 바쁜 날들을 보냈다. 정말 사람이 하루에 잠을 얼마나 안 자고 살 수 있는지 테스트하는 기분이었다. 하루는 내가 직접 철근행거에 녹이 생기게 하는 염산 같은 약품을 직접 바르다가 눈에 들어가는 바람에 바로 씻었는데도 각막이 약간 녹아 실명될 뻔한 적도 있다. 그 때문에 왼쪽 시력이 안 좋아졌다. 그래도 행복했다. 내가 우리가 함께 세상에 없는 무엇을 만들어간다는 사실이 기적 같았다. 난 매순간 내가 이렇게 미쳐서 일할 수 있다는 것이 고마웠고 언제나 그 순간을 사랑했다.

드디어 디지털보다 아나로그를 훨씬 좋아한 형과 나는 '제너럴 아이디어' 프로젝트를 완성시켰다.

그리고는 그제서야 형에게 물었다.

"형, 인테리어 해주기로 맘 바꾼 이유가 뭐야?"

형은 이상한 대답을 했다.

"너는 척후병이야. 넌 돈은 결코 못 벌 거야."

"형, 척후병이 뭐야?"

"척후병은 전쟁이 나면 적이 어디 있는지 알아보러 젤 먼저 가는 병사야. 그래서 척후병은 제일 먼저 죽든가, 아니면 살아남아 제 임무를 다 한다고 해도 그렇게 많은 보상을 받진 못해. 그러니까 넌 젊은 친구들한테 꿈이자 이상형은 될 수 있어도 니 삶이 그렇게 행복하진 않을 거야. 그래서 널 도와주는 것뿐이야."

뭔가 알 수 없는 말, 나는 그 말을 이해하려고 지금도 가끔 되새겨보곤 한다. 난 정말 행복할 수 없는 걸까?

제너럴 아이디어 인테리어가 사람들의 시선을 끌면서 수영이 형도 수면 위로 올라오게 됐고 잡지사 인터뷰 같은 것도 하게 됐다. 형은 인터뷰를 할 때면 '나는 지구인입니다.' 라고 자신을 소개했다. 보통 사람과는 달리 자신만의 독특한 시각으로 세상을 바라보고 남다른 방식으로 사고를 한다. 그리고 나에게도 다르게 생각하는 방법과 다르게 보는 시각을 알려준다. 나 때문이었는지 정확하진 않지만 형은 다시 영국으로 가지 않았고 지금까지 제너럴 아이디어 인테리어를 도맡아서 해주고 있다. 물론 내 매장의 인테리어만 하는 건 아니다. 술도 같이 마시고 얘기도 많이 나누면서 나에게 항상 힘이 돼준다. 형은 얼마 전, 형과 아주 비슷한 형수를 만나 아주 부럽고도 멋진 남다른 인생을 살아가고 있다. 홍대에서 '코너' 라는 인테리어 소품 가게를 운영하고 있는데 내가 쓰다 남은 원단을 가져다 주면 그걸 기워서 가방도 만들기도 하고 뚝딱뚝딱 아기자기한 것들을 만들어 판매한다. 지금 그들은 효자동 한옥집에서 살고 있다. 형수는 나와 동갑인데 쑥스러움도 많고 하는 행동들이 귀엽다. 어느 날 인왕산 등반을 하기로 해서 산 입구까지 내 차로 이동을 하는데 형수가 친구들에게 전화를 해서는 "나 범석씨 차 타봤다. 외제차 처음 타는데 되게 좋다." 라며 아무렇지 않게 소곤소곤 자랑을 하는 그 모습이 순수하고 귀여워 보였다. 이 커플을 보면 참 예쁘다는 생각, 참 예쁘게 산다는 생각이 든다.

제 제너럴 아이디어는 평범하지 않아요.
제 제너럴은 제너럴하지 않게 풀고 싶어요.
우선 제너럴한 요소를 뽑아보죠.
그리고 범석 씨가 요즘 좋아하는 것들을 말해보세요.
클래식 차를 좋아하구요 영국밴드를 좋아하구,
그리고 아티스트 고흐를 좋아해요.
아, 고흐……
나, 수영이 형, 해얼이 형 모두 고흐라고 외쳤다.
그렇게 나의 빨간 고흐는 완성이 되었다.

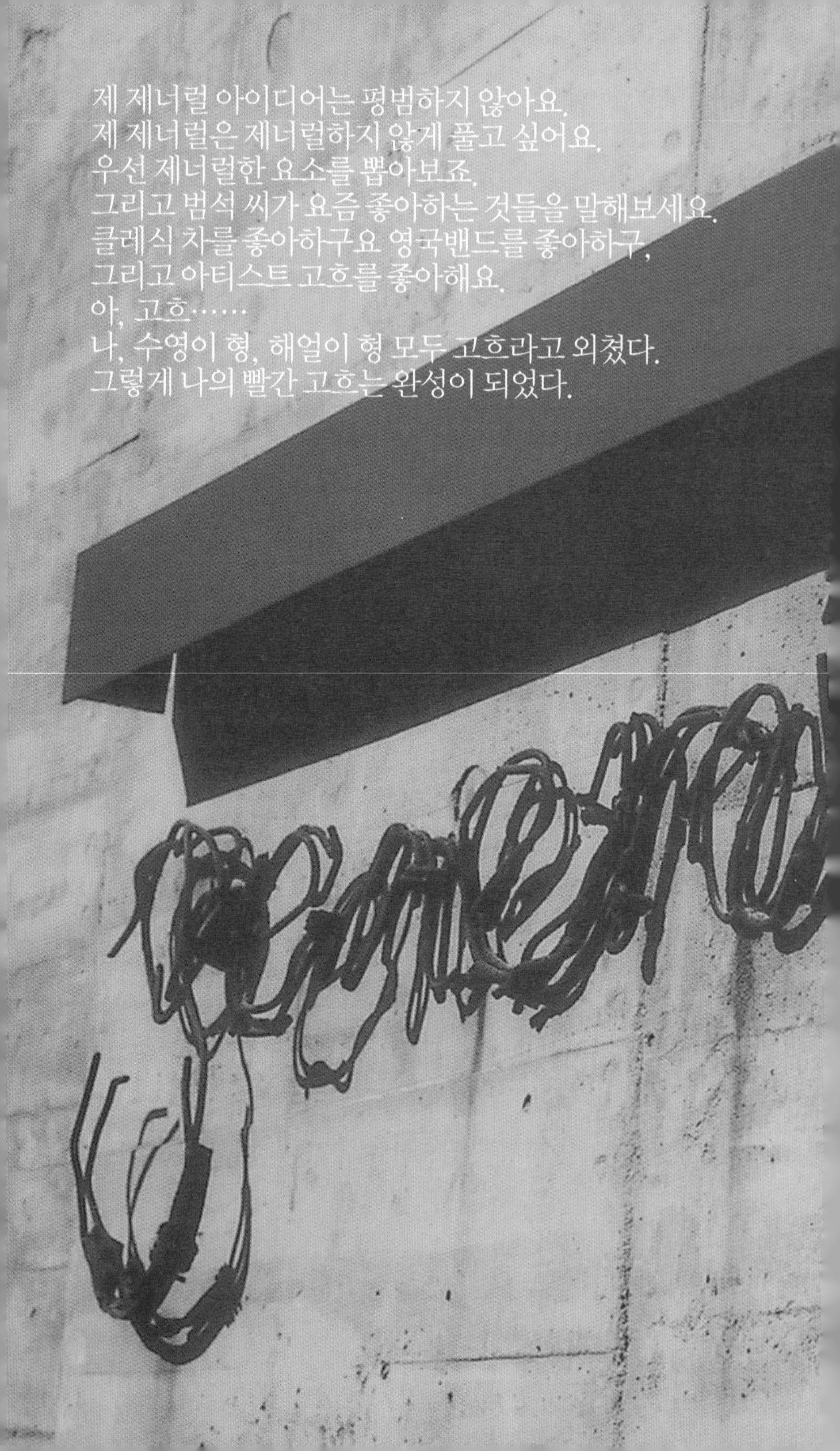

welcome
Campbell's
Tomato SOUP
UP TO THE RISKS
CARLOS CASTANEDA
How to market yourself... yourself!
KAMPO
How the Japanese Updated Traditional Herbal Medicine

돈은 벌면 된다

누구든 시련의 시기가 있게 마련이다. 내게도 큰 시련이 왔었다. 아니 내가 그 시련을 만들었다.

나는 옷으로 시작했고 앞으로도 계속 옷을 할 것이지만 한때 한눈을 파는 바람에 소위 말하는 '한 우물을 파야 한다' 는 말을 뼈저리게 깨우친 일이 있었다.

내가 두번째 컬렉션을 하기 바로 전, 2004년 3월에 사건은 터졌다. 그 사건이 터지고 난 한 달 동안 하루도 빼놓지 않고 술을 마셨다. 술을 마시는 일밖에 다른 일은 할 수 없었다. 낮이고 밤이고 집에서고 밖에서고 자다가도 눈을 뜨면 괴로움이 몰려와 술을 마시지 않으면 안 되는 날들이었다.

문제의 발단은 다 욕심 때문이었다. 발단은 2003년 봄이었다. 내가 디자이너로 데뷔를 하기 전 동대문에서 일을 할 때였다. 난 동대문의 모 은행을 주 거래은행으로 두고 매일같이 돈을 입금하고 송금하면서 우수고객이 되어 있었다. 우수고객은 번호표를 뽑지 않고 룸에서 내 전담 은행원과 상담을 하면서 입출금을 할 수 있었다. 어느 날, 그곳의 부지점장과 이야기를 하다가 부동산 얘기가 나왔다.

"최범석 씨, 혹시 부동산에 관심 있어요? 요즘 다 재테크다 뭐다 해서 돈놀이하느라 바쁜데 최범석 씨는 너무 정직하게만 돈 관리 하는 것 같아요."

"부동산은 안 정직한가 봐요? 하하하."

농담으로 맞받아쳤지만 마침 내가 너무 구식으로 자금 운영을 하고 있는 게 아닌가 하는 생각을 하고 있을 때였다. 그때 당시 모든 매체에서는 매일같이 부동산 급등에 대해서 떠들고 있었다. 세상 모든 사람들이 관심을 갖는 그것에 나라고 관심이 없는 건 아니었다. 나 역시 구미가 당겼으나 일도 많을뿐더러 잘 모르는 분야에 선뜻 발을 들이기가 쉽지가 않아 차일피일 미루고 있던 중이었다. 게다가 주변에서도 부동산으로 큰 돈을 번 형들도 여럿 보았기에 부지점장의 말을 흘려 들을 수가 없었다.

"물론 저도 관심 있죠. 뭐 좋은 거 있어요?"

"있죠. 그러니까 저도 3억을 투자했는데 아주 안정적이고 그리고 믿을 만해요. 대그룹에 계시던 분인데 그분이 나와서 사업을 하는 거라 여기저기서 투자하려고 난리예요."

"전 투자는 안 할래요."

"아니 그게 아니라 거기다 단기 투자를 하면 바로 돈이 두세 배는 생기니까 그 돈으로 같이 부동산을 하자는 거죠. 그분은 전국을 헬기로 다니면서 땅을 보시는 분이에요. 그리고 그분은 대기업과 줄이 닿아서 기업에서 산 땅 옆자리만 투자해요. 어때요? 제 친구들도 많이 투자했어요."

그날 저녁 사무실에 돌아와 디자인을 하면서도 내 머릿속엔 온통 부동산과 투자수익에 관한 잡념으로 꽉 차 있었다. 그래, 돈이 많이 생기면 나중에 더 멋진 걸 만들 수 있으니 이번 기회를 놓치지 말자. 그리고 내 브랜드를 론칭하는 거야. 브랜드 론칭에 꼭 그 돈이 필요한 것도 아닌데 그 길만이 내 꿈을 빠르고 쉽게 이뤄줄 것만 같았다. 다음날 아침, 은행에 가서 3억을 투자하기로 했다.

그런데 그 부지점장의 이야기가 나를 더 자극했다.

"더 투자하고 싶음 더 하세요. 범석 씨는 은행 실적이 좋아서 대출이 잘 나오니까요."

그래서 난 고민 끝에 4억을 대출 받아서 결국 7억이라는 큰 돈을 투자하게 됐다. 그렇게 투자를 하고 나서는 편하게 지내질 못했다. 그 회사가 잘 되어가고 있는지 수익은 얼마나 나오는지 정말 믿을 만한 사람인 건지 의심이 간 것도 사실이었다. 그러다가 그해에 디자이너로 데뷔를 하면서 바빠진 통에 투자에 대한 생각을 잠시 잊고 있었다. 그리고 다음 컬렉션을 준비하는 동안 이 사건은 터졌다.

한창 컬렉션 의상을 준비하고 있는데 전화 한 통이 걸려왔다.

"최범석 씨 맞나요?"

"네."

"혹시 OO 회사 아시죠?"

"네."

"저는 그 회사 채권단 대표인데요. 여기에 투자하셨죠?"

"네. 그런데요?"

"그 회사 대표가 부도 내고 중국으로 도망을 갔어요."

"네?"

난 할 말을 잃었다.

"여기 잠실에 있는 사무실인데 바로 오실 수 있나요?"

나는 바로 달려가 그곳에 모인 채권단들을 만날 수 있었다. 이미 도착해 있던 많은 사람들이 내 돈 내놓으라고 모두들 아우성들이었다. 정말 영화나 드라마에서나 보았던 무서운 눈빛들과 침착하지 못한 행동들이었다.

"최범석 씨, 아직 회사가 살아 있으니 우리가 돈을 조금씩만 보태서 경영을 하면 이 회사를 살릴 수가 있는데⋯⋯ 그리고 전 이런 사람입니다."

잘 차려 입은 어떤 40대 초반의 아저씨가 명함을 내밀면서 해결책을 찾자는 제스처를 취했다.

"채무가 제일 많진 않지만 제가 일을 좀 해본 경험이 있어서 채권단 대표를 맡기로 했습니다."

우리는 그렇게 조금씩 돈을 모아 회사를 살리려 했다. 잘하면 내가 투자한 자금의 반은 찾을 수 있다는 이야기에 그거라도 찾고자 그 아저씨의 의견에 동의했다.

난 내가 정말 열심히 번 돈이 아깝다는 생각보다도 실제로 만져보지도 못한 돈을 갚아야 한다는 생각만으로도 너무 억울했고 더구나 그 돈이면 우리 부모님이 아주 행복하게 지낼 수 있으실 텐데 라는 생각이 들어 쉽게 물러설 수가 없었다.

너무 욕심을 부렸다는 생각에 난 하루도 빠지지 않고 술을 마셨다. 정말 마시지 않고서는 버틸 수가 없었다.

그렇게 한 달이 다 지나간 사이, 두번째 쇼가 눈앞에 와 있었다. 정신이 퍼뜩 들었다. 무엇이 나에게 더 중요한가를 물었다. 돌아오는 대답은 이 바닥에서 착실히 쌓아가야 할 나의 커리어였다. 지금 내가 할 수 있는 것들을 더 열심히 하자라고 다짐하고 집에 있는 술을 모두 버리고 다시 일을 시작했다.

첫 쇼 이후로 꾸준히 두번째 쇼를 준비해온 덕분에 얼마 남지 않은 기간 동안 잘 풀어나갈 수가 있었다. 백 퍼센트 마음에 들진 못했지만 그래도 어느 정도의 수준은 보여줄 수 있어서 다행이었다.

쇼가 끝나고 회사를 살려보기로 했던 곳과 다시 연락이 됐는데 아예 가망이 없다는 통보를 받았다. 나중에 알아보니 그 채권단 대표라는 사람도 자기 투자금을 챙기려 모두에게서 돈을 모았다고 한다. 두 번이나 뒤통수를 맞은 셈이었다. 너무 힘들었다. 난 정직하게 살아왔는데 세상은 그런 나를 발로 차버리고 있었다. 아무 생각 없이 이리저리 휩쓸린 내가 실망스럽고 싫었다.

잃은 돈은 정말 막대한 수업료를 치렀다고 생각하는 수밖에 없었다. 한눈 팔지 말라는 하느님 뜻이구나 하고 생각했다. 다른 데 관심 갖지 말고 옷만 해야겠다는 생각을 했다.

돈은 벌면 된다. 나는 젊다. 그리고 내 옷을 입어줄 사람들은 얼마든지 많다. 그 세 가지, 내 희망은 단지 그것뿐이었다.

아름다운 약속

"사장님, 이제 회사 밖, 사석에서도 사장님이라고 부르겠습니다."

"갑자기 왜 그래 형, 느끼하게…… 나 그런 거 싫어하는 거 알면서. 나 약 올리는 거야? 나 디자이너 선생님 소리도 싫고 형이나 동생들한테서 사장님 소리 듣는 것도 싫어. 그러지 마."

경수 형과 난 둘이서 형 친구가 압구정에 오픈한 포장마차에서 술을 마시며 속 이야기를 하고 있었다.

"사장님, 저 이제 정말 사장님을 사장님으로 모실게요."

"뭐야, 어제 영화 '약속' 이라도 봤어? 왜 이래?"

"아니에요. 그냥 제가 밖에서도 사장님을 범석아, 범석아 그러면 직원들도 저나 사장님을 존중하지 않을 거예요. 그러니까 제 말을 들어주세요."

"그래도 이건 너무 급하게 변하는 거 아니야? 아냐, 싫어. 그리고 직원들은 지금의 나를 좋아하고 멋지다고 한단 말이야."

"그게 아니에요. 이제 회사가 더 커지고 사장님은 더 올라가실 텐데 지금부터 준비해야죠. 그리고 회사에서 다른 사람들하고 미팅하고 있는데 직원들이 오빠, 형, 이렇게 부르는 거 이제 고쳐야 해요. 우리는 괜찮아도 사람들은 욕할 거예요. 그러니까 제 말 들으셔야 해요."

"알았어. 그럼 나도 이제 형을 이사님이라고만 부를 거야. 아니, 조 이사님이라고 부를게요."

다음날 아침부터 우린 존칭을 쓰게 되었고 이사님은 직원들을 모두 모아놓고 회사의 기강을 바로 잡겠다는 훈시를 했다.

나와 조이사와의 인연은 지금으로부터 칠 년 전에 시작되었다. 아니 그냥 경수 형이 편하니까 이 글 속에선 경수 형이라고 하겠다.

2000년도에 경수 형은 인터넷 사업을 하고 있었다. 어떤 인터넷 회사에서 말단 직원으로 있다가 나와서 인터넷 쇼핑몰을 운영해보겠다며 현찬이라는 친구와 고생을 하고 있었다. 형이 내 가게에서 옷을 사 가기 시작하면서 인연이 시작됐는데 나 역시 한참 어려워 고군분투하던 중이었다. 마침 나도 사무실이 필요했던 터라 큰 사무실을 얻어 경수 형과 나눠서 사무실을 쓰기로 했다. 사무실을 얻고 나서는 경수 형도 상황이 조금 나아졌다. 이른 사업이지만 그래서 더 투자해볼 만하다고 생각했다. 그래서 2002년에는 나도 투자를 해서 C3 e-commerce로 법인을 설립하고 사업을 시작했다. 지금이야 인터넷 쇼핑몰이 계속해서 성장 추세를 보이는데다 시장규모도 크지만 그때만 해도 아직은 이른 시기였다. 동대문의 옷들도 로드숍을 가지고 있는 사람들에게 판매를 하는 게 전부인 시절이었다. 난 인터넷 판매가 아주 잘 될 거라 확신을 했지만 일러도 너무 일렀던 것이다. 우리가 기대했던 성공은커녕 매달 겨우 적자를 면하든가 아니면 아예 적자를 보는 수준이었다. 9개월 정도 지났을 땐 월급도 줄 수 없는 상황이 됐다. 그렇게 2003년 여름, 인터넷 사업을 접었다.

그리고 제너럴 아이디어로 론칭을 하면서 형에게 일을 함께 하자고 했다. 형의 장점은 열 손가락으로 셀 수 없을 정도로 많았지만 특히 내가 기계를 잘 못 다루는 반면 형은 기술적인 부분이 강했다.

"내가 이제 새로 숍을 낼 건데 똑똑한 사람이 필요하니까 형이 좀 도와줘."

"범석아, 나보다 훨씬 똑똑하고 잘하는 사람 많은데 왜 나한테 그래, 부담스럽게……."

"형, 그래, 형보다 똑똑한 사람은 있어. 그런데 형처럼 내가 믿을 사람은 없어."

"난 지금 형처럼 나에게 힘이 되어주는 사람이 필요해."

"그럼 난 니가 제너럴 아이디어 론칭할 때까지만 도와줄게. 그리고 난 다시 전에 있던 회사로 돌아갈게. 거기서 오라고 했어."

"알았어. 그래."

관리 시스템 구축, 사이트 구축, 조직 운영, 행정 처리 등을 경수 형이 전담해줬다. 나는 소프트웨어적인 부분을 보강하고 비전 플랜 등을 맡았다. 그렇게 경수 형과 함께 제너럴 아이디어를 론칭했고 형의 여자친구 윤정이가 내 제너럴 아이디어 1호인 압구정 숍 마스터로 일을 하게 되었다. 이제 그 커플은 결혼을 해서 아주 예쁜 아들 지성이를 낳고 행복하게 살고 있다. 물론 내가 소개를 시켜준 건 아니지만 나와 함께 하는 동안 서로 만나고 사랑을 키워 결혼까지 하게 되어서 무엇보다 기쁨이 두 배가 된 것 같다. 나는 그 두 사람의 결혼식에서 태어나 처음으로 결혼식 사회를 봤다.

론칭하고 처음 우리는 아주 불편한 관계로 지내야 했다. 전에는 그래도 동업자였는데 이제는 내가 고용주가 되어버려서 그도 불편하고 나 역시 불편하긴 마찬가지였다. 그러다 약속된 시간이 됐다.

"이제 론칭도 했으니까 좋은 사람 구해, 범석아."

"형, 정말 이럴 거야. 우리 멋지게 뭐 한번 만들어보자. 나 장사도 잘 되는 동대문 버리고 나온 거 호강하려고 나온 거 아니야. 알잖아. 그리고 형하고 계속 같이 하면서 즐거움을 나누고 싶어. 아마 앞으로 어마어마한 시련이 있을 테지만…… 나 혼자 하게 하지 마. 우리 같이 전설을 만들어보자. 형은 내가 가지지 못한 걸 정말 많이 가지고 있어. 형 내가 무릎 꿇고 빌게. 제발."

그날 이후 경수 형과는 아직까지도 같이 있다.

제너럴 아이디어의 시작은 순탄치만은 않았다. 동대문의 시스템을 가지고 일을 하다가 브랜드 론칭을 해서 일을 하려니 전혀 인프라가 없었다. 그렇다고 멘토가 있어서 좋은 시스템을 그대로 물려받을 수 있는 것도 아니어서 좋은 원단, 기술 좋은 공장을 찾는 것부터 모두 다시 시작해야 했다. 처음 동대문에 들어가서 그 시스템을 익혔던 것처럼…… 그래서 처음엔 제너럴 아이디어의 옷이 퀄러티 떨어진다는 말도 듣긴 했지만 실제로도 그랬고 어쩔 수가 없었다. 이제는 퀄러티도 좋아졌고 안정적인 시스템을 어느 정도 마련했다.

반면 운이 좋기도 했다. 쇼의 반응이 좋아 동대문에서 압구정으로 옮겨왔고 잡지 등의 매체에서도 호의적으로 다뤄주고 있었다. 연예인 협찬도 많아 방송 쪽으로도 노출이 많아졌고 짧은 시간 내에 인지도를 높일 수 있었다. 그렇다고 실질적으로 매출에 큰 영향을 주는 것은 아니었다. 동대문에서보다 일은 많고 스케줄도 복잡하고 손가는 것도 많은데 매출은 훨씬 못했다. 그건 지금까지도 마찬가지다.

제너럴 아이디어를 끌어가면서 가끔씩 내가 생각한 것 이상의, 내가 계산한 시련보다 더 큰 시련이 올 때가 있다. 너무 힘들어서 이제 포기

할까, 여기서 그만할까 생각을 하기도 했다. 하지만 내가 나에게 지려 할 때마다 경수 형은 언제나 나에게 힘을 주곤 한다.

"사장님, 저 제너럴 아이디어에 그리고 최범석에게 제 인생을 걸었어요. 사장님, 전 최범석을 믿어요."

덕분에 나는 매번 처음의 나로 전속력을 다해 달려간다.

일어나서 다시 걸으면 되지

"백 스테이지의 신나는 함성과 함께 쇼는 시작된다."

내 쇼에 대한 기사의 서두에 기자들이 자주 쓰는 표현이다. 난 항상 쇼 직전에 백 스테이지에서 모델들과 머리를 맞대고 함성을 지른다. 함성은 언제나 그렇듯 모델들의 긴장을 풀어주면서도 동시에 새로운 긴장감을 감돌게 만든다. 물론 같은 이유로 모델들과 쇼 전에 약간의 술을 들이키기도 한다. 술을 좋아해서라기보다 그들에게 쇼의 콘셉트와 쇼에 임하는 내 느낌을 실감나게, 또 정확하게 전달해주기 위해서다. 가슴속으로 생각하고 바라는 것들을 모델들이 잘 표현했을 때 관객들 역시 생동감 있는 쇼를 즐길 수 있다. 그리고 그들은 고맙게도 항상 내 기대 이상으로 잘 해준다.

나는 대개 신인 모델을 무대에 세운다. 다듬어지지 않은 끼와 낯선 얼굴과 새로운 표현력을 기대하기 때문이다. 그래서 신인들의 설렘과 그 떨림을 어색하지 않게 포장하기 위해 조금의 술을 먹이는 것이기도 하다. 술은 사람을 자유롭게 한다. 경계를 허물고 자신의 감성에 더욱 충실해지니까. 신인 모델들은 나를 형이라고 부른다. 아직 내가 젊어서이기도 하고 또 나부터가 형이라고 불리기를 원해 형이라고 부르라고 한다. 간혹 쇼 전에 술을 한 잔 권하는 나에게 익숙지 않은 그들은 물어본다.

"형, 술 먹고 워킹하다 넘어지면 어떡해요?"

"그냥 일어나서 다시 걸으면 되지."

나는 대개 신인 모델을 무대에 세운다.
다듬어지지 않은 끼와 낯선 얼굴과 새로운
표현력을 기대하기 때문이다.

쇼는 쇼다워야 한다

나는 나의 쇼가 항상 새롭길 원한다.

"그냥 서울 컬렉션에서 하면 될 걸 왜 이리 장소를 찾느라 고생을 하고 초대장이나 포스터를 만드느라 수고를 하냐?"라는 얘기를 자주 듣는다.

"어떤 목적을 두고 목표를 하고서 그걸 해낼 때의 기분 알아? 그건 돈벼락이나 맛있는 음식, 오르가즘 이런 것과는 비교가 안 돼. 정말이지 그 기분을 형은 몰라. 그 기분을 아는 사람은 그걸 다시 느껴보기 위해 또 도전하고 또 도전하게 돼."

사실 서울 컬렉션의 멤버로 들어가 그 틀 안에서 컬렉션을 한다면 조금은 더 편하고 수월할 것이다. 장소를 찾아다닐 필요도 스케줄을 맞출 필요도 없으니까. 하지만 나는 내 것을 내 스타일로 보여주고 싶다. 실기시험 보듯 차례차례 나가서 선보이고 들어오는 방식은 싫다. 나처럼 유난을 떠는 디자이너가 서울 시내에서 쇼를 할 수 있는 공간을 찾기란 어렵다. 우선 적합한 곳도 드물뿐더러 막상 찾는다고 해도 잘 대여를 해주질 않는다.

전에 한번은 카바레나 오래된 예식장을 찾아 서울 전체를 뒤진 적이 있다. 동대문 원단 시장 근처에서 아주 오래된 카바레를 찾았는데 처음에는 아주 호의적으로 얘기가 되다가 바카레 측에서 돌연 리노베이션을 못 하겠다며 취소를 했다. 또 한번은 서대문 형무소 안에서 쇼를 해보고 싶어 수차례 접촉을 한 적도 있다. 그러나 나랏일을 하는 사람들의 경직된 사고방식 때문인지 최범석의 쇼는 서대문 형무소 안으로 입성할 수 없었다.

유난을 떤다는 이들도 있다. 그러나 나는 디자이너는 끊임없이 갈망해야 한다고 생각한다. 새로운 사고, 새로운 형식, 새로운 쇼를…….

파리, 최범석을 캐스팅하다

매년 한 번씩은 파리 컬렉션에 패션쇼를 보러 간다. 파리 컬렉션은 지정좌석으로 된 경우가 많지만 그렇지 않은 경우도 있는데 어떨 때는 가끔씩 가장 좋은 자리를 얻기도 한다. 이유는 간단하다. 내가 일본 사람인 줄 알고 기꺼이 좋은 자리를 주는 것이다. 패션계에 있어 일본의 입지는 전세계에서 최고이다. 일본은 옷을 가장 많이 소비하는 나라 중의 하나인데다가 일본의 패션업계는 마음에 드는 디자이너가 있으면 국적을 불문하고 과감한 오더를 한다. 그러니까 말을 다시 정리해 보자면 세계적으로 신인 디자이너는 결국 일본인으로 인해 클 수 있으며 심하게 말하자면 그들의 손아귀에 있다는 이야기이다. 유럽에서 일본은 아시아의 한 나라가 아니다. 일본은 그냥 일본일 뿐이다. 그들의 바잉 파워도 무시 못하지만 아이덴티티를 사고 파는 그들의 수준 높은 거래방식도 우리와는 비교할 수조차 없다.

또한 일본은 후배들에 대해서도 인심이 남다르다. 겐조가 고생 끝에 파리에서 자리를 잡고 나서 요지 야마모토나 레이 가와꾸보(꼼므데가르송)를 끌어들여 입지를 굳히게 했다. 그리고 요지와 레이는 후배들의 컬렉션을 위해 자기들이 직접 편집장들과 기자들에게 전화를 해 홍보를 하고 행사장 입구에서 직접 그들을 맞이하는 열성을 보이기도 한다. 이미 파리에서 이름을 날리던 그들의 입지와 명성으로 보건대, 직접 전화를 했는데 오지 않을 기자가 어디 있겠는가? 정작 자신들의 쇼를 앞두고는 직접 전화 한통 하지 않는 그들이 후배들의 쇼에는 이렇듯 적극적이다. 나는 일본을 무조건 좋아하지는 않지만 이런 점에서는 존경 이상의 무언가를 느끼게 된다.

파리 컬렉션 관계자가 이렇게 말하는 걸 들은 적이 있다.

“파리 컬렉션에 온 한국 사람들은 어떤 쇼가 주목을 받고 어떤 독특한 콘셉트가 호응을 얻는가에는 관심이 없고 한국 디자이너들끼리 경쟁하느라 바쁘다. 도대체 왜 세계시장에까지 와서 자기들끼리 싸우는지 알 수가 없다. 게다가 한국 디자이너들은 자기 경력에 ‘파리 컬렉션 참가’ 한 줄 들어가기 위한 일회성 쇼를 하는 경우가 많다.”

그래서일까. 한국의 디자이너들이 해외에서 자리를 잡은 경우는 극히 드물다. 한국인 디자이너로서 그 말을 들으니 창피했다. 난 그러지 않아야겠다고, 정말 정말 열심히 해서 후배들에게 좋은 버팀목이 되어야겠다고 생각했다. 그렇게 생각하니 얼른 자리를 잡아야겠다는 생각이 더 간절해졌다. 하지만 시간이 필요했다.

2005년이었다. 의문의 미팅 제의가 들어왔다. 상대가 누구인지 왜 만나자고 하는지도 모른 채 미팅에 나갔다. 리사라는 여자였다. 만나보니 어렴풋이 전에 만났던 기억이 났다.

우리는 삼 년전, 파리 패션쇼에서 만난 적이 있었다. 내가 홍은주 선생님을 따라 처음으로 파리 컬렉션에 갔던 2002년의 일이다. 리사는 한국인으로 패션 공부를 하러 파리에 건너갔다가 그곳에서 남편 마띠유를 만나 결혼하고 정착한 30대 중반의 여성으로 한국인 디자이너들의 쇼를 도와주고 있었다. 그때는 잠깐 스친 정도의 만남이라 서로 기억한다는 게 더 이상할 정도였다. 그런 그녀가 왜 나를 찾는지 알 수 없었다.

그날 리사는 자기가 파리에 아주 좋은 장소에 쇼룸을 만들었다며 재능 있는 한국의 디자이너를 찾으러 왔다고 했다. 그리고 SFAA 컬렉션도 둘러봤지만 제너럴 아이디어의 매장을 둘러보고 나서 내 옷을 자기 쇼룸에 넣고 싶다는 것이다.

"저는 아직 준비가 안 됐습니다."

"준비가 안 됐긴요. 충분한걸요. 전 자신 있습니다."

해외의 쇼룸이라는 것은 도매 대행, 도매상 정도의 개념으로 이해하면 될 듯하다. 쇼룸에는 하나의 브랜드만 들어가 있는 게 아니다. 현재 리사의 쇼룸에도 제너럴 아이디어를 포함한 여러 개의 브랜드들이 들어가 있다. 바이어들이 쇼룸에 와서 제품을 보고 계약을 하는 것이다.

사실 한국 디자이너들이 파리에서 크게 성공한 적이 없었고 나 역시 선배들보다 훨씬 못한 내가 파리로 진출한다면 지나가던 개도 웃을 것 같았다. 그리고 난 파리에서 쇼도 (안 하는 게 아니라) 못 하는 처지인데 어떻게 비즈니스에 성공할 수 있겠냐고 되물었다. 리사는 결연한 표정으로 이제 자기가 준비를 완벽하게 마친 상태이고 이제 한국의 옷을 가지고 가서 팔기만 하면 된다고 했다.

머뭇거렸지만 사실 머뭇거릴 일만도 아니라고 생각했다. 리사가 한국에 와서 다른 많은 디자이너들을 만나보고도 왜 최범석을 선택했는지는 모르겠지만 우선 저지르고 보자는 스타일의 최범석이 기회를 놓칠 수는 없었다. 준비가 안 됐지만 우선 오케이를 해버렸다.

그렇게 Loa의 리사와 나의 비즈니스는 시작되었다. 난 Loa에 처음으로 옷을 보내면서 '욕심 따윈 부리지 말자. 그리고 지금은 그냥 제너럴 아이디어가 존재한다는 것만 보여주자.' 라고 혼잣말을 하면서 자신을 타일렀다. 그렇게 첫 시즌의 물건을 보냈지만 난 단 한 장의 오더도 받지 못했다. 적게는 화가 났고 많게는 치욕스러웠다. 그래도 한 장도 오더를 못 받다니? 아무리 내가 아직 준비가 안 됐다 하더라도 이건 좀 심하지 않나?

두번째 시즌 역시 난 다시 준비를 해서 물건을 보냈다. 그리고 그전과 마찬가지로 기대를 했다. 왜냐하면 이번에는 사진까지 찍고 원단 컬러도 다 붙이고 상품도 엄선해서 보냈다고 자부하고 있는 터였다. 물건을 보낸 지 일주일 만에 리사의 남편, 마띠유에게서 전화가 왔다.

"범석, 기뻐해. 어제 런던의 셀브리지스 백화점 바이어랑 만났는데 그 바이어가 너를 찍었어. 그리고 홍콩 최고의 편집숍 조이스에서도 얘기가 왔고 파리에 쁘랭땅에서도 바잉을 하겠대."

파리 마레의 두 군데 숍에서도 코트랑 재킷을 바잉했다며 자부심을 가지라는 말을 남기고 전화를 끊었다.

그렇게 나의 옷은 다른 나라로 날아갈 수 있는 기회가 열렸다. 그리고 나서 얼마 후, Loa에 전화해서 물어봤다.

"어떻게 그렇게 오더를 많이 받았어요?"

내 목소리는 흥분을 감추지 못했다.

하지만 리사는 기어들어가는 목소리로 말했다.

"글쎄요. 근데 그리곤 그들이 통 연락이 없네요. 어쩌죠?"

난 애써 당당한 목소리로 말했다.

"이번에 인상을 좋게 가졌다면 담엔 하겠죠, 뭐. 천천히 더 준비해볼게요. 그리고 이번에 제 옷이 좀 모자랐어요. 담엔 정말 잘 할게요. 화이팅하죠?"

다른 건 다 무효가 됐어도 난생 처음 파리 마레에 있는 숍에 옷이 걸린다고 생각하니 위로가 되었다. 조금만 더 열심히 하라는 뜻으로 알고 한 걸음 한 걸음씩 가자고 내 자신을 타일렀다.

그렇게 다음 시즌에 맞춰 옷을 만들면서 언제가 될지는 모르지만 언젠가 파리 쇼룸에 옷을 걸 때의 인테리어와 분위기들을 혼자 상상하고 있었을 때였다. Loa에서 전화가 온 것이다. 마띠유였다. '프렌치'라는 잡지에 제너럴 아이디어가 실렸다고, 그리고 난 모르지만 아주 유명한 가수가 옷을 입었다며 소식을 전했다.

전화를 받자마자 기쁜 소식을 전했던 마띠유는 안 좋은 소식도 전해왔다. 마레에 보낸 옷들이 클레임이 들어왔다는 소식이었다.

얼굴이 화끈거렸지만 미안하다고 말하고는 전화를 끊었다. 전화를 끊고 나는 아무 행동도 못하고 한참을 멍하니 서 있어야 했다. 자존심이 상했다. 제대로 한방을 맞은 거였다. 하지만 자신의 잘못도 모르고 옷만 팔리기를 기대한다면 그것 역시 모순일 거라 생각하며 나를 기다리고 있는 다음 일들에 매달렸다.

그러던 어느 날, 출근을 한 내 책상 위에 프랑스 최고의 백화점인 쁘랭땅과 르봉마르쉐의 오더장이 놓여 있었다. 당장 파리로 날아가고 싶었다. 오더장을 보내준 사람과 최종 결정을 한 사람의 볼에 키스라도 해주어야 할 것 같았다. 그래, 최범석, 이제 시작이다. 파리에서 한국 사람들이 볼 때 창피하지 않게…… 알았지?

브레인 펌핑

얼마 전 우리 회사 디자이너들과의 회식 자리에서 한 막내직원이 갑자기 떼를 썼다.

"사장님 얘기 좀 해주세요. 저희는 사장님을 너무 몰라요. 그냥 그러니까 최범석을 얘기해주세요. 최범석이 누구이고 어떤 사람인지 알고 싶어요."

나의 과거 이야기를 하고 주거니 받거니 했다.

아이들은 내가 원래 감각이 뛰어나고 일에 열정이 많은, 타고난 스타일리스트라고 알고 있었다. 그러나 난 정말 그리 감각이 좋은 아이는 아니었다.

"난 어렸을 때 여자친구가 입혀주는 옷만 입는 그런 애였어."

"설마……."

직원들은 의아해했다.

"만약 너희가 운동을 하루에 세 시간씩 세 번을 하면 몸이 어떻게 될 거 같아? 펌핑이 돼서 아마 엄청 커질 거야. 그리고 그렇게 하루 세 시간씩 여러 번 운동하는 아이는 자기 몸의 어디가 아프고 어디가 건강한지, 어디가 예쁘고 어디가 안 예쁜지를 알 거야. 그리고 안 좋은 곳만 집중적으로 운동을 하겠지. 그러면 효과적으로 자신을 개발시킬 수 있겠지. 나는 머리도 마찬가지라고 생각해. 하루에 몇 시간씩 여러 번 운동을 하면 생각의 크기나 밀도 같은 게 펌핑이 되지 않을까? 난 눈을

photo by 다모토리

뜬 순간부터 감는 순간까지 펌핑을 해. 무엇을 할지, 무슨 옷을 만들지, 어떤 컬러가 예쁜지…… 그리고 내 눈이랑 머리랑 계속 얘기를 해. 그게 내 부족한 부분을 채워나가는 방법이지. 디자인에는 법칙이 없잖아. 볼 수 있는 눈과 판단할 머리, 그리고 약간의 감이 전부니 말야. 너희도 머리를 펌핑시켜봐. 개발하자. 우리 같은 사람들은 생각의 펌핑을 많이 해야지 오래 살아남을 수 있어."

영화를 볼 때도 나는 의상뿐 아니라 음악이나 플롯이나 소품 등 전체적인 것을 보려고 애쓴다. 관객의 입장에서만 보지 않고 창작자의 입장에서 객관적으로 보고자 노력한다. 잠잘 때에도 메모지를 옆에 두고 잔다. 나는 하나의 문제를 해결하는 데 있어 최대한 다양한 접근을 시도한다. 그러다 보면 생각지도 않았던 분야에서 답을 찾을 때가 종종 있다. 더군다나 나처럼 창작을 하는 사람은 한 가지 생각이라도 이렇게도 들어가보고 저렇게도 접근해보고 하는 습관이 꼭 필요하지 않나 싶다. 계속적으로 생각을 확장하고 눈으로 귀로 정보를 습득하다 보면 어느새 머릿속에서는 정제된 쓸모 있는 아이디어가 튀어나온다. 괜찮은 아이디어를 만났을 때는 멋진 불꽃놀이를 보는 기분이 든다. 그때 뇌는 희열과 환희로 가득 찬다.

레이싱 카에 백상어를 그리다

"여보세요. 누구세요? 저 지금 자는 중이니까 문자로 연락처 좀 남겨 주세요."

난 아침 잠이 많다. 늦게까지 일을 해서다. 난 새벽시간 혼자 있을 때 집중이 잘 된다. 모두가 퇴근을 하고 싸늘한 공기가 감도는 그 공간을 즐긴다. 결국 늦잠에 대한 변명이 돼버렸지만 대개 해 뜰 때 잠이 들었다가 해가 중천에 떴을 때 일어난다. 많이 자지는 않는다. 신경이 예민해서 여섯일곱 시간 이상을 자면 오히려 컨디션이 안 좋고 하루 종일 머리가 멍하다 .

자기 전에는 다음날 입을 옷을 맞춰서 소파 위에 올려놓는다. 눈을 뜨고 어제 맞춰놓은 옷을 챙겨 입고 바로 출근을 한다. 이 버릇은 아주 오래 됐는데 출근 준비 하는 시간을 줄여 한숨이라도 더 자기 위해서이다. 명색이 디자이너인지라 급하다고 대충 입고 나가면 하루 종일 자신감이 없다. 나의 아침시간은 일어나서 옷을 주워 입고 주차장까지 가는 데 채 이십 분을 넘기지 않는다. 차에 타면서부터 일과가 시작된다. 아침에 못 받은 전화로 콜백을 하거나 오늘 해야 할 일을 체크한다.

그날도 여느 때와 같이 자는 중에 받은 번호로 콜백을 했다. 무슨 전화를 받았는지 기억도 나지 않는 경우가 많다.

"여보세요 아까 전화 주셨었죠. 전 최범석인데요."

"네. 저는 마일드 세븐 홍보팀 김범석이라고 합니다."

"아, 저랑 이름이 같네요! 그런데 무슨 일로?"

"마일드 세븐 르노에서 매년 F1 그랑프리에 출전하는데 이번 레이싱 카 디자인을 최범석 씨가 해주실 수 있으신가 해서요?"

나를 긴장시키는 또 하나의 미션이 던져졌다. 부담스럽긴 했지만 평소 차를 좋아하는 나는 순간적인 욕심에 오케이를 했다. 그들과 바로 약속을 잡고 미팅에 참석했다. 미팅은 날 더 흥분케 했다. 그들은 나에게 열흘이라는 촉박한 시간 안에 네 가지의 시안을 보여줄 것을 요구했다. 디자인에 있어 제약 사항도 많았다.

첫째, 블루와 화이트 두 가지 컬러만을 사용할 것.

둘째, 대중을 압도할 만한 강한 캐릭터여야 할 것.

셋째, 기존 마일드 세븐의 느낌을 충분히 담고 있으면서도 디자이너의 느낌과 개성이 추가되어야 할 것.

사무실로 돌아와서 곧장 긴급회의를 열었다. 나를 항상 도와주는 수영이 형과 이사님, 그리고 디자이너들과 함께 우선 우리는 무엇을 차에 넣어야 할지, 어떤 차가 이 시대를 대표할지, 그리고 우리만의 개성을 어떻게 녹여야 할지를 논의했다. 첫날 회의에서는 아무런 성과가 없었다. 모형차가 없는 상황에서 의견만으로 차의 외관을 디자인한다는 게 쉽지 않았다. 우리는 자료를 수집해서 다시 모이기로 하고 헤어졌다.

나는 레이싱 카가 남자의 근육을 닮았다고 생각했다. 근육과 어울리는 타투를 떠올렸다. 그리고 그 콘셉트를 기본으로 디자인을 진행했

PRESS RELEASE

MILD SEVEN RENAULT F1 TEAM

Formula car design by Choi Bumsuk

상어가 페라리를 삼킬듯이
한국인이 디자인한 F1머신,슈마허에 이어 2위 차지

한국디자이너 참여
'마일드세븐 르노팀' F1 레이싱카 공개

그날 경기의 피날레 속에서 셀 수 없을 정도의
카메라 세례를 받았다.
알렌조와 어깨동무를 하고, 또는 악수를 하고.
전세계 신문에 노출될 사진 속에 내가 있었다.
그날의 파바바바바밧, 그 화려한 샷의 파도를
나는 잊을 수가 없다.

HANJIN
elf
MICHELIN
RENAULT
EMENS

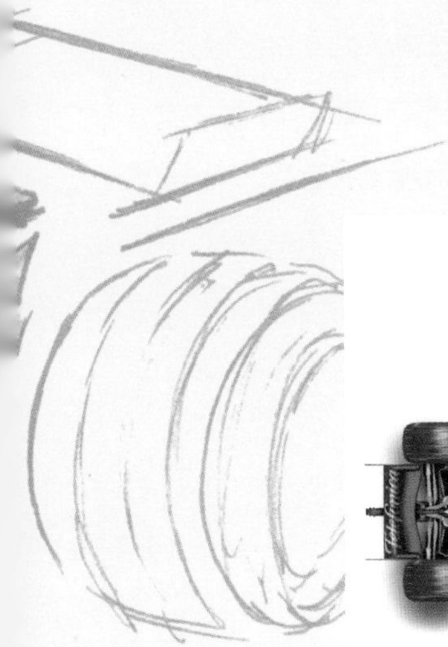

RENAULT

다. 타투 중에도 유럽인들이 좋아하고 근육질 몸에 많이 그리는 트라이벌(타투 문양의 일종으로 강한 선으로 표현하는 문신 형태)이라는 장르는 어떨까 생각했다. 일단 드래곤 스케치를 해보기로 했다. 모두 트라이벌의 드래곤을 그리고 누구의 드래곤이 가장 멋있는지 저녁회의에서 보기로 했다.

난 그것만 생각하니까 괜찮았지만 우리 디자이너들은 이 프로젝트 외의 다른 작업까지 같이 하느라 정말 힘들었을 것이다. 그래도 군말 없이 따라와준 우리 '데시그너'들이 고마웠다. 난 우리 디자이너들을 '데시그너'라고 부른다. 디자이너(Designer)를 영어 스펠링 그대로 소리 나는 대로 읽으면 '데시그너'가 되는데 그 촌스러운 느낌이 우스워서 내가 우리 디자이너들에게 붙인 애칭이다.

그날 저녁 11시 우리 데시그너들을 다시 불러서 2차 회의에 들어갔다. 데시그너 중 한 명은 카드 문양 가운데 스페이드 킹을 제안했다. 스페이드 킹은 일등이라는 느낌도 있는데다 디자인적 요소가 강하고 컬러도 많이 들어가지 않아 좋은 것 같았다. 그리고 난 아주 간단히 생각해서 별 문양도 좋다는 제안을 했다. 우리가 디자인하는 게 최고의 스타인 알론조가 타는 차이니까 약간의 변형을 주고 팝아트적인 느낌을 섞어서 해보자는 의견이었다. 다시 한번 생각해보기로 하고 우리는 집으로 돌아갔다. 집에 들어가 가방을 내려놓으니 새벽 4시였다.

다음날, 점심식사를 할 때였다. 머릿속에는 '흰색과 블루만을 쓰되 강한 것'만이 출렁이고 있었다. 그러다 물을 마시는데 갑자기 푸른 물속을 휘젓는 강한 백상어가 떠올랐다. 입에 있는 밥을 한쪽으로 몰아놓고 노트를 꺼내서 차에 백상어를 그려넣어 보았다. 차 양쪽은 아가

미로 형상화시키고 차 상단은 상어 지느러미로 그리고 바디는 그냥 백상어의 몸통으로! 바로 사무실로 뛰어갔다. 데시그너들과 회의를 시작했다.

"샤크를 그려보자! 지금까지 회의한 것도 일단은 발전시켜 그려보고 형준이랑 윤미, 정희는 샤크를 그려봐. 눈하고 지느러미는 아주 강하고 날렵해 보이게. 알지?"

그렇게 진행된 다섯 개의 디자인 시안을 가지고 8일 후 미팅에 참석했다. 적막감이 흐르는 큰 회의실에서 시안을 브리핑하기 시작했다. 나는 사람들 앞에서 설명하고 사람들을 설득하는 것이 아직도 쉽지는 않다. 물론 성격 탓이기도 하겠지만 논리정연하게 말하는 재주가 부족해서이기도 하고 또한 언어로 내 생각을 표현함에 있어 한계가 있다는 것을 잘 알고 있기 때문이다. 하지만 나는 나를 다른 방식으로 더 잘 표현할 수 있으니까 그런 언어적 부족함에 대해 그다지 신경 쓰지 않는 편이기도 하다. 여하튼 그런 내가 그날은 마일드 세븐 일본 본사 직원들 앞에서 브리핑을 해야만 했다. 노트북으로 슬라이드를 넘겨가며 시안의 콘셉트와 의미를 설명했고 그들의 반응을 살폈다. 내 프리젠테이션은 썩 매끄럽지는 않았지만 그들은 어느 순간부터 나의 이야기에 집중하고 있다는 걸 느낄 수 있었다.

브리핑이 끝나자 오히려 그들이 사흘의 시간을 달라고 했다. 나는 내 시안을 신사적으로 거절하기 위해 시간을 달라는 줄 알고 등으로 떨어지는 식은땀을 느껴야 했다. 그러나 후에 알고 보니 시안 모두가 만족스러워 무엇을 골라야 할지 모르겠다며 시간을 달라는 거였다. 사흘 동안 검토하고 선택된 시안을 수정하는 걸로 의견은 모아졌다. 미팅은 성공적으로 끝이 났다. 그리고 난 사무실로 돌아왔다. 우리 데시그너들은 나의 반응을 살피고 있었다. 미팅이 잘 되었는지 궁금했지만 섣불리 묻지 못하고 있었다. 난 시무룩하게 들어가서 말을 꺼냈다.

"얘들아. 처음부터 다시 해야 할 것 같아."

쩝쩝 입맛을 다시며 담배만 피우는 녀석도 있었고 "아니, 왜요!"하며 주먹으로 책상을 치며 분해하는 녀석도 있었다. 그런 제스처마저 고맙고 사랑스러웠다.

"어쩌지? 그 자식들 우리 디자인을 너무 맘에 들어해! 이제 우리 끝났어. 해냈어! 고마워!"

이 세상에는 위대한 진실 하나가 있다고 했다. 무언가, 마음을 다해 간절히 원하면 그렇게 된다는 것. 그렇게 뭔가를 바라는 마음은 우주로부터 비롯된 마음이라는 것. 소설『연금술사』에서 읽은 가슴을 치는 말이다. 그렇다. 뭔가를 마음을 다해 간절히 바라자. 그러면 결국 그렇게 된다!

퍼스트 클래스의 비행

마일드 세븐 측은 날 파리로 초청했다. 파리에서 인터뷰가 계획되어 있다는 것이었다. 나에게 불어나 영어를 할 줄 아냐고 물어왔다. 불어는 못하고 영어는 밥 시켜먹고 잠자는 거 정도 한다고 했다. 그랬더니 나에게 통역이 필요할 것 같다며 나에게 아는 통역이 있으면 데리고 가고 아님 현지에서 자기들이 찾아본다고 했다. 순간 조금은 자존심이 상했다. 영어공부 열심히 할 걸. 내 인터뷰인데 통역에게 맡겨야 하다니.

출국하는 날 공항에서 만나기로 약속을 잡았다. 통역은 내 영어 과외 선생인 제인을 데려가기로 했다. 그런데 공항에서 받은 티켓을 보니 퍼스트 클래스 아닌가! 외국 출장을 많이 다녔지만 퍼스트 클래스를 이용하기는 이번이 처음이었다. 인천공항에서부터 귀국할 때까지의 본격적인 귀족 대접이 시작되고 있었다.

퍼스트 클래스에 앉는다는 것이 실제적으로 그렇게 대단한 건 아니다. 단지 나를 위해 누군가가 이런 자리를 끊어줬다는 게 기분이 좋을 뿐이다. 보통 이코노미 클래스가 이삼백 명을 서너 명의 스튜어디스가 관리한다면 퍼스트 클래스에서는 3명의 승객을 한 스튜어디스가 전담한다고 볼 수 있었다. 원하는 서비스를 바로 받을 수 있어 좋긴 했지만 누군가가 내 일거일동과 표정까지도 계속 주시하고 있다는 것은 부담스럽기도 했다.

사를 드 골 공항에 도착했다. 마중 나온 관계자들은 파리에서 한 두

IXAIR

시간 떨어진 외곽 지역으로 다시 이동해야 한다고 말했다. 파리와 파리의 패션을 사랑하는 나로서는 시외로의 이동이 썩 내키지 않았다. 계속된 이동에 피로를 느끼면서 드 골 공항에서 빠져나왔다. 그런데 헬리콥터가 나를 태우기 위해 기다리고 있었다. 순간 헐리웃 스타가 된 느낌이었다.

헬기를 타고 디너 장소로 이동했다. 그런데 무슨 유럽정상 회의라도 하는 것처럼 참석자 모두가 각자의 헬리콥터를 타고 모이기 시작했다. 나는 식사 자리에서 F1 카를 디자인한 디자이너로 소개돼 모두의 시선을 한몸에 받았다. 많은 질문들이 쏟아져 나왔다. 나는 A형이라 남들 앞에 서는 걸 그리 좋아하지 않는데다 주목받는 자리인지라 매우 거북했다. 만찬 내내 어서 빨리 이 시간이 끝났으면 좋겠다고 생각했다. 삼십 분 만에 밥을 먹는 한국인으로서는 두세 시간씩 디너를 즐기는 프렌치 녀석들이 부담스러웠다.

디너가 끝나고 다시 헬기를 타고 숙소로 이동했다. 숙소는 파리 시외에 자리잡은 고성이었다. 나는 헬기도 처음 타보았고 아름다운 고성에서의 귀족 대접은 더더욱 처음이었다. 나의 발은 항상 뒷골목과 메인 스트릿을 헤매고 다녔으니까.

다음날은 개인 운전기사까지 동행했다. 내 안에서 자꾸 이런 말이 들렸다.

“부담스럽다. 부담스럽다, 범석아. 이게 너한테 가당키나 하니?”

한편 이런 대꾸도 들렸다.

“에이, 모르겠다. 그냥 즐기자, 범석아. 가끔은 귀족이어도 좋잖아?”

내 생애 단 한 번, 그곳에서 나는 귀족이었다. 부담스러웠지만 나름

대로 신선했던 이 경험을 통해 나는 '나' 라는 존재를 다시 생각하게 됐다. 내 교통수단은 두 다리일 수도 있고 전용헬기일 수도 있다는 것. 누구든 자신이 맘을 어떻게 먹느냐에 따라 충분히 다른 사람이 될 수 있다는 것. 어쨌든 십 년 전 서울 동대문 옷장수 최범석이 지금은 카 디자이너 자격으로 파리에서 전용헬기 타고 고성에서 귀족 대접을 받고 있다는 것.

성으로의 초대

헬기가 도착한 곳은 프랑스 남부의 시골마을이었다. 우리는 300년쯤 된 고성, 샤또에 머물렀다. 그곳에서 우릴 맞아준 할아버지 할머니는 나보다도 훨씬 영어를 잘하셨다.

나는 서울에서 태어나서 서울에서만 자란데다가 친척들도 모두 서울에서 살고 있어 시골의 풍경이나 생활 등을 몸으로 체험해본 적이 없다. 서울 토박이라면 대개 아주 유복하고 세련된 환경에서 자랐을 거라고 생각하기 쉽지만 서울 토박이라고 해서 모두 그 이미지에 걸맞게 성장하지는 않는다. 나는 더욱 그랬다. 여하튼 서울 출신인 나는 방학만 되면 시골 가서 멱 감고 잠자리 잡고 수박서리 한다는 친구들이 부러웠고, 또 명절이면 시골에 내려가서 용돈도 받고 맛있는 것도 많이 먹는다는 친구들이 늘 샘났다. 성장을 해서 여행을 할 때도 시골보다는 대도시 위주로 많이 돌아다니게 되었다. 아마도 내가 하는 일의 성격 탓이겠지만 대도시 중심가를 찾아 트렌드를 보고 경험하는 일이 내겐 여행의 목적이기도 하기 때문일 것이다. 프랑스에 와서도 항상 파리에만 머물렀지 시골에 가볼 생각은 하지 않았었다. 많은 친구들이 프랑스의 시골은 천국이라며 꼭 가봐야 한다고 했었는데 드디어 내가 프랑스의 시골에 온 것이다.

첫날 너무 늦은 시간에 도착해서 간단한 저녁식사를 마치고 방에 들어갔는데 할머니는 욕조에 물을 받아주시고 할아버지는 입을 옷과 물

등 이것저것을 챙겨주셨다. 잠자리에 들려고 하는데 겁 많고 의심 많은 난 이상한 생각에 휩싸이기 시작했다. 방 안에 걸려 있는 열 점이 넘는 초상화가 나를 둘러싸고 내려다보고 있었다. 이렇게 큰 성에서 노부부 단 둘이 살면서 손님한테 이렇게까지 친절하다? 마치 공포영화의 설정 같았다. 이런 생각을 하니 잠이 오지 않았다. 이런 공상들을 하다가 침대맡에 있는 초상화를 한 점을 덮어놓고 겨우 잠이 들었다.

누군가 날 흔들어 깨우는 듯해 놀라 벌떡 일어났더니 이미 아침이었다. 할아버지는 아침을 먹으라며 주방으로 나를 이끌었다. 우유와 바게트를 먹었는데 그렇게 맛난 아침은 프랑스에서 처음 먹는 것 같았다. 우리가 아침식사를 마치고 일정을 위해 나가려는데 노부부는 오늘 파리에서 손자와 아들이 올 예정이니 같이 저녁식사를 하자고 했다. 외롭게 사는 노부부의 청이 하도 따뜻하게 느껴져 그러겠다고 하고 성을 나섰다.

저녁에 다시 돌아온 샤또. 그들은 성 밖 정원에다 테이블을 만들고 정성스럽게 저녁을 준비했다. 가지런히 놓인 수저와 식기들은 몇 대를 물려받은 것처럼 고풍스러웠다. 정말 아름다운 풍경이었고 음식 또한 굉장했다. 역시 대화하는 문화에 익숙한 사람들이어서인지 이방인인 나에게 배려 섞인 질문들을 많이 던져왔고 내가 하는 말들을 아주 재미있어하며 들어주었다. 나는 내가 이 사람들과 가족처럼 같이 산다면 아주 오래 잘 살 수 있을 것 같은 기분이 들었다. 그만큼 따뜻한 사람들이었으니까. 자연과 전통과 더불어 사는 여유있는 그들 가족의 모습은 대도시의 들뜬 분위기에 젖어서 사는 내게 아주 인상적이고도 아름다운 추억을 만들어주었다.

우승은 만들어진다

F1 경기를 보러 파리에 갔을 때 나는 샤크 디자이너로서 많은 매체와 인터뷰를 했고, F1 경기에서 우승 경력이 화려한 레이서 알론조를, 마일드 세븐 관계자인 아라끼 상의 소개로 만나 이야기도 나눴다. 그는 체격이 작은 데 비해 목이 상당히 두꺼웠다. 아라끼에게 물어보니 F1 레이서들은 대부분 목이 아주 두껍다고 한다. 코너를 돌 때 중력의 세 배에 해당하는 힘을 받기 때문에 헬멧 쓴 머리가 꺾이지 않기 위해서는 목 근육을 많이 써야 해서 자연스레 목이 두꺼워지는 거라고 했다. 알론조에게 내가 한 디자인이 마음에 드냐고 물어보자 “너무 마음에 들어. 이 차로 꼭 일등을 하고 싶어.” 라고 대답해주었다.

나도 그랬지만 한국에서는 알론조가 누구인지 잘 모른다. 전 세계에서 여러 매체의 기자들이 모여들었지만 한국에서 카 레이싱은 비인기 종목이라 한국의 기자들은 한 명도 볼 수 없었다. F1 레이싱은 유럽에서는 축구만큼이나 관심과 인기가 많은 경기다. 전설의 레이서 미헬슈마허를 누른 신예로서 최고 명성을 누리는 알론조는 유럽 내에서 타이거 우즈보다도 훨씬 유명하다. F1의 티켓 경쟁 또한 대단한데 비싼 티켓임에도 거의 구할 수가 없어 며칠 전부터 관객들은 티켓을 구하기 위해 경기장 앞에 캠핑카나 텐트를 치고 전쟁을 치를 정도다. 나는 특별히 경기장의 어느 곳이든 갈 수 있도록 되어 있었는데, 게라지까지 마음대로 드나들 수 있는 아이디를 제공받아서 다른 경쟁 팀의 게라지에도 들쑤시고 다닐 수 있었다.

난 F1 그랑프리를 VIP 관람석도 아닌 게라지에서 관람을 하게 되었다. 관계자가 와서 그 자린 작년에 조지 클루니가 와서 본 자리라며 나에게 실컷 즐겨도 좋다고 말했다. 조지 클루니가 옆에 있었다면 더 좋았겠지만 여하튼 조지 클루니의 카리스마에 나를 대입해보면서 나름의 멋과 여유를 즐겼다. 나는 다른 곳에서는 몰라도 거기서만큼은 유명인이었다.

F1 경주는 평균 시속 260km로 트랙을 60바퀴 돈다. 한 팀에서 대개 퍼스트 드라이버와 세컨드 드라이버, 두 명의 레이서가 출전을 하고 팀의 승리를 위해 레이서 서로가 서로를 적절히 견제하는 역할을 맡게 되면서 결국 한 명의 우승을 위해 한 명이 희생을 하게 된다. 경기 중에도 레인을 빠져 나와 통신 장비를 체크하고, 주유하고, 타이어 갈고, 정비하는 일을 담당하는 스태프들도 여럿 있는데 결국은 그 많은 스태프와의 호흡이 얼마나 잘 맞느냐에 따라 결과가 좋으냐 나쁘냐로 연결된다. 그러니까 한 명만 잘 해서도 안 되는, 팀원들 모두의 공동 작품이 바로 F1인 것이다. 가까이 가서 보니 정말이지 알론조를 위해서 많은 스태프들이 땀을 흘리며 움직이고 있었다.

그 짧은 피트 인(경기 중 차를 정비하는) 시간 동안 기름을 넣는 사람, 기름 호스를 챙기는 사람, 기름의 양을 조절하는 사람, 타이어를 바꾸는 사람…… 기름이 5초 정도에 60~70리터 정도 들어가는데 그 시간 안에 타이어를 네 개 모두 갈아야 한다. 그러니까 경기 중에 잠깐 차가 멈춘 순간부터 5초나 6초 안에 기름을 넣고 타이어를 갈아야 한다는 얘기다. 그게 승리의 관건이다. 타이어 가는 데만도 12명이 매달린다.

그 중 한 명이라도 실수하면 1초가 늦어지고 순위에서는 밀려난다. 그리고 감독은 인공위성 GPS로 다른 팀들의 차들이 어떻게 달리고 있는지 중계하며 코치한다.

그뿐만이 아니라 노면의 상태에 따라 가장 빠른 속도로 차가 달릴 수 있도록 타이어 온도와 압력을 조절하는 사람도 있을 정도다. 왜 사람들이 F1에 열광하는지 알 것 같다. 고도의 과학과 인간의 열정, 육체적인 순발력과 팽팽한 긴장감, 이 모두가 한 군데 녹아 있는 경기가 바로 F1인 것이다. 난 그곳에서 한 명의 레이서를 중심으로 한 덩어리가 되어 움직이는 스태프들 모두의 열정과 노력을 봤다. 우승을 한들 그들이 알론조 같은 드라이버처럼 유명 인사가 되거나 우승 트로피를 받진 않지만 그들은 우승이라는 단 하나의 공동 목표를 가지고 1초를 나눠 쓰고 있었다. 레이서 단 한 사람에게 돌아가는 영광을 위해…… 그들의 모습은 나에게 강렬한 인상으로 남아 있다. 그리고 나와 함께 뛰고 있는 나의 '데시그너'들이 오버랩 되었다. F1팀과 비교해볼 때 한치도 뒤지지 않는 열정과 꿈을 지닌 나의 팀에 감사한다.

결국 이날의 경기에서는 미헬슈마허가 알렌조를 꺾고 오랜만에 우승했다. 페라리 팀의 세컨드 드라이버가 알론조를 잘 견제해줘서 내가 디자인한 샤크가 우승의 영광을 안지는 못했지만 악의적인 플레이도 없었고 큰 사고도 없이 경기는 종료됐다. 그리고 그날 경기의 피날레 속에서 셀 수 없을 정도의 카메라 세례를 받았다. 알렌조와 어깨동무를 하고, 또는 악수를 하고. 전세계 신문에 노출될 사진 속에 내가 있었다. 그날의 파바바바바밧, 그 화려한 샷의 파도를 나는 잊을 수가 없다.

Allianz
OURS 2006
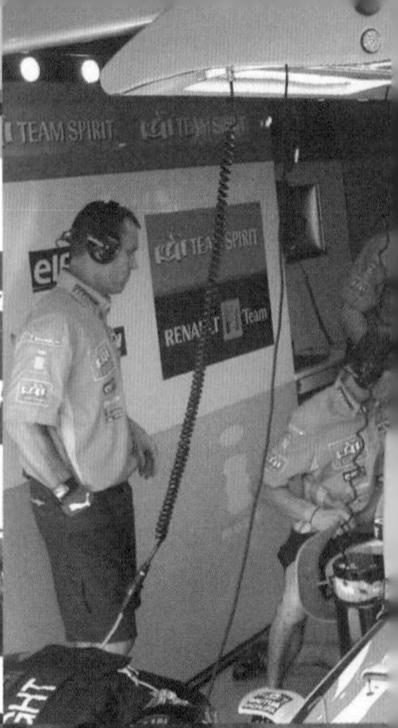
TEAM SPIRIT

FOM
SAP
SIEMENS
at&t
Emirates

Allianz

Allianz
PRIX

25살에 멈춰 살다

올해 1월 1일에는 해맞이를 하러 부산에 갔었다.

난 항상 1월 1일은 산에 올라갔었다. 산은 해맞이 하기에도 좋고 산에 올라가는 동안 나와 얘기를 할 수 있어 좋다. 산에 오르는 것은 누구에게나 힘들다. 숨이 턱까지 차올라 그만 쉬고 싶거나 도로 내려가고 싶은 생각이 들 때마다 나는 조금만 더 참고, 강해지자고 다짐을 한다. 그리고 정상까지 함께 하자고 나 자신을 타이른다. 보통 때는 스스로와 한 약속을 잘 안 지키는 나이기에 산 정상에 올라 떠오르는 해를 보며 새해 다짐을 하는 것을 무슨 의식처럼 생각해왔었다.

이번에는 좀 특별하게 부산을 갔었다. 바빴지만 조금의 여유를 즐기고 싶어서이기도 했고 한 해의 마지막 날까지 일을 할 수는 없다는 생각이 들어 차를 가지고 내려갔다. 전에 부산에서 일 년 정도 신발 장사를 했었기 때문에 가볼 만한 곳을 많이 알고 있었다. 부산에 도착하니 12월 31일 저녁이었다. 부산에 가면 항상 들르는 곰장어 집에 가서 곰장어에 소주를 마시고 해운대에 나가 새해맞이 카운트다운을 하려고 했다. 해운대 해변에는 정말 사람이 많아 발 디딜 틈조차 없었다.

호텔이든 바든 복잡한 바닷가가 아닌 곳에서의 카운트다운도 괜찮을 거란 생각이 들어 내가 묵고 있던 호텔에서 서울에서 내려온 동생들과 합류했다. 그들과 함께 카운트다운을 하면서 가는 해의 마지막 순간부터 새해의 첫날까지 신나고 즐겁게 어울렸다.

그런데 사람들이 날 알아보고 사진을 찍자고 하는 것이었다. 아, 나도 모르는 사이에 내 얼굴이 이렇게 알려져 있다니. 조금 놀랐다. 술김이라 더더욱 기분이 나쁘지 않았다. 아니, 사실 좋았다. 난 흔쾌히 그들과 사진을 찍었다. 아마도 나와 함께 사진을 찍자고 줄을 서 있던 사람들이 한 열 팀 정도는 되었던 것 같다. 동생들이 나를 보고 '동방신기'라며 놀렸고 난 쑥스러워 '동방반점'이라며 손을 저었지만 사실 그 순간 내가 그렇게 유명해졌다는 사실에 많이 놀랐다. 이제 사람들이 연예인이 아닌 디자이너에게도 관심을 갖고 가까이 하려 한다는 것이 흥미롭기도 했다.

그리고 조금은 걱정이 되었다. 책임감을 몸으로 느꼈다고나 할까. 난 어려서부터 친한 형들이 많았다. 내 휴대폰 전화번호부에 입력돼 있는 사람들의 반 이상이 형들이고 그 형들에게 얻어먹고 어리광부리고 항상 내가 부탁을 하면 늘 친형들처럼 도와줬던 게 사실이다. 그런데 언제부턴가 나도 모르는 사이 내가 그 형들의 자리에 있었다. 문득 돌아보니 하나의 브랜드를 책임지고 있는 책임감 있는 디자이너가 되어 있었다. 난 사실 내가 20대 초반에 여전히 멈춰 있다는 착각을 해왔다. 내가 아저씨가 된 건 모르고 나 아닌 다른 사람들을 아저씨 아줌마로 봐온 것이다. 길을 지나가다가 사람들을 볼 때, 그리고 새로 만난 사람들과 이야기를 할 때도 난 항상 그들이 나보다 나이가 많을 것이라 생각했다. 왜 그랬을까. 생각해보면 나 역시 나이를 먹고는 있지만 항상 어린 나이의 친구들을 생각하면서 옷을 만드니까 그런 게 아닌가 싶다. 내 옷을 입을 사람들을 생각하고 그 사람들 나이에 맞춰 모든 사고가 진행되고 있으니 어쩌면 당연한 일인지도 모르겠다. 제너럴 아이디어를 만든 순간부터 지금까지 나는 나이가 멈춰 있다. 내 자신을 돌아볼 틈도 없이 그렇게 열심히 달려온 동안 내 머릿속은 언제나 계속 25살이었다. 하지만 그것이 싫지는 않다. 그리고 언제까지나 25살로 살고 싶다. 25살의 열정과 젊은 패기로 두근거리고 싶다. 올해의 1월 1일은 문득 나에게 '나이' 라는 것을 상기시켜줬고 덕분에 내 머릿속에서는 지난 시간들의 숨가빴던 시간들과 작업들이 주마등처럼 스쳐 지나갔다.

"그래, 범석아. 너, 잘 하고 있는 거야. 알지?"

지금까지 해왔던 대로만 가되, 절대 지치지는 말고 가자며 나 자신을 북돋았다.

생각하라, 생각하라

1월 2일 부산에서 올라오는 길에 홍보 대행사, 오피스에이치의 황이건 이사에게서 전화가 왔다.

"런던 대사관에서 행사가 하나 잡혔는데 별로 돈은 안 되는 작업이거든요. 혹시 관심 있으세요?"

한국에 있는 영국대사관 관광처 홍보처 등이 한국 내에서의 영국의 이미지 개선을 위해 지속적으로 홍보 프로젝트를 진행하고 있는데 그 작업을 같이 하자는 것이었다. 슬로건이 'Think UK' 라고 했다. 난 그 슬로건이 무작정 마음에 들었다. 다른 것도 아닌 Think라니! 그렇지 않아도 런던으로 촬영을 가려 했는데 때맞춰 기회가 생긴 것이다. 가끔씩 나는 내 주변에 어떤 자기장이 있어 나를 향해 에너지가 움직이고 있는 건 아닌가 하는 오만한 생각을 할 때가 있다. 항상 무언가를 생각하면 그에 따르는 연결고리가 생기고 기획했던 일도 애초에 계획했던 것보다 더 풍성하고 알차진다. 이번의 경우처럼 작업도 매끄럽게 진행이 되고 말이다.

그들이 원하는 건 단지 나와 Co-프로모션을 하는 것이다. 내용인즉 그들은 나에게서 젊은 감각을 수혈받고자 했고 나는 그들의 도움을 얻으며 영국 촬영을 수월하게 하면 그만이었다. 그들은 나에게 티셔츠 디자인을 의뢰했다. 물론 난 아주 흔쾌히, 그리고 자신감 있는 목소리로 오케이를 했다.

"5일 안에 다섯 개의 디자인을 보여드릴게요."

약속 날짜가 되어 약속한 결과물을 자신있게 제시했지만 그들의 반응은 뜻밖에 시큰둥했다. 문제는 그들이 원하는 바가 무엇인지에 대해 고려해보지 않았다는 것이다. 단순히 내 어림짐작으로 그들의 취향을 파악하고 철저히 영국적인 감각을 살려 작업을 했던 것이다. 그러나 그쪽에서는 오히려 영국의 보수적인 성향을 제외시켜야 이번 영국 홍보 이미지 사업이 힘을 받게 될 거라고 했다. '디자인은 커뮤니케이션이다' 라고 항상 외쳐왔던 내가 이런 엄청난 실수를 한 것이다.

디자이너는 시장이, 시대가, 소비자가 원하는 디자인을 해야 한다. 가장 기본적인 지침이지만 작업을 하다 보면 디자이너들이 자칫 잊기 쉬운 부분이기도 하다. 철저히 구매자를 위한 작업하기. 이번 일로 인해 가속도가 붙어 질주하던 나의 작업 스타일에 제동이 걸렸다. 다시 옆을 뒤를 돌아보는 기회가 됐다. Think! Think!

서두르지 말기

얼마 전에 제너럴 아이디어가 들어가 있는 파리의 쇼룸 Loa의 주인장 리사가 한국에 왔다. 리사가 나에게 누굴 좀 같이 만나자고 얘기했다. 가볍게 제안하길래 누군가 했는데 멕켄 에릭슨의 부사장이라는 것이다. 멕켄 에릭슨이라 하면 전세계에 체인을 둔 세계 최대의 다국적 광고회사이다. 그가 왜 나를 만나고 싶어하는가 했더니 자신이 새로 회사를 만드는데 제너럴 아이디어와 함께 하는 건 어떨까 해서 연락이 왔다는 것이다. 그가 국제적인 캠페인성 티셔츠를 만드는 회사를 시작하면서 첫 티셔츠 제작을 제너럴과 함께 하고 싶다는 것이다.

월요일 12시 점심을 먹으며 가볍게 미팅을 하기로 하고 우리는 내부적으로 가볍지 않은 미팅 준비에 들어갔다. 조 이사와 나는 기본적으로 회사 소개서와 내 프로필을 업데이트해서 정리하고 미팅에서 나눌 이야기들을 예상해보고 우리의 생각을 점검했다.

드디어 미팅의 날이었다. 그도 편안히 우리를 맞았고 우리도 편한 마음으로 자리에 임할 수 있었다. 간단한 런치 메뉴를 시키고 나는 대화 내용을 머릿속으로 준비하고 또 계산하고 있었다.

그는 우선 자신이 생각하는 브랜드의 방향에 대해서만 간단히 얘기했다. 그리고 그리 어렵지 않은 철학과 캠페인성이 담긴 그래픽 티셔츠로 브랜드를 시작하고 싶다고 했다. 그러더니 갑자기 느슨한 분위기를 연출하더니 자기 가족 이야기와 회사 이야기를 꺼내면서 사업에 대한 구체적인 요지들을 미루고 있었다. 이럴 때 나는 내가 먼저 이야기를 꺼내야 하나보다 싶어 질문을 시작했다.

1. 얼마의 자본으로 시작할 것인가.
1. 어떤 경로로 어떻게 유통할 것인가.
1. 자본은 어떻게 유입을 할 것인가.
1. 어느 나라에서 시작을 할 것인가.
1. 그래픽 티셔츠만 만들 것인가.
1. 어떤 캠페인의 메시지를 담은 그래픽을 만들고 싶은 것인가.
1. 나의 홈페이지는 봤는가.
1. 나의 옷들은 봤는가.

하지만 돌아온 그의 대답은 나를 무색하게 했다.

"한국에서 비즈니스 할 때 한국 사람들은 너무 성급하게 너무 멀리 가려고만 합니다. 나는 당신과 내가 얼마나 맞는지, 당신이 내 생각을 이해할 마음의 준비가 되어 있는지, 그리고 당신이 이 프로젝트를 이끌 수 있는 사람인지를 보러 왔습니다."

난 뻗었다. 정말 제대로 한방 먹었다. 그리고 성급한 자신감과 쓸데없는 자만심으로 일을 망쳤다는 것을 깨달았다. 내게 다가온 좋은 운을 놓쳤지만 대신 멋진 교훈을 얻었다.

네버랜드의 피터팬 씨

제너럴 아이디어가 커지고 직원이 늘어가면서 나의 힘의 한계를 느낄 때가 많다. 전에는 직원들과 소주를 마시며 비전을 얘기할 때 한마음 한뜻이 되어 제너럴 아이디어의 미래를 고민하고 스스럼없이 서로를 대했었다. 적어도 예전엔 그랬었다. 그런데 회사가 커지다 보니 경영의 개념으로 다가가야 하는 부분이 많아지면서 직원들과도 소원해지고 혼자 디자인 외의 다른 많은 것들을 고민하고 결정해야 하는 일들이 많아졌다. 스태프들 간의 소통을 중요시하는 나였지만 이젠 예전만큼 그러지 못하고 있다는 게 마음 아프다. 그래서 조금은 서글픈 생각도 들고, 반면 그에 따른 책임감 때문에 부담이 더 커지기도 한다.

난 디자이너이지 경영자가 아니었다. 따로 경영을 배운 적도 없기 때문에 경영은 잘 하지도 못한다. 물론 디자인도 어디서 배운 건 아니지만 경영 역시 몸으로 부딪치면서 하나하나 해결해가자니 버거운 것이 많다. 그래서 요즘은 경제경영 관련 서적을 많이 찾아보고 있다. 책을 읽는다고 내가 경영자로 변신할 수 있는 건 아니겠지만 그래도 나름 체계적인 운영을 해보고자 애를 쓴다. 선배들 역시 나에게 단순한 장사가 아닌 제대로 된 회사의 이미지를 만들어야 하며 아티스트로서의 최범석을 어필해야 한다고 충고를 아끼지 않는다.

디자이너로서의 나는 네버랜드의 피터팬처럼 나이를 잊고 살고 싶은데 대표로서의 나는 다시 현실 속 콘크리트 건물 안에 들어와 장부와

머리가 복잡할 땐 아주 큰 흰 벽에 가서
너의 상황을 낱낱이 적어서 봐. 그럼 너의 현실이
네 눈 앞에 펼쳐질 거야. 이후로 나는 큰 벽은
아니더라도 큰 스케치북을 이용해서 나의 상황을
적어보고 주절주절 낙서를 하면서 생각을 하고
계산을 한다. 그러는 동안 내 안의 피터팬은
사라지고 경영자의 모습이 남아 있다.

조직도를 붙들고 씨름을 한다. 어느 선배가 나에게 이런 말을 했다.

"범석아, 머리가 복잡할 땐 아주 큰 흰 벽에 가서 너의 상황을 낱낱이 적어서 봐. 그럼 너의 현실이 네 눈앞에 펼쳐질 거야. 네가 뭘 해야 하고 뭘 고쳐야 하는지."

그 말을 들은 이후로 큰 벽은 아니더라도 큰 스케치북을 이용해서 나의 상황을 적어보고 주절주절 낙서를 하면서 생각을 하고 계산을 한다. 그러는 동안 내 안의 피터팬은 사라지고 경영자의 모습이 남아 있다. 디자이너는 피터팬의 성향을 버려서는 안 된다고 생각하지만 그렇다고 경영 마인드 없이 일을 꾸려갈 수도 없으니 딜레마가 아닐 수 없다. 아직 전문 경영인을 모셔올 규모도 아니고 그렇다고 나 하기 싫다고 다른 사람에게 맡겨버릴 수 있는 것도 아니고.

문득 이런 생각을 한다. 전에 내가 턱을 높이 쳐들고 올려다봐도 보일지 말지 했던 사람들, 삼성이나 현대나 SK 등의 대기업 대표들도 나 같은 과정을 겪은 사람이겠구나. 내가 그 기업체들의 규모를 무시하는 것도 나를 과장하는 것도 아니다. 물론 그들은 나와는 다르게 체계적으로 경영자 수업을 받고 제대로 공부한 사람들이겠지만 그들의 포장된 경영자의 모습 이면에는 어쩌면 나처럼 간절하게 '네버랜드'를 품고 있을 것이라는 생각도 든다.

아임 어 메이드 인 코리아

2003년 단출하게 다섯 식구로 시작한 제너럴 아이디어가 햇수로 사 년째다. 동대문에서 나올 땐 십 년 뒤를 바라보고 나왔는데 벌써 절반이 지났다. 어느새 직원만 해도 40명을 넘어섰고 국내 매장만 다섯 개에 해외로도 몇 개의 매장이 진출해 있다. 일은 많이 벌렸지만 정작 수익을 내지는 못한 것도 사실이다.

제너럴 아이디어라는 이름으로 사업을 해오면서 느낀 것이 있다면 안타깝게도 한국은 패션이 살 수 있는 기반이 아니라는 것이다. 우선 무엇보다 우리나라 사람들이 Made in Korea에 대한 애정이 없다. 애정이 없으니 자부심도 없다. 특히 패션쪽에 있어서는 더욱 그러하다. 외국 브랜드에 대한 선호에 비해 자국 브랜드에 대해서는 자긍심이 없다. 한국에서 성공하려면 해외에 나가서 인정받고 역으로 다시 들어와야 인정을 받을까 말까 한 형편이다. 어느 곳부터 손을 대야 할지 모르겠지만 어떻게 이 지경까지 와야 했는지를 묻기가 부끄러울 정도로 우리의 형편은 말이 아니다.

현재 제너럴 아이디어는 국내에서는 압구정, 홍대, 명동, 소공동 롯데, 잠실 롯데 이렇게 다섯 개의 매장이 있고 해외에도 여러 곳에 진출해 있다. 파리의 쁘랭땅, 봉마르쉐, 르봉마르쉐, 갤러리 라파예트, 마델리우스 백화점에 입점을 했고 캐나다 쇼룸 TNT와 미국과 일본에 쇼룸이 있는 아메리칸 랙에서도 오더가 들어왔다. 상하이도 진출이 확정

되었고 벨기에와 뉴욕은 현재 오더에 관련된 협상이 진행 중이다.

올해 서울 컬렉션 때문에 서울에 들어왔던 몇몇 외국 바이어들 중에는 서울 컬렉션에 참가도 하지 않은 채 우리 매장을 찾아와 관심을 보여주던 이들도 있었다. 그래서 세계 시장으로의 진출을 신중하게 고려하게 됐다. 이전에는 해외 컬렉션을 하는 것이 무모한 투자라는 생각을 했는데 매장에 찾아온 바이어들의 반응을 보고 해외 컬렉션 참가를 결정하게 되었다.

하지만 이런 와중에 난 그런 생각을 한다. 내가 한국에서, 우리나라에서 잘 하지 못한다면 무슨 소용인가. 내가 만든 옷, 우리가 만든 옷은 거들떠보지도 않은 채 외국 브랜드의 옷을 입길 원하는 사람들이 넘쳐나는 분위기 속에서 외국에 나가 일등을 한다면 그건 무슨 의미인가.

나는 한국인들이 Made in Korea를 인정하는 날이 왔으면 한다. 우리는 우리 것을 잘 만들면 된다는 생각이 존중되는 사회가 되어야 한다는 얘기다. 많이 늦은 것 같지만 사실은 늦지 않았다. 코리안도 잘 할 수 있다는 것을 보여주고 싶다. 내가 그 주인공이 되고 싶다.

BA
BY
LOVE
haPPY

인정을 받거나, 인정을 받지 않거나.
다른 사람이라면 몰라도 그건 나에게 중요한 문제가 아니다.
나한테 중요한 문제라면 단지 이것뿐이다.
좋아하거나, 좋아하지 않거나.
나는 누군가가 내 옷을 인정해주기보다는 좋아해주길 바란다.
나는 누군가가 나를 인정해주기보다는 좋아해주길 원한다.

STAGE 3

파리에 도착한 쥐뿔

23살 때 처음 유럽 땅을 디뎠다. 동대문에서 Mu만 할 때였는데 평소 알고 지내던 은진 누나가 갑자기 명품 장사를 하겠다고 해서 오픈할 물건을 사러 가기 위한 여행이었다. 그 동안 압구정동에서 명품 장사로 잔뼈가 굵은 선배 형이 돕기로 했고 결국 세 명이 동행을 하게 되었다. 나는 압구정동에서 워낙 오래 놀았어서 웬만한 가게와 주인들은 모두 알고 있었다. 처음 가는 유럽이라서 설레는 마음에 잠을 이루지 못했었다. 누나는 어디 도시는 어떤 브랜드가 싸고 어느 거리에서는 어떤 아이템이 싼지, 그리고 어디에서 그걸 사야 텍스 프리(면세 혜택)를 받을 수 있는지를 잘 알고 있었다.

그때 우리가 처음 들른 곳은 이탈리아 밀라노였다. 잘 알려진 것처럼 밀라노는 프라다, 구찌, 알마니, 베르사체 등의 밀라노 컬렉션이 있는 곳이어서 유명 브랜드들을 한눈에 볼 수 있는 곳이었다. 알고 있던 것보다 가격도 저렴하고 듣던 명성들보다도 좋은 물건들이 많아 솔직히 첫날부터 흥분을 감추지 못했다. 프라다에서는 여자 남자 가방과 스니커즈, 구찌에서는 구두와 가방, 알마니에서는 수트, 베르사체에서는 셔츠를 샀다. 그리고 바로 스위스 국경을 넘어 꼬모 역의 프리미엄 아울렛(상설매장타운)에도 들렀다. 그곳의 아울렛에서는 미쏘니와 발리를 싸게 팔고 있었다. 일행들 모두 맘에 드는 물건들을 잔뜩 산 다음, 다시 밀라노로 돌아와 파리로 이동해야 했다. 밀라노에서 사야 할 브랜드와 파리에서 사야 할 브랜드는 따로 있었다. Made in Italy는 이탈리아에서 사는 것이 쌀 테고, Made in France는 프랑스에서 사야 싼 원리의 차이다. 형과 누나는 많은 돈을 가지고 왔는지 아주 많은 물건을 샀다. 나는 그냥 따라간 거였지만 형과 누나는 각자 몇 억에 달하는 다량의 물건을 사러 갔다는 사실을 알고 조금 놀랐다.

파리로 이동하기 위해 저녁기차를 탔다. 너무 많은 물건을 대형 트렁크 세 개에 나눠 실었다. 침대칸을 예약했는데, 물건을 너무 많이 사는 바람에 짐이 방으로 들어가지도 못했다. 침대칸 바깥 통로에 놓고 교대로 지키지 않으면 안 되었다. 이민 백에 나눠 담긴 물건들이 꽤 고가였으니까. 낯선 공간에서, 달리는 차 안에서 쏟아지는 졸음을 애써 쫓으며 짐을 지키고 있자니 한낱 장사꾼 자격으로 유럽에 와 있는 내 모습이 처량하게 느껴지기도 했다. 밖은 깜깜하기만 했고 겨우 먼 불빛들이 드문드문 보이는 게 전부였다. 파리에서는 까르띠에와 에르메스 등의 시계를 사고 루이비통 가방을 샀다. 대개 가방, 시계 등을 많이 사는데 이유가 있다. 옷은 한 품목당 사이즈, 컬러 등이 다양한 반면 가방과 시계는 한 품목당 한 가지인지라 가져와도 소비가 쉬워서 편하다.

샹젤리제 앞에 가면 일본인 한국인 관광객들이 줄을 서서 루이비통을 사는 모습을 보게 된다. 병행 수입 업자들이 하도 많아서인지 루이비통은 일인당 두 개 이상의 백을 팔지 않았다. 여권의 번호 하나당 두 개의 백만 살 수 있는 것이다. 나의 여권번호는 아마도 루이비통에 기록이 되어 있을 것이다. 매장 근처에는 지나가는 사람에게 백을 사다 줄 것을 부탁하고 그 대가로 아르바이트 비용을 지불하는 사람들도 있을 정도이다.

"니혼진 데스까?"

"한국사람?"

그들은 이렇게 접촉을 하고 루이비통을 사다주면 수고비를 준다. 그 당시 내 개인 것은 사지 못했지만 바잉 경험을 실컷 할 수 있어서 좋았다. 저녁에는 나 혼자 돌아다녔다. 우린 뤽상브르 공원 앞의 숙소에 머물렀는데 처음 간 유럽에서 난 잠시도 호텔에 머무르기가 싫었다. 잠자는 시간조차 아까울 정도였다. 낮에는 그들의 바잉을 돕고, 저녁에는 밤새 혼자 돌아다니며 이것저것 기웃거렸다. 왠지 모르겠지만 그냥 파리가 너무 좋았다. 그냥 걷기만 해도 보기만 해도 너무너무 좋았다. 그런 고풍스런 건물들이 파리에만 있는 것도 아닌데 건물들의 외형도, 싸늘한 바람도, 파리 사람들의 무뚝뚝한 표정과 꾸밈없는 스타일마저도 모두 나를 매료시키기에 충분했다. 세느 강을 따라 얼마나 걸었는지 모른다. 이쪽 처음부터 저쪽 끝까지. 다시 저쪽 처음부터 이쪽 끝까지.

한국으로 돌아오기 전날 마지막으로 에펠 탑에 들렀다. 맥주캔을 두 개 사가지고 올라갔다. 올라가는 동안 난 파리의 야경에 이미 도취되어 있었고 이걸 나 혼자만 보는 것이 너무 아까웠다. 지금 함께 할 누군가가 없다는 사실이 한스러웠다. 나는 흥분을 하면 종종 혼잣말을 하는 버릇이 있는데 파리의 야경을 보면서도 혼잣말을 했다. 그래도 한국에서는 좀 노는 놈인데 유럽에 첫발을 디딘 순간부터는 아무도 거들떠보지 않는 볼품없는 동양 아이일 뿐이었다. 내 희미해진 존재감에 슬쩍 기분이 나빴던 게 사실이다.

"야! 나 최범석이야."

"동양인이고 쥐뿔인데, 너 한번 보러 왔다."

"지금은 아무것도 아니고 별볼일 없고 니가 신경도 안 쓰는 그냥 작은 아이지만 내가 다음에 올 땐 너한테 꿀리지 않은 아이가 되어서 오마."

에펠 탑에서 내려와 메트로를 타러 광장을 가로질러 걷는데 자꾸 뒤에서 누군가가 나를 부르고 있는 느낌이었다. 하지만 뒤를 돌아봐도 에펠 탑뿐이었다. 뒤돌아본 에펠 탑은 여전히 높고 웅장한 채로 마치 나를 내려다보는 듯했다. 더군다나 그 완벽한 에펠 탑의 크고도 아름다운 위용에 이상하게 위축이 되었다. 바로 그때, 에펠 탑 전체를 환히 밝히고 있던 불빛이 꺼졌다. 이미 늦은 시간임을 알리는 신호였다. 대신 저 먼 하늘에서 별들이 빛났다. 어느 쪽에 내가 사는 한국이 있는지는 몰라도 저 별이 내가 있는 이곳까지 따라와서 내 센티멘털해진 마음을 위로하고 있는 거라 믿고 싶었다.

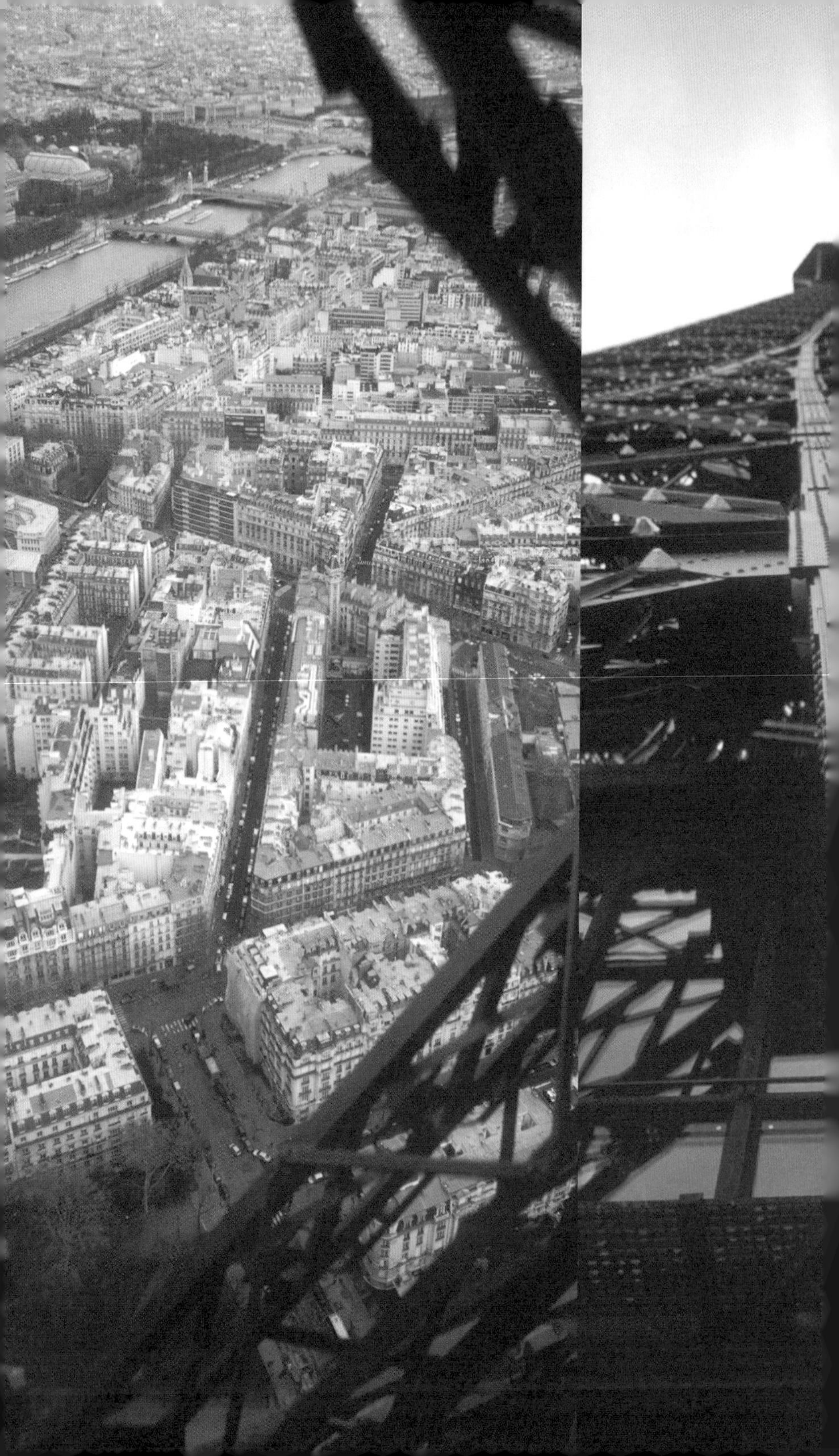

나 너희 동네의 제일 잘 나간다는
백화점에 옷 팔았어
여기에 내 옷 입은 사람들이
널 찾아올 날도 이제 얼마 안 남았어
나 이제 니 앞에서도 자신 있다.

photo by 다모토리

환상의 쇼

2004년 라프 시몬스의 S/S컬렉션에 가는 길이었다. 지금이야 한국에서도 유명한 브랜드지만 당시에 라프 시몬스는 파리에서도 떠오르는 브랜드 정도로 인식되고 있었다. 라프 시몬스처럼 항상 새로운 것을 시도하는 친구들은 항상 색다른 장소에서 색다른 콘셉트로 컬렉션을 선보이고 관객들에게 푸짐한 감동을 준다.

나는 라프 시몬스의 컬렉션을 보기 위해 떠난 한국인 일행들(바이어들과 잡지 기자들)과 함께 파리 시내로 이동해야 했다. 보통 대부분의 디자이너들은 다른 디자이너의 컬렉션을 잘 보지 않는다. 그래서인지는 몰라도 초청장도 기자나 바이어들 위주로 나온다. 사실 따지고 보면 많은 디자이너들은 자신들의 옷을 다른 디자이너에게 보여주고 싶어 하지는 않을 것이다. 라프 시몬스의 쇼를 찾아온 우리 일행을 내려준 곳은 파리 18구역의 어느 주차장이었다.

주차장에서부터 행사장이 있다는 곳으로 걸어 올라가기 시작했다. 엘리베이터도 없는 빌딩이었다. 올라가도 올라가도 쇼 장소가 나오지 않았다. 여기저기에서 Fuck! shit! 등 욕들이 튀어나왔다. 쇼를 보러 온 사람들 모두가 10층까지 걸어 올라갔다. 그리고도 검정 천으로 싸인 입구의 문은 이십 분 동안이나 열리지 않았다. 모두들 화를 냈다. 무엇 때문인지는 몰라도 너무 일방적이고도 불친절한 대접이었다. 가뜩이나 성격들이 까칠한 패션 피플들인데 말이다. 기다리다 못해 감정이

상한 어떤 이들은 문 앞에서 시비가 붙기도 했다. 마침내 문이 열렸다.

Wow! Wonderful! Great! 순간 모두들 경탄해 마지 않았다. 행사장은 옥상 바로 아래층이었는데 높은 지대에 있는 건물인데다가 통유리로 되어 있어 아름다운 파리의 야경을 한눈에 볼 수 있는 곳이었다. 게다가 시간을 기다렸다가 에펠 탑이 가장 반짝이기 시작하는 시점에 우리를 들여보내 그 감흥을 최대한으로 끌어올린 것이다. 계산 없이는 불가능한 일이었다.

올라오는 동안 관객들을 너무 고생시켜 관객과 주최측 사이에 마찰도 있었지만 이렇게 아름다운 선물을 준비한 라프 시몬스의 치밀한 계획에는 박수를 보낼 수밖에 없었다. 캣워크를 보기도 전에 이미 성공이 예감되는 쇼였고 아니나 다를까, 역시나 쇼는 완벽했다. 라프 시몬스의 옷들은 미니멀하면서 강한 아우라가 있다. 처음엔 "에이, 뭐야, 별 거 없네." 했다가 시간이 지나면서 "아, 저렇게 입어도 멋지구나."를 보여주고야 만다. 쇼 의상이나 형식 자체도 멋졌지만 무대가 된 감각적인 공간까지 매력을 더한 쇼여서 더 감동적으로 느껴졌다. 항상 많은 패션 쇼들을 보면서 느끼는 것이지만 외국 디자이너들은 항상 멋진 공간을 잘 이용하는 재주들이 있다. 그래서 언제나 효과도, 압도하는 힘도 더 크다.

샴페인과 미녀 모델

대부분의 패션 피플이 그렇겠지만 나 역시도 컬렉션 시즌에는 거의 파리에 간다. 전 세계의 디자이너뿐만 아니라 잡지사의 기자들, 바이어들, 스타일리스트 등이 몰려든다. 그리고 캣워크의 꽃인 모델들 역시 전세계에서 찾아온다. 대부분의 많은 유럽 모델들은 우선 파리로 가서 오디션을 보고 합격 여부를 기다리면서 캣워크에 설 날을 꿈꾼다.

컬렉션은 일 년 단위로 볼 때 뉴욕에서 가장 먼저 열린다. 그러나 뉴욕은 유럽에서 볼 때 거리상 너무 먼 데다 이미 미국 내에 유명한 모델이 워낙 많기 때문에 유럽의 모델들은 대체로 잘 가지 않는다. 유럽 모델들의 본격적인 오디션은 밀라노 컬렉션에서 시작되어 파리 컬렉션까지 이어진다. 오디션에 합격한 모델들은 캣워크에만 서는 건 아니다. 컬렉션 시즌 전부터 브랜드를 알리기 위한 포토 슈팅도 하고 크고 작은 살롱 쇼에도 모습을 비친다.

화려하고 아름답고 젊은 모습의 모델들이지만 그들의 생활까지 그렇지는 않다. 무명 모델들의 경우 더욱 그러하다. 그들은 오디션 기간 동안 체류비용을 아끼기 위해서 여러 명이 돈을 모아 호텔방을 같이 쓰곤 한다. 그리고 아침부터 저녁까지 힘겹게 오디션을 보러 다닌다. 컬렉션 시즌은 그들이 자신의 전부를 걸어야 하는 큰 기회다. 두말할 것도 없이 그 기회를 잡지 못하면 그들의 존재 자체가 사라지는 이유 때문이다. 동유럽이나 러시아 모델의 경우에는 형편이 더 어려워 돈은 물론 머물

곳도 없이 달랑 비행기 표만 가지고 승부를 걸러 오는 모델들도 숱하다.

나는 그들을 항상 디자이너의 입장으로 보기 때문에 뜨지 못하는 모델은 왜 뜨지 못하는지의 이유를 신인 때부터 감을 잡곤 한다. 자신의 전부를 걸고 온 모델들이지만 안타깝게도 그들 중 대부분이 내 눈에는 성공하지 못할 것처럼 보일 때가 많다. 재능은 한계가 있어 보이는데 그렇게까지 애쓰며 오디션을 보러 다니는 모습을 보면 안쓰럽다. 그렇다고 그녀들에게 실현 불가능한 꿈이니 그만 접으시오, 라고 말할 수는 없는 노릇이질 않는가.

파리나 밀라노에 있는 수많은 클럽들은 모델들에게는 공짜다. 속된 말로 클럽의 '물 관리' 차원에서이다. 그래서 키만 좀 크면 모델이라고 속이고 들어가는 일이 어렵지도 않다. 모델들이 많이 모이는 클럽에는 사람들이 많게 마련이다. 체류 기간에 잘 곳이 없는 가난한 모델들은 클럽에 가서 눈을 크게 뜨고 비싼 샴페인을 마시는 괜찮은 남자를 찾아 두리번거린다. 그리고 유혹한다. 하룻밤 지낼 곳을 찾기 위해서다. 물론 단순히 그저 즐기기 위해 오는 모델들도 있다.

나의 투철한 실험정신은 이곳에서도 끼를 발휘한다. 과연 비싼 샴페인에 모델들이 접근하는지 시험해본 적도 있다. 파리에서 제일 잘 나가는 클럽인 '메종 블랑쉬'에서 고급 샴페인인 돈 페리뇽을 시킨 것으로 실험은 시작되었다. 메종 블랑쉬는 대개 클럽들이 지하에 있는 것과 달리 한 건물의 7층에 복층 구조로 되어 있는데 한 면이 모두 유리로 되어 있어 파리의 야경을 한눈에 볼 수 있는 아주 매력적인 곳이다. 또한 파티 형식의 바 분위기를 연출하는 클럽인지라 나이트 클럽처럼 시끄럽고 현란하지가 않다. 샴페인을 앞에 두고 친구들과 어울리고 있는데 정말 우리에게 말을 걸어오는 미녀들이 있었다. 동유럽, 러시아 쪽 모델들이었는데 나이를 물으니 10대 후반에서 20대 초반이었다. 어느 브랜드 오디션을 봤는지, 어떤 디자이너를 좋아하는지, 어떤 쇼가 인상적이었는지 이런 얘기들을 나누는 동안 우리의 샴페인은 점점 빠른 속도로 바닥을 드러내고 있었다. 한 병 또 한 병. 같이 갔던 형들 중에 이런 분위기에 익숙하지 않았던 형들도 술이 조금 들어가자 긴장을 늦추면서 인형 같은 모델들과 적극적으로 이야기를 하고 춤도 추고 하면서 즐거워했다.

다음날 아침, 눈을 뜨자마자 두통과 함께 어제 마신 샴페인 병들이 일렬로 스쳐지나갔다. 정확히 잘 기억은 나지 않지만 우리는 거금을 계산했을 것이다. 나는 침대 시트를 구기며 내 자신을 향해 소리쳤다.

“도대체 왜 그런 거야? 샴페인이 소주라도 되냐? 자꾸 시키게?”

실험의 결과는 만족(?)스러웠지만 우리 일행은 이후의 파리 일정 내내 아주 가난하게 지내지 않으면 안 되었다.

에펠 탑과 겨루다

출장하면 파리를 가장 많이 가는 편이다. 파리에 갈 때마다 이상하게 묘한 경쟁심이 발동하는데 그 경쟁심이 뭔지를 잘 파헤쳐보니 그놈의 에펠 탑이 나를 지켜보고 있는 것만 같아서이다. 이제는, 처음 맥주 두 캔을 가지고 에펠 탑을 올랐을 때처럼 가진 게 아무것도 없는 나는 아니었지만 그놈 앞에서 나는 작고 하찮은 인간에 불과할 따름이었다.

그러다 작년에 다시 파리를 찾아갔다.

이번엔 좋은 소식을 들고 갔다. 그놈에게 자신 있게 할 이야기도 생겼다.

"난 많이 변했는데 넌 하나도 변하지 않았구나. 아니 변하지 않은 게 아니라 오늘은 좀 기운이 없어 보인다, 너?"

"니가 얼마나 훌륭한 사람들을 많이 봐왔는지 모르지만 나 이제 니 앞에서도 자신 있다."

"알아? 나 너희 동네의 제일 잘 나간다는 백화점에 옷 팔았어. 임마!"

"여기에 내 옷 입은 사람들이 널 찾아올 날도 이제 얼마 안 남았다고! 에펠 탑이라고 우뚝 서서 내 앞에서 잘난 체 말란 말야."

꼴레뜨의 일요일

파리의 생또노레에는 패션 피플이라면 한 번씩은 들러야 하는 숍이 있다. '꼴레뜨' 라는 아주 트렌디한 편집숍으로 명문가인 꼴레뜨 집안에서 하는 숍이다. 꼴레뜨에 디스플레이 되는 영광을 안은 옷은 아주 '핫' 한 옷이라고 생각하면 된다. 그 숍에 들어가는 제품이라면 전세계 어디든 다 들어간다고 생각해도 될 정도다. 그 숍을 경험하는 것은 전세계의 트렌드를 모두 경험하는 것과 같다. 나 역시 그곳을 아주 좋아한다.

꼴레뜨는 새로운 것을 추구하며 항상 변화하기 때문에 용광로 속 같은 느낌을 받는다. 그렇게 뜨겁고, 차가우며, 꿈틀대고, 아찔하다. 매번 갈 때마다 달라져 있는 그곳을 통해 나는 창작의 에너지를 충전하고 엄청난 자극을 받아 온다.

꼴레뜨의 지하에는 '워터 바' 가 있다. 그곳은 항상 트렌디한 피플들로 붐벼 자리가 없다. 워터바의 콘셉트는 '전세계의 모든 물을 판다.' 이다. 정말 전세계에서 생산되는 유명한 물들이 아주 고급스럽고 예쁜 물병에 담겨 판매되고 있다. 그러나 아쉽게도 한국 물은 없다. 아주 가까운 나라 일본의 물은 많은데 말이다.

한국인으로서 조금 짜증은 나지만 우리 물은 아무리 물맛이 좋다고 해도 병 디자인이 어필하지 못해서 그런 것이 아닌가 싶다. 무슨 제품이든지 값어치를 인정받으려면 품질도 품질이겠지만 일단 눈길을 끄는 무언가가 있어야 한다. 우리 물병에는 그런 게 없어 아쉽기만 하다. 우리나라 제품이 질이 떨어지는 것도 아닌데 패키지 디자인이 밀려서 꼴레뜨와 같은 편집숍에 들어가지 못한다는 것은 안타까운 일이다.

워터바에서는 간단한 샐러드나 파스타 등 한 접시에 나올 수 있는 간편한 음식 위주로 메뉴가 짜여져 있다. 그곳에서는 그릴에 구운 닭가슴살을 사과 잼에 찍어 먹는 메뉴가 유명하다. 하지만 이곳에 갈 때는 한 번쯤 각오가 필요하다. 식사 메뉴를 고르는 것보다 물을 고르는 게 더 힘들기 때문이다. 전세계에서 모인 물들이라 종류가 많고 가격도 오천 원에서부터 만오천 원에 이르기까지 다양하니 각오가 필요할 밖에. 참고로 나는 그곳에 가면 닭가슴살과 알래스카에서 나온 물을 시켜 마신다.

꼴레뜨는 시즌마다 꼴레뜨 컴필레이션 음반을 내는 것으로도 유명하다. 나를 비롯해 그 CD를 모으는 마니아들만 해도 꽤 많은 것으로 알고 있다. 우선 선곡과 편곡이 너무 좋다. CD 역시 디자이너와 디제이가 같이 참여하여 만든다. 몇 시즌 전에는 꼼므데가르송이랑 꼴레뜨가 같이 시디를 만들었는데 투명 케이스에 오렌지 컬러의 CD로 음악도 아주 좋았고 패키지도 예뻤다. 앞장은 음악 시디이고 뒷장은 영상을 담은 시디였는데 절제 속에서도 품격 있는 꼼므데가르송의 콘셉트를 잘 표현해주고 있어서 인상적이었다. 물론 꼴레뜨는 그렇게 또 하나의 새로운 시도를 성공적으로 보여줬다. 꼴레뜨는 이렇게 디자이너나 브랜드와 꼴라보레이션을 자주 한다.

꼴레뜨의 주인장인 마담 꼴레뜨는 일주일에 한 번씩 디스플레이를 바꾸는데 그날이 일요일이다. 하지만 그날은 디스플레이의 날이기도 하지만 꼴레뜨의 정기 휴일이기도 하다. 지구의 한쪽 구석에 있는 숍이 전세계를 상대로 트렌드를 제안한다니, 그 얼마나 멋지고 대찬 일인가.

2005년 F/W 컬렉션을 보러 갔을 때, 친한 동생 상엽이가 생또노레에 살아서 그 동생 집에 며칠 머무른 적이 있다. 일요일 아침, 두꺼운 후드티에 머플러를 질끈 매고 바게뜨를 사러 나갔다. 난 어디에 가든 그 동네의 로컬이고 싶다. 어디든 그곳에 산 지 좀 된 듯하게 행동을 하고 여유있게 움직이다. 바게뜨를 사고 돌아오는 길에 꼴레뜨 앞을 지나는데 꼴레뜨 여사는 그날도 어김없이 새로운 디스플레이 준비를 하고 있었다. 2005년 F/W 꼼므데가르송이 콘셉트로 잡은 핑크 팬더를 테마로 디피를 하는 걸 보고, 이번 디피는 인형으로 하나보다 했다. 인형에 꼼므데가르송의 핑크 재킷과 핑크 컬러의 티를 입히길래 콘셉트가 핑크인가 보다 하며 심드렁하게 지나갔었다.

아침으로 바게뜨에 온갖 잼을 발라서 커피와 먹고 샹젤리제 쪽에 가서 쇼룸 미팅을 마치고 다시 상엽이 집으로 돌아오는 길, 나는 꼴레뜨 매장 근처 길가에서 순간 멈춰서 멍하게 있을 수밖에 없었다. 아침에 걸었던 길인데 그 길 위에서 핑크 팬더의 핑크색 발자국이 찍혀 있는 걸 본 것이다. 마치 핑크 팬더 무리가 걸어나와 돌아다니기라도 한 것처럼. 그 발자국은 꼴레뜨 매장부터 시작된 것이었다. 꼴레뜨 여사가 디피한 핑크 팬더가 디스플레이의 전부가 아니었던 것이다.

COMME DES
GARCONS
HOMME PLUS
printemps-été 2005

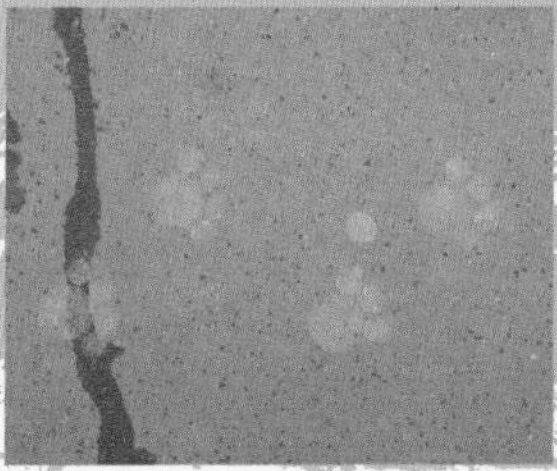

THRILL OF COLETTE
THE CHILL OF COLETTE

에띠엔 마르셀 거리 산책하기

나는 에띠엔 마르셀(Etienne marcel)을 좋아한다. 에띠엔 마르셀은 파리 거리의 이름이다. 거리도 좋아하지만 나는 그 이름 자체를 더 좋아한다. 심지어 브랜드 론칭을 할 때 제너럴 아이디어와 에띠엔 마르셀 두 개로 브랜드명을 고민했을 정도였다.

추억, 기억은 정말 중요하다. 내가 에띠엔 마르셀을 좋아하게 된 이유 중 하나는 거기에 있는 '르 클레어' 라는 편집숍 때문이다. 처음에 간 '르 클레어' 는 간판도 없어 로컬 피플만이 찾을 수 있는 곳이었다. 나 역시 현지인이 그곳까지 안내를 해주어 찾아갈 수 있었다. 르 클레어는 벨을 눌러야만 열리는 문이 있었다. 벨을 누르고 문이 열리기를 기다리는데 문 안쪽에는 뭔가 다른 세계가 펼쳐져 있을 것만 같았다. 이윽고 문이 열렸다. '르 클레어' 는 동굴이었고 아지트였고 나에겐 꿈이었다. 결코 내 기대를 저버리지 않았다.

르 클레어에 첫발을 딛는 순간 영국의 트랜스 캐미컬 브라더스의 음악과 미셸 곤드리의 영상이 나왔다. 그리고 그 영상을 반투명 아크릴에 비춰서 반은 이쪽 벽에 반은 저쪽 벽에 비치게 해놓은 게 아닌가. 그것도 열차의 영상을 타이밍에 맞춰서 진짜 열차가 달리는 것처럼…… 난 첨부터 욕이 나왔다. 난 너무 좋은 것을 보면 욕을 하는 버릇이 있다.

르 클레어는 인테리어부터 나를 충분히 압도했지만 음악과 영상까지 내 취향이어서 평소 음악과 영상을 좋아하는 나로서는 모든 걸 만족

시켜주는 숍이었다. 그래서 나는 어쩌면 자신있게 압구정 한적한 곳에다 윈도우 없는 곳을 첫 숍으로 정했는지도 모른다.

그곳 직원들의 불친절함까지 나에게는 콘셉트처럼 보였다. "이래봬도 난 여기서 일해." 라는 그런 알량한 자존심을 온 몸에 감고서 말이다. 나는 그곳에서 작고 싼 물건을 하나 사왔다. 단지 에띠엔 마르셀의 무언가를 소장하고 싶어서였다.

게이 파티

2006년 7월에 '아이엠어모델(I am a model)' 이라는 케이블 방송의 촬영을 위해 파리에 갔다. 이 프로그램은 파리에서부터 시작하는 것이었다. 한국의 신인 모델들과 방송팀이 파리의 여기저기를 다니며 촬영을 했다. 3일째인가 방송팀과 나는 떠오르는 신예 크리스 반에쉬의 쇼를 보았고 그의 파티에 초대를 받았다.

파티 장소는 네온이라는 샹젤리제 근처의 클럽이었다. 네온은 크기는 작은 대신 파리의 유명 클럽인 라스윗의 멤버들인 디제이, 파티 플래너, 호스트 등의 스태프가 넘어와 물이 좋기로 소문이 나 있는, 당시 최고의 클럽 중 하나였다.

네 명의 모델들과 피디와 조연출과 카메라 감독과 나, 우리는 간단히 저녁식사를 마치고 네온으로 갔다. 그곳은 한창 게이 파티가 진행 중이었다. 난 워낙 게이 파티를 많이 다녀봐서 그리 거부감이 없었지만 나와 함께 간 모델들과 연출팀들은 거부감을 느끼며 들어오기를 꺼려했다. 들어왔다가 남자들밖에 없는 이상한 분위기를 참지 못하고 도로 나가서는 내가 밖으로 나오길 기다리고 있었다. 유럽에서 남성복 컬렉션 에프터 파티는 거의 전부가 게이 파티라는 것을 몰랐던 것이다. 사실 유럽의 디자이너는 95%가 게이다. 나도 어디 가서 디자이너라고 하면 100% 게이인 줄 아는 사람들이 많다.

방송팀이야 그렇다 치더라도 모델들에게는 한마디 해줄 필요가 있었다.

“너희가 모델을 하다 보면 어떤 옷은 게이풍의 옷도 있고 어떤 옷은 트래디셔널도 있어. 너희가 여러 가지 세상을 접해야지 여러 가지 느낌을 경험할 수 있는 거고 보는 느낀 것을 기반으로 표현력을 고민해야 성공할 수 있는 거야. 어차피 이 세상에서 살 거면 이런 상황에서도 적응할 줄 알아야 해. 다시 들어가서 신나게 놀자. 익숙해지면 거부감도 없어지고 그러면 즐겁게 놀 수 있어.”

그렇게 모두가 다 들어가서 정말 신나게 놀았다.

그 파티에서 벤자민이라는 프렌치 매거진의 에디터를 만났는데 그는 누가 봐도 게이 같았다. 벤자민은 우리의 스케줄이나 행사 건들을 잘 처리해주었고 프렌치 매거진에 내 옷들도 많이 실어준 인연으로 발전했다. 그 외에도 한국에서 만난 쁘랭땅의 바이어 마르땡도 우연히 거기에서 다시 만날 수 있었다. 세상 참 넓으면서도 좁다는 걸 새삼 느꼈다.

이날 재미있는 에피소드가 있었다. 일본의 gap이라는 매거진의 여기자가 우리 모델 중 한 명에게 호텔 이름과 방 번호를 적은 명함을 주고는 꼭 찾아오라고 한 것이다. 그 모델은 당황했지만 나머지 일행은 흥미로워하며 그 모델을 놀려댔었다. 남자가 잘 나가는 여자에게서 하룻밤을 제안받는, 할리우드 영화의 한 장면 같은 설정이 실제로 눈앞에서 일어나니 신기하기도 했고 더군다나 그가 우리 측 스태프라는 사실이 재밌기도 했다.

“가봐. 누가 아니? 그 여자랑 밤을 보내고 너도 세계적인 모델이 될지?”

그렇게 놀리면서 신나게 땀을 흘리며 놀고 있었다. 그런데 마르땡도 나에게 와서 오늘 밤을 같이 보내자고 하는 것이 아닌가. 난 조심스럽게 나는 게이가 아니라고 말하며 마르땡의 제안을 거절했다. 마르땡은 나에게는 바이어이기 때문에 기분을 상하게 해서는 안 되었다. 그런데 하이라이트는 우리 측 최PD였다. 게이인 벤자민이 최PD에게 대시를 했던 것이다. 최PD는 정색을 하면서 기분 나빠했다. 우리의 네오의 미친 밤은 그걸로 끝이 났다.

그런데 다음날 알게 된 아주 재미난 사실은 프랑스에서는 PD라는 말 자체가 게이라는 말이라고 했다(PD는 불어 알파벳으로 '빼데' 라고 발음되는데, '빼데Pédé'는 남색가, 동성연애자라는 뜻을 가지고 있다). 우리가 계속 그에게 '최 피디, 최 피디' 하니까 벤자민도 그를 게이로 알고 작업을 걸어왔던 것이다. 우리가 최 프로듀서라고 불렀어야 하는데 대놓고 최게이, 최게이라고 하는 줄 알았을 테니 얼마나 우스운지.

그들의 브로크백 마운틴

영화 '브로크백 마운틴(Brokeback Mountain)'을 봤다. 게이 형들과 같이 봤다. 1970년대의 서부 텍사스를 배경으로 게이들이 그들의 사랑을 서로 숨기고 살아야 하는 상황을 그린 영화이다. 미국에서는 여러 영화제의 각 부분에서 노미네이트되어 작품성과 연기를 인정받은 영화이다. 우리나라에서도 소수 마니아들 사이에서 크게 호응을 얻긴 했지만 대중적으로 성공하지는 못했다. 우리는 웃고 떠드는 영화에는 너그러운데 심각한 이질감이 짙은 영화에는 불쾌감을 드러내거나 외면해버리는 경향이 있다. 내 주변에도 그 영화를 본 사람은 드물다.

감명 깊은 영화라는 것은 동감하지만 나와 함께 영화를 보았던 게이 형들이 눈물을 흘리고 있는 데에는 좀 놀랐다. 다들 30대 중반을 훌쩍 넘긴 나이에 소녀처럼 슬프게 울고 있었다. 그건 영화가 감정선을 강하게 드러내서도, 그들의 순간적인 감상 때문도 아니었다. 한국에서 소수인으로 살면서 감당해야 했던 수모와, 정체성을 숨기고 살아야만 하는 답답함이 이 영화로 인해 눈물로 표출된 것 같았다. 우리가 얼마나 편협한 가치관으로 소수자들을 대하고 있었는지 다시 생각하게 되었다.

우리는 보통 동성애자들을 보면 수군거리거나 쉽게 불쾌감을 드러낸다. 아니면 그냥 외면해버리거나 적당한 가십으로 치부해버린다.

"들었어? 걔네 사귄다는데?"

"야, 어쩐지 그 새끼는 남자를 끼고 다니더라."

"왜 그렇게 사냐?"

얘기가 거기까지 나오면 우리는 어제까지도 함께 식사했던 친구 사이였음에도 불구하고 저기 우주 건너 게이 별로 추방해버리고 인간으로서의 자격증을 박탈해버린다. 월권이다. 그렇다고 그들을 적극적으로 옹호하자는 것도 아니다. 나는 그들을 그냥 그대로 두었으면 싶다.

나 역시 직업이 디자이너이고 은근히 주변 사람들의 가십을 원하는 곳이 패션계인지라 게이가 아니냐는 오해를 많이 샀다. 처음엔 기분 나빠하고 민감하게 반응했지만 지금은 자연스럽게 넘길 줄 알게 되었다. 애써 변명해야 한다는 것이, 게이가 아님을 애써 이해시켜야 한다는 게 썩 내키지 않기 때문이다.

다른 나라 얘기를 좀 해보자. 유럽에는 정말 게이가 많다. 우리나라처럼 숨기고 살지 않아서 많이 보이는 건지 정말 많은 건지는 모르겠다. 파리에서 게이 선배를 만난 적이 있다. 우린 선데이 브런치를 약속을 하고 일요일 마레의 르 빵 꼬띠디엥(Le Pain Quotidien)이라는 빵집에서 만났다. 12시쯤 만나서 커피를 마시며 서로 쇼핑한 이야기나 새로 업데이트 된 핫스팟들을 이야기하고 있었다.

"르봉마르쉐의 닐바렛(디자이너 브랜드)이 50% 세일해. 가봐."

"형, 에티엔 마르셀에 있는 숍 에이프릴77 알지? 거기 지금 데님 하나에 8만 원밖에 안 한다."

"꼴레뜨에 이번 디스플레이 봤어, 범석아?"

"오늘 아침에 오면서 보니까 꼼므데가르송으로 디스플레이했는데 아주 신선해. 꼭 가 봐."

"형, 나 오늘 고야드(프랑스 가방 브랜드) 살 건데 형은 어떻게 생각해? 남자가 고야드 드는 거?"

"난 남자가 고야드 드는 건 좀 느끼해. 나 세련됐지? 하고 까놓고 다니는 거 같아서 싫어."

파리 골목골목에 대한 얘기들이었다.

그런데 우리 앞에서 어떤 게이 커플이 키스를 하는 것이 아닌가? 타인을 전혀 의식하지 않은 딥 키스였다. 난 나도 모르게 한쪽 눈이 찡그려졌다.

"형, 쟤네 왜 저래."

게이들에 대한 거부감은 별로 없었는데도 동성끼리 애정 표현을 너무 대담하게 하니까 잘 받아들여지지 않았다. 그 선배는 이렇게 말했다.

"아마 오늘이 일요일이니까 저 아이들 이틀 전쯤부터 사귀기 시작했을 거야."

"왜? 어떻게 알아?"

"너 같으면 일 년 된 애인이랑 저렇게 뜨겁게 키스하겠냐?"

"저 아이들 어제나 그제 만났으니까 저렇게 길에서 키스할 정도로 뜨거운 거야."

"형, 게이들도 다 똑같네. 처음엔 뜨거웠다가 지나면 금방 식고……."

"서로 아끼고 배려하는 것도 비슷해. 그리고 여느 사람들처럼 아주 순수한 사랑을 하는 사람도 있고 감정 따라 이 사람 저 사람 만나는 녀석들도 있고. 얼마 전 내 게이 친구는 자기 애인이랑 헤어졌다고 내 앞에서 두 시간을 우는데 콧물까지 쏟더라니까."

난 여자랑 헤어져도 그렇게 울 것 같지는 않다. 사랑을 잃고 운다는 건 부끄러운 일은 아닐 텐데, 나는 남자니까 울어서는 안 된다고 생각하는 것일까, 아니면 여자와 헤어지는 일이 울 만한 일은 아니라고 생각하는 것일까. 그런 생각을 하고 있자니 조금은 씁쓸했다.

내 세계에는 정말 많은 게이가 살고 있다. 어떤 자리에 나가면 나만 빼고 전부가 게이들일 때도 있다. 특히 유럽이나 미국은 패션 디자이너의 거의 대부분이 게이이다. 그래서 그들은 내가 디자이너라고 소개를 하면 당연히 게이인 줄 안다. 그리고 진짜로 내게 접근을 하는 친구도 있고 노골적으로 유혹해 오는 친구도 있다. 파리에서 누군가는 '패션계에서 성공하고 싶으면 게이가 되든가, 아님 게이인 척이라도 하라' 는 얘길 한 적도 있다. 서로에게 강요하지는 말아야 한다는 생각이다.

세상에는 동성애자보다는 이성애자가 많다. 그래서 게이들의 동성을 향한 사랑과 그 표현 행위들을 이해 못할 수도 있다. 주변에 많은 게이 친구들이 있는 나도 그들의 감정을 100% 공감할 수는 없듯이. 하지만 최소한 그들의 브로크백 마운틴에 울타리를 칠 생각은 없다.

프렌치 스타일

누구든 좋아하는 동네가 있을 것이다. 난 생제르망데프레를 좋아한다. 거기에는 파리 시내와 다른 햇볕이 있다. 그리고 하나 더, 특별한 노천 카페가 있다.

카페 드 플로르.

내가 카페 드 플로르를 좋아하는 이유는 여러 가지다.

내가 처음으로 에스프레소를 처음 만난 곳이다. 처음 파리에 왔을 땐 촌놈이라서 카페 알롱제(아메리카노)를 시켰는데 그곳에 온 파리 애들은 하나같이 작은 잔에 담긴 커피를 마시고 있었다. 소위 간지로 살아가는 나로서는 그것조차 따라해보고 싶었다. 나는 무작정 저거랑 같은 걸 달라고 말하고는 이미 시킨 카페 알롱제를 취소했다. 처음 맛본 에스프레소의 그 강렬함. 그다지 완벽한 기억은 아니었지만 여하튼 지금은 에스프레소만을 고집하게 되었다. 물론 담배와 함께 말이다. 이제 에스프레소와 담배는 나의 삶의 일부가 돼버렸다.

또 하나 거길 좋아하는 이유가 있다. 멋진 사람들, 내가 닮고 싶어하는 사람들을 많이 볼 수 있어서다. 나는 거기서 칼 라거펠트(샤넬 디자이너), 밀라 요요비치, 에디 슬리먼(디올 옴므 디자이너)을 만났다.

이상하게 파리에서 사는 아시아 남자들은 자존심이 무척 세고 유난히 말이 많다. 물론 프랑스 사람들이 말이 많은 건 유명하지만 말이다.

카페 드 플로르
파리 시내와는 다른 햇볕이 있는 그곳에서
처음으로 에스프레소를 만났다.
처음 맛본 그 강렬함……
이제 에스프레소와 담배는 내 삶의 일부가 돼버렸다.

내가 만난 파리의 친구들은 항상 일어나지 않은 일들을 떠벌리느라 정신이 없는데다가 항상 자기 자신을 더 과장되게 표현하기 위해 열을 올리곤 한다. 그건 나만 느끼는 감정이 아니다. 내 주변의 많은 사람들 역시 그렇게 느끼고 있다. 파리로 유학을 간 친구들의 경우에서도 그들이 프렌치 스타일로 변해가는 것을 본다. 유학을 가기 전부터 봐왔기에 판이하게 변화된 모습은 다소 희극적으로 보이기까지 한다. 그들은 우리 앞에서 파리에서 살고 있다는 것에 대해 자부심을 느끼는 듯 강조하면서 얘기한다.

파리는 여자의 기가 더 세고 여자를 많이 위해주고 아껴주는 것이 멋진 남자의 척도가 되는, 여자들이 살기엔 아주 좋은 도시이다. 이런 도시에서 무시당하지 않고 살아남기 위해서 파리의 남자들은 자기 과시와 과장의 표현이 많은 게 아닌가 싶다.

런던이 남자의 도시라면 파리는 여자의 도시인 듯하다.

난 파리에 가면 마냥 걷는다. 다른 행위는 끼어들 여지가 없다.

사람들을 항상 무엇인가를 위해 걷는다. 쇼핑을 하기 위해, 식당에 가기 위해, 운동을 하기 위해…… 하지만 파리에서는 목적 없이 당위성 없이 그냥 걸어도 된다. 파리의 길은 너무 아름답다. 아무리 걸어도 지치지 않고 얼마나 걸었는지 따위를 생각하게 하지 않는다. 생각할 겨를이 없다. 어쩌면 아름다운 길에 매혹된 내 눈이 발보다 빨리 걷고 있기 때문에 피로감이나 거리감 따윈 잊는 것인지도 모른다.

photo by 다모토리

SAMARITAINE
RÊVES DE BLANC
-30%
-40%
SUR DES MILLIERS D'ARTICLES DE MARQUES DE LINGE DE MAISON
SOLDES
. DIMANCHE 11 JANVIER
. OUVERTURE de 10h à 19h

photo by 다모토리

Couleurs

CHARLIE HEBDO

뉴욕행 세트 메뉴

누구나 뉴욕을 가게 된다면 그곳을 좋아할 것이다. 돌아오면서 아쉬워할 것이다. 그리고 동경할 것이다.

우리가 알고 있는 뉴욕 시티는 그냥 거대한 도시이다. 하지만 뉴욕이 남다른 이유는 그 안에 맨해튼이 있기 때문이다. 맨해튼은 여의도의 열 배쯤 되는 섬인데 뉴욕 시의 십 분의 일에 해당하는 작은 땅덩어리가 뉴욕의 전체 이미지를 만들어가고 있다. 나 역시 뉴욕을 동경했고 그 이유는 무조건 맨해튼에 가보는 것이었다.

2004년, 처음 뉴욕에 갔다. 미국 비자를 받기 위해 인터뷰를 하러 갔는데 받으러 가기 전에 부모님이 좋은 집이나 좋은 직장을 가지고 있다면야 어렵지 않게 비자가 나오지만 보통 사람들은 재산세도 내야 하고 내 이름으로 집도 있어야 하고, 통장에 잔고도 많이 있어야 하고, 통장 거래도 많이 해야 비자가 나온다며 주변 사람들은 겁을 줬다. 게다가 떨어지면 이 년 동안 인터뷰 자격이 주어지지 않는다는 것이었다.

인터뷰 장소는 꼭 교도소의 면회소 같은 곳이었다. 미국인이 안에 들어가 있고 비자 발급 신청자가 밖에 서 있었다. 앞사람은 십오 분 이상을 그렇게 벌 서듯 서 있었다. 그러고도 끝날 기미가 보이지 않았다. 앞사람은 왠지 떨어진 것 같았다. 누구 앞에서도 고개 숙이는 걸 좋아하지 않는 나는 괜히 긴장이 되면서 기분이 나빠지려 했다. 내 차례가 됐다. 난 미국인에게 가서 인사를 했다. 그는 나의 여권을 열어보고는 다른 서류를 보기 전에 어디어디 다녀봤냐고 물어봤다. 난 웃으면서 미국 빼고는 다 가봤다고 얘기했다. 왜 미국비자를 받느냐고 물어보길래,

"난 패션 쪽 일을 하는데 뉴욕은 꼭 가봐야 할 곳이라 비자를 받으러 왔다."고 했다. 그의 입가에 웃음이 번지더니 나한테 다녀와 보라고 했다.

처음 가는 뉴욕, 그만큼 많은 설렘으로 준비를 했다. 이미 화보집이나 잡지를 통해 많이 접했던 맨해튼의 건물과 거리 사진들이 한꺼번에 내 머릿속으로 쏟아지는 듯했다. 챙겨야 할 옷들도 다른 여행보다 더 신경이 쓰였다. 아마 파리에 가는 것만큼 아니 그 이상으로. 난 어디서든 남들보다 룩이 빠지는 게 싫다. 꿀리는 게 싫다. 너무 신경을 많이 써서 그랬는지 첫 뉴욕행의 옷을 어떻게 싸가야 할지 그림이 잘 그려지지 않을 정도였다. 떠나기 며칠 전부터 일이 끝나고 집에 들어오면 거울 앞에서 옷을 입어보았다. 그리고 맘에 드는 룩은 확인차 또 입어봤다. 그리고 맘에 든 룩을 그대로 트렁크에다 옮겨 최대한 룩이 흐트러지지 않게 조심조심 옷들을 넣었다. 마치 패스트푸드의 세트 메뉴처럼. 혹시 모를 일을 생각해서 다른 세트 메뉴들도 준비했다. 뮤지엄용, 저녁식사용, 낮 쇼핑용, 친구랑 편히 다닐 옷 등. 그리고 혹시 사게 될 물건을 생각하고 거기에 맞는 액세서리까지 챙겨 넣었다. 아마 내가 여행을 위해 싼 트렁크 중 가장 큰 트렁크였을 것이다.

배트맨이 나타났다!

처음 간 뉴욕, 친구 종민이와 파슨스(Parsons) 스쿨에 다니는 준이와 함께 다녔다. 나는 쇼핑을 하고 나서 엠파이어 스테이트 빌딩(Empire State Building)에 가보자고 했다.

"왜, 관광객이 다니는 곳은 싫다더니?"

친구들은 내가 왜 엠파이어 스테이트에 가고 싶어하는지 모른다. 난 에펠 탑에서 한 그 약속처럼, 뭔가 새로운 나와의 다짐이 생길지도 모른다는 생각으로 그곳에 가보고 싶었던 거였다. 하지만 뉴욕은 파리하곤 달랐다. 덜 인간적이라고나 할까. 온통 어지러울 정도의 빌딩과 거기에서 새어 나오는 불빛들뿐, 나에게 생각할 여지를 주지 않는 것 같았다.

빌딩을 올라가는 순간에도 에펠 탑을 올라갔을 때 그랬던 것처럼, 이 녀석에게 스스로가 창피하지도 않았고 이 녀석과 얘기를 나누고 싶은 생각도 않았다. 그냥 즐길 뿐이었다. 그리고 추울 뿐이었다. 이런 곳에서는 친구들이 아닌 다른 여인과의 로맨스를 기대해야 할 텐데 그게 안 되니 더 추울 수밖에 없었던 것 같다.

혹시 에펠 탑에선 혼자였고 이곳은 친구들과 같이 와서 감정이 안 생기는 건 아닌가 하는 생각도 들었지만 여하튼 파리에서와 같은 감흥이 일지 않은 것은 서운했다. 여하튼 내려가는 길에 또 하나 맹랑한 목표를 세웠다.

WELCOME TO
GOTHAM
Barbie
Las Vegas
WELCOME

"여기, 뉴욕에 숍을 내고 싶다. 이 잘난 척만 하는 자본주의 시장에 내 옷을 뿌리고 싶다. 난 맨몸이지만 한번 해보고 말 테다."

금요일이다. 무엇을 입을까? 발렌시아가 네이비 피코트(Pea Coat)를 입고 디올 머플러를 하고 빅터앤롤프의 터틀넥을 입기로 했다. 내 친구 종민이는 항상 나보다 더 멋을 부린다. 동생 준이도 만만치 않다. 맨해튼을 잘 알고 운전면허가 있는 준이가 우리들을 모시고 다닌다. 준이는 항상 웃으면서 내가 가자고 하는 곳을 데려다 준다. 오늘은 클럽을 가기로 했다. 맨해튼은 핫스팟이 자주 바뀐다. 저번에 올 땐 '첼시' 였다가 이번엔 '미트 패킹 에리어(Meat Packing Area : 정육을 포장하는 공장이 많았던 동네)' 였다가 다음엔 '이스트 빌리지' 였다가…….

우린 우선 아침을 먹고 아침에 모마 뮤지엄을 한 번 더 돌아보고, 놀리타(Nolita : North of Little Italy)로 간 다음 유명한 카페 지딴에서 에스프레소를 한잔 마시기로 했다. 놀리타 가는 길에 소호 쯤에서 차가 밀려 준이는 파킹을 하라고 부탁을 하고 우리는 먼저 내렸다. 어번 아웃피터를 들러 저녁에 입을 옷이 있을까 찾아봤다. 종민이는 레드에 화이트 프린트 된 티셔츠 하나를 샀다. 카페 지딴으로 발길을 옮겼다. 난 조금 추워도 밖에 앉는 걸 좋아한다. 지나가는 젊은 아이들을 관찰하면서 패션에 대한 점수를 매기는 게 내 작은 즐거움이고, 게다가 밖이어야 맘 놓고 담배를 즐길 수 있으니까.

준이가 파킹을 마치고 왔다. 나는 이스트 빌리지에 가고 싶다고 변덕을 부렸다. 이제 막 들어온 준이는 짜증을 냈다.

"형, 이제 막 왔는데 여기 좀 돌아보고 소호도 좀 돌아보죠."

"준이야, 나 이스트 빌리지에 가고 싶어. 이스트 빌리지에서 뭔가가 날 땡기는 듯해. 뭔가를 만날 수 있을 거 같아. 니가 정 싫다면 그냥 형은 혼자 갈게. 종민이는 준이랑 소호 돌아."

"형, 무슨 말이에요. 이스트 빌리지 가요."

난 이상하게 항상 준이를 괴롭히고 싶다. 너무 착하고 귀여워서 오히려 내가 막내동생인 양 자꾸 재촉하고 칭얼거린다. 착한 녀석. 준이는 아메리카노가 반도 줄지 않았는데 또 차를 빼러 간다. 준이가 가고 나자 우리 둘은 한참을 웃는다. 이스트 빌리지에 가서 골목골목을 돌며 빈티지 가게들을 뒤져본다. 나도 그렇지만 종민이도 빈티지를 너무 좋아해서 둘이 빈티지 가게에 가면 누가 먼저 메인 행거를 점령하는지 서로 경쟁을 할 정도다. 눈은 천천히 발은 빠르게, 먼저 간 놈이 행거를 독차지하면 나중에 간 놈은 액세서리나 신발 차지다. 종민이와 난 어렸을 때부터 친구였고, 누가 옷을 잘 입는지 경쟁했다. 처음 본 게 십사년 전에 동네에서였는데 우린 서로 인사는 안하고 '옷을 잘 입는 놈이구나' 하고 경계했었다. 그 당시 빈티지를 입는 건 우리 둘밖에 없었다. 나중에 종민이도 패션 쪽 일을 하고 있어서 다른 사람의 소개로 만났는데 '그때 빈티지 잘 입던 그놈!' 하며 알아보고 베스트 프렌드가 되었다. 우린 어려서부터 비슷한 환경에서 자랐고 비슷한 시기에 옷에 대한 개념을 알게 되어서 그런지 취향이 비슷하다. 심지어 사이즈도 비슷해 서로 아껴주는 척 '너한테 더 잘 어울려, 니가 사라.' 한 다음 저녁에 '그거 나 그냥 주면 안 돼?' 하면서 도로 빼앗기도 한다.

맨해튼의 이스트 빌리지에 있는 빈티지 숍 '도쿄7'을 들렀다. 나는 일본의 빈티지 숍을 좋아한다. '도쿄7'은 다른 빈티지 숍하고 다르다.

다른 빈티지 숍은 락 티셔츠나 밀리터리, 라이더 재킷 같은 걸 파는데 '도쿄7' 은 우리가 좋아하는 발렌시아가, 알렉산더 맥퀸, 질샌더, 꼼므데가르송 같은 디자이너 브랜드의 빈티지를 아주 겸손한 가격에 판다. 그런 곳을 만나면 우린 그만 겸손해지지 못하고 더 걸음이 빨라지고 더 빨리 지갑을 열어야 한다. 한번은 거기서 준야 와타나베의 니트로 만든 레드 팬츠를 200달러에 샀다. 삼 년 전 정가가 아마 1200달러 정도 한 걸로 기억한다. 그리고 종민이는 100달러에 발렌시아가 니트와 액세서리 몇 개를 샀다.

이스트 빌리지를 돌다 밀리터리를 많이 파는 빈티지 가게에 들렀다. 행거를 뒤지다가 네이비에 골드 장식이 들어간 케이프(cape : 망토)를 찾았다. 이스트 빌리지에서 기다리던 게 바로 이 케이프였던 것 같다. 바로 계산을 하고 나와서 남은 커피를 마시는데 종민이는 뭘 샀냐고 계속 물어본다. 난 '그냥 뭐……' 하며 얼버무린다. 그럼 종민이도 더이상 물어보진 않는다.

조금 더 둘러보다가 우리는 호텔로 돌아와 꽃단장을 시작했다. 준이에게 전화가 걸려왔다. 평소 스피릿은 그리 물이 좋지 않았는데 그날은 유럽에서 아주 유명한 디제이가 와서 물이 좋을 것이라는 정보를 전해주었다. 우리는 스피릿으로 가자고 결정했다. 난 케이프를 꺼내서 입었다. 종민이 놀렸다.

"뭐야, 아까 안 보여준 게 그거냐? 하하하, 진짜 웃겨, 입지 마. 얘가 맨해튼에 오더니 완전 배트맨이 됐네. 엘리베이터 타지 말고 그냥 창문으로 뛰어내리지 그래."

아무리 놀려도 난 그냥 입기로 했다. 사실 난 한국에서 한 번도 시도

해보지 않은 케이프여서 한 번은 입고 싶었다. 녀석이 날 이렇게 무시할 줄 몰랐다. 스피릿까지 가는 도중에는 준이까지 합세해서 배트맨이라고 놀려댔다. 괜히 입고 나왔나 하는 생각이 들자 완전 다운되어 힘을 잃고 말았다. 옷을 벗고 싶은 심정이었다.

클럽 스피릿 앞은 인산인해였다. 우리도 30~40미터는 족히 되는 줄을 서기로 했다. 이미 클럽 안이 꽉 찬지라 입장하는 속도가 더딘데다가 날씨도 쌀쌀해 추웠다.

기다리는데 어떤 젊은 여자아이가 손에 게스트 리스트를 들고 와서는 "오늘 영국 디제이 파티인데 내가 보기엔 너 룩이 오늘 최고야. 그래서 하는 말인데 부탁 하나 하자. 내가 디제이랑 악수하는 것 사진 한 장 찍어주면 내가 샴페인하고 룸을 줄게." 라며 나에게 제안을 했다. 역시 나를 알아주는 건 미인들뿐이라니까. 그날 우린 정말 신나게 놀았다. 하지만 중간에 종민이를 쫓아내고 싶었다. 나를 그렇게 놀렸으니까.

'봤냐, 임마? 나 이 정도야!'

사랑을 시작하다

센트럴파크를 걸었다. 그렇게 걷다보니 '뉴욕의 가을' 이라는 영화에서 보던 곳들이 생각났다. 난 리차드 기어라도 되는 냥 칼라 깃을 올리고 폼을 잡고 앉아 담배를 피워 물었다. 주위에는 높은 건물 숲이 센트럴파크의 숲을 둘러싸고 있었다. 도날드 트럼프의 건물 앞에는 관광객을 기다리는 마차들이 줄을 지어 기다리고 있었다. 그렇게 걷고 있는데 눈앞에 아이스링크가 보였다. 나는 전부터 취미로 아이스하키를 해서 스케이트 타는 걸 좋아한다. 그래서 이따 해가 지면 스케이트를 타러 오자고 종민이와 준이에게 얘기를 하고 우린 다시 근처의 레스토랑으로 가 브런치를 하고 바로 센트럴파크 근처의 버그도프굿맨(Bergdorf Goodman)을 들러서 쇼핑을 했다. 사실 나에겐 쇼핑일 수도 있고 시장조사일 수도 있다. 쇼핑을 할 때에도 항상 신경을 곤두세우곤 한다. 내가 하는 디자인이 트렌드에 맞는 건지, 제너럴 아이디어가 잘 가고 있는 건지. 버그도프굿맨에서 나와서 바니스 뉴욕으로 가서 1층부터 돌며 나에게 어울리는 옷들을 입어보고 대보다가 디올 옴므의 데님과 라프시몬즈의 후드티를 하나씩 사가지고 나왔다. 그리고 락커룸에 가서 짐을 맡겨놓고는 스케이트를 렌트하고 나와 우리가 즐길 일들을 기대하며 스케이트 끈을 묶었다. 어떤 일이 어떤 곳에서 일어나는가는 아주 중요한 것 같다. 맨해튼에서 그것도 센트럴파크에서 스케이트를 타는 건 아주 정말 로맨틱한 일이다. 자주 스케이트를 타고 운동을 해왔지만 센트럴파크에서의 스케이트는 내게 있어 하나의 동경이었다. 오래 기억에 남을 듯하다. 난 가을의 뉴욕보다 겨울의 뉴욕이 더 좋다. 나의 머릿속에 뉴욕은 겨울의 기억들이 많이 남아 있다.

토요일과 일요일에는 빈티지 시장이 열린다. 39번가 Health Kitchen과 26번가와 Fifth avenue 주차장에서 열리는 주말 빈티지 벼룩시장은 L.A.에 비해 가격은 좀 비싼 편이지만 재미있는 것들이 많다.

밀라노의 컬렉션을 보러 간 계기는 꼴레지오니에서 일하는 기자가 티켓을 구해준다고 했기 때문이었다. 그녀는 잡지에 한국 디자이너를 소개하려 하는데 제너럴 아이디어를 담고 싶다며 마침 밀라노 컬렉션에 나를 초대한 것이다. 그렇게 난 혼자 비행기를 타고 밀라노에 갔다. 그녀는 나에게 자기 친구들 집에 머물면 된다고 해서 나는 숙소도 잡지 않았다. 도착한 시각, 그녀는 일을 해야 했기 때문에 저녁이 되어서야 만날 수 있다고 했다. 공항에서 내려서 택시를 타고 곧바로 그녀가 메일로 알려준 주소로 찾아가서 그녀의 친구들을 만났다. 3층 집에 사는 그들은 게이 커플이었다. 그들은 니꼴라와 파울로라는 이름의 아티스트인데 처음 만났지만 얘기가 잘 통했다. 파울로는 밀라노에서 제법 이름을 날리는 컨템포러리 아티스트이고 니꼴라는 이제 막 시작하는 신인 아티스트였다. 이들은 며칠 후에 있을 전시회 준비를 하느라 한창 바쁘게 작업을 하고 있었다. 재미있는 건 이태리는 끝자리에 자음이 붙는 게 남자이름이라고 한다. 그러니까 '니꼴라'는 여자 이름인 것이다. 원래는 '니꼴라스'라고 해야 그곳 상식으로는 맞는 거였지만 그

의 본명이 '니꼴라' 인지 아니면 게이라서 그냥 '니꼴라' 라고 부르는 건지는 물어보지 못했다. 여하튼 우리는 금방 친해졌다. 내가 워낙 게이들을 자주 만나봐서 그들에 대한 거부감이 없기 때문인지 난 원래 게이들과 잘 친해진다. 첨엔 그들은 나도 게이인 줄 생각했었다고 얘기한다. 사실 나로서는 자주 듣는 이야기이다.

도착한 첫날, 그들은 게이 파티가 있다며 나에게 같이 가길 원했다. 난 조금은 피곤했지만 따라 나섰다. 컬렉션 시즌의 파티들은 한마디로 물이 좋다. 사람들의 스타일도 좋고 음악도 좋아 놀기가 좋다. 나는 파티를 가서 지방시 수석 디자이너를 맡았던 알렉산더 맥퀸의 친구이자 매니저인 알렉스와 그의 여동생인 알렉시아를 만나서 즐겁게 놀고 있었다.

그러다가 어떤 술 취한 게이 때문에 분위기를 망치고야 말았다. 그는 날 따라오며 자기가 어떠냐며 계속 작업을 걸어왔다. 난 스트레잇이고 여자친구가 있다고 얘기하며 미안하다는 불필요한 말까지 하며 그의 기분을 맞춰주려고 애썼다. 그러나 계속해서 들이대는 통에 짜증이 나서 다른 사람을 알아보라고 했다가 그 사람의 화를 돋우고 말았다. 그가 내 멱살을 잡고 흔드는 통에 싸움이 날 뻔했다. 그제서야 니꼴라와 파울로가 와서 싸움을 말려 진정이 될 수 있었다.

돌아와서는 이런저런 얘기를 하던 끝에 자연스레 뉴욕에 있는 여자친구 이야기가 나왔고 갑자기 그녀가 보고 싶어 뉴욕으로 전화를 걸어 그녀 목소리를 들었다. 그런데 끌레지오니 기자의 표정이 이상해졌다. 내가 여자친구가 없을 거라 생각을 했던지 대놓고 서운한 표정을 지었다. 그러면서 나에게 하는 말이 가관이었다. 자기는 밀라노 컬렉션을 못 볼 것 같다는 것이다. 갑자기 뉴욕 컬렉션에 가야 할 일이 생겼다며 둘러댔다. 난 황당했다. 그녀가 없으면 나 역시 밀라노 컬렉션을 볼 수 가 없는 것이다. 그럼 혹시 명단에 내 이름을 올려놓았는지를 물었다.

초대장을 안 가지고 오는 사람이 있을 경우를 대비해 명단을 준비해 놓고 체크만 되면 입장을 하게 해준다는 걸 알고는 있었다. 그런데 그녀는 대뜸 자기랑 들어가면 그냥 들어갈 수 있는데 왜 명단에 이름을 올려놨겠냐며 미안하다고, 자기가 시간이 없다고만 했다. 그녀가 무슨 생각을 하고 어떤 기대를 했는지 모르겠지만 갑자기 사람을 바보를 만든 것에 대해서는 화가 났다. 바로 다음날 첫 쇼가 있는데 밀라노까지 와서 쇼핑만 할 판이었다.

급하게 한국의 기자들에게 전화를 해보았다. 한국 기자 중에서도 컬렉션에 온 사람이 있을 테니 그와 함께 한다면 컬렉션을 볼 수 있는 것이다. 에스콰이아의 박소영 기자가 밀라노 컬렉션에 왔다는 얘길 듣고 연락을 취해 결국 그녀의 도움으로 나는 첫 쇼부터 볼 수 있었다. 원래 내 스케줄은 밀라노에서 닷새 동안 쇼를 보고 이틀 동안 파리에서 바이어를 만난 후 한국으로 들어가는 거였다. 그렇게 사흘째가 되었는데 맨해튼에 있는 여자친구 생각이 지독하게 나는 것이다.

나는 바로 뉴욕으로 떠났다. 사흘째 닐바렛 쇼를 보고 바로 공항으로 가서 파리행 비행기를 타고 파리에 가서 반나절을 기다린 다음 맨해튼행 비행기를 탔다. 그렇게 우린 만날 수 있었다. 사실 내가 그때 밀라노에서 맨해튼으로 가지 않았다면 우린 연인이 되지 못했을 것이다. 왜냐면 그때까지는 여자친구라고는 했지만 실제로 사귀고 있는 단계는 아니었기 때문이었다. 나 혼자의 마음일 뿐 그녀의 마음을 확인하지 못한 상황이었다. 여하튼 그렇게 난 뉴욕에서 사랑을 시작했다.

사람 컬렉션

모그 형을 만났다. 오랜만에 뉴욕에서였다. 난 뉴욕에 출장을 갔었고 모그 형은 거기서 작곡을 하며 한국에 들어올 준비를 하고 있었다. 모그 형은 뉴욕에서 십오 년을 살다가 얼마 전 한국에 들어와 2집까지 음반을 발표한 베이시스트다. 뉴욕에서는 여기저기 무명 밴드를 옮겨 다니며 베이스를 쳤다고 한다. 모그는 오래 전 밴드의 친구들이 정글북의 모글리를 닮았다고 해서 붙여준 별명인데 그때부터 그는 모그가 되었다. 그때까지만 해도 나는 그의 본명을 몰랐다.

형은 좋은 곳에 나를 데려가 멋진 것을 보여주고 싶어했고 나 역시 반가워서 무엇부터 해야 할지를 몰랐다. 형과 난 우선 서로 각자가 좋아하는 곳을 함께 다녀보기로 했다. 우선 윌리암스버그(Williamsburg)에 가기로 했다. 윌리암스버그엔 가격도 저렴하고 퀄러티도 좋은 빈티지 가게들이 많다. 그리고 윌리암스버그는 뉴욕 같지 않고 사람들도 건물들도 유럽 분위기가 물씬 풍기는 곳이다. 다리 하나만 건너면 되는 곳인데 사람들의 스타일이나 생활 패턴이 아주 달라 뉴욕 속의 유럽으로 알려진 곳이다. 모그 형은 전에 윌리암스버그에도 살았는데 노르웨이 친구들이 오래 전부터 자릴 잡고 살아서 유럽 냄새가 나는 거라고 했다. 그래서 그런지 만약 내가 뉴욕에 살게 된다면 나는 윌리암스버그에 터를 잡고 싶다는 생각이 들었다.

모그 형과 난 태국 레스토랑을 갔다. 윌리암스버그의 태국 레스토랑

'차이' 는 가격에 비해 아주 맛이 좋다. 그래서 맨해튼의 엄청난 음식값이 부담되면 '차이' 에 와서 맘껏 시켜먹곤 한다. 이상하게 가격이 조금만 싸도 많이 싸게 느껴지는 건 아마 도시를 벗어나 한적한 곳에서 먹는 여유 때문이 아닐까 생각한다.

그리고 우린 '블루문' 이라는 곳에 가서 커피를 마셨다. 블루문은 런던의 느낌이 나는 곳으로 북유럽에서 미술을 전공한 사람이 하는 레스토랑이 아닐까 싶은 생각을 하게 만든다. 조금 지저분해 보이기도 하는데 주인장의 예술적인 감각이 묻어나오는 아주 유쾌한 공간이다.

나는 뉴욕에 온 김에 진섭이 형을 만나 와인을 마시기로 약속하고 모그 형과 동행했다. 진섭이 형과 난 거의 일 년 만에 만나는 거였다. 처음 만나는 그 두 사람이 잘 어울릴까 미리 걱정이 되기도 했다. 모그 형은 패션에 전혀 관심이 없는 뮤지션으로 음악과 술과 담배를 사랑하는 사람인 반면, 진섭이 형은 십여 년 전 뉴욕으로 넘어와 패션 일을 하며 쇼룸을 하고 있는 사람이다. 진섭이 형은 뉴욕에서 꽤 수단이 좋은 뉴욕 할아버지 피터랑 같이 일을 하는데 피터 할아버진 뉴욕에 처음으로 입생로랑, 펜디, 에트로, 지앙프랑코, 페레 등을 가지고 들어간 바이어이다. 지금은 아주 나이가 많이 들어서 진섭이 형에게 많은 일을 맡겨 놓았다고 들었다. 피터 할아버지가 한국에 왔을 때 나랑도 몇 번 화로구이에 소주를 마셨는데 한국 음식과 소주를 좋아한다. 피터 할아버지와 술에 취해 한참을 떠든 기억이 있다.

여하튼 두 사람은 다 누군가와 친해지려 애쓰는 성격들이 아닌지라 역시 잘 어울리진 않는 것 같았다. 게다가 두 사람은 이미 뉴요커들이니까. 뉴욕은 유럽과 달리 누가 옆에 있다고 해서 말을 걸거나 친근감을 표시하는 동네가 아니다. 진섭이 형은 뉴욕의 패션이 어떤지, 내가 어떻게 해야 뉴욕에 들어올 수 있는지, 유럽의 트렌드는 어떠한지, 컬러는 뭐가 유행인지에 대해 얘기를 하는데 모그 형은 역시나 재미없는 표정이다.

내가 좋아하는 두 사람이 어울릴 수 없다면 나는 그것에 대해 굉장히 신경을 쓰는 편이다. 내가 좋아하는 A와 B가 서로 너무 좋아해서 나보다 더 친했으면 하고 바라는데 분위기가 일단 그렇게 되지 못하면 안절부절하고야 만다. 아마도 내가 좋아하는 사람들은 서로 마음에 들어하고 좋아해야 한다는 고집스런 생각 때문일 것이다.

나는 그래서 이런 얘기를 많이 한다.

“분명 같이 만나면 좋아할 거예요. 꼭 만나게 해드릴게요.”

마치 무슨 뚜쟁이처럼 사람들을 만나게 하고, 그 사람들 사이에서 친밀감이 흐르면 이상한 만족감을 느끼게도 된다. 물론 그 모든 것이 사람을 좋아해서겠지만 만족스런 결과 앞에서 아주 멋진 예술품 하나를 탄생시킨 기분이 드는 건 사람을 좋아하는 나만의 독특한 방식 때문일 것이다.

좋은 사람들을 내 주변에 모으고 있는 것. 나는 그것을 최범석 스타일의 ‘퍼포먼스’라고 생각한다.

윌리암스버그 입구 쪽에 일본사람이 하는 ‘수퍼코어’라는 레스토랑이 있는데 값도 싸고 맛도 정말 좋다. 그리고 수퍼코어는 내가 사랑하는 사람과 처음으로 같이 간 곳이기에 더 기억에 남는 곳이다. 그곳은 술을 마시기에도 아주 좋은 곳이다. 그래서 그때 내가 적당히 취해 있었던 것 같다.

수퍼코어 뒷문으로 가면 조그만 뜰이 있다. 거기서 난 내 여자친구와 서로의 미래에 대해 그리고 우리의 시작과 앞으로 함께 할 날들에 대해 이런저런 이야기를 나누었다. 너무 즐겁고 사랑스러워서 서로 끌어안고 한 삼십 분 정도 있었던 기억이 있다. 추운 날이었는데 그 순간만큼은 아주 따뜻했고 행복했다. 그녀와의 첫 포옹이었다. 아직도 그 따뜻함을 간직하고 있다.

양키스 아저씨들

"이번엔 뭐가 하고 싶어?"

모그 형이 나에게 물어본다. 자기가 마치 뉴욕의 터줏대감인 듯 뭐든 다 해줄 것처럼. 하지만 실상 내가 관심 있어하는 쇼핑타운이나 좋은 바나 멋진 레스토랑 같은 데는 형보다 내가 훨씬 많이 알고 있을 것이다. 나는 형과 같이 즐길 수 있는 것을 찾고 싶었다. 형과 공감대를 형성할 수 있는 것이 무엇일까. 난 어려서부터 일을 하고 사람들을 상대하다 보니 직감적으로 상대방의 표정을 보고 상대방의 기분이나 호응도를 잘 파악한다. 유연하게 커뮤니케이션을 하며 상대의 기분을 잘 맞춰주는 편이다. 형과 함께 뉴욕의 멋진 시가지를 다니며 쇼핑을 하다 보면 형은 즐거운 척 보는 척은 하지만 정작 실제적으로 좋아하지는 않는다는 걸 알게 된다. 사실 남자들은 특정 부류 사람들을 제외하고는 쇼핑을 좋아하지 않는다. 그 특정 부류 중 하나가 게이이다. 게이들은 기본적으로 꾸미는 걸 좋아한다. 그래서 유럽이나 미국에서도 잘 꾸미는 남자는 우선 게이로 의심을 하는 경우가 많다. 물론 우리나라처럼 뒷말로 소곤대지는 않는다.

모그 형은 샛노란색 가방에 벽돌색 셔츠에 워싱이 되다 만 듯한 데님 팬츠를 입고 있다. 어제와 똑같은 모습이다. 나와 같이 다니면서 옷들을 집어 몸에 대보기는 하지만 정작 입어보지도 사지도 않는다.

"형, 그거 정말 잘 어울리는데. 아주 괜찮아."

"그래? 근데 이걸 언제 입고 어딜 가?"

"갈 곳이야 만들면 되고 옷이야 아무 때나 입으면 되지."

"나한테는 부담스럽다."

"형, 뮤지션이면 멋도 좀 내고 그래라. 형만의 카리스마나 아님 형만의 스타일을 만드는 것도 형한테 도움이 돼. 요즘은 가수나 배우가 연기나 노래도 잘해야 하지만 우선 세련되지 않으면 안 떠요. 알잖아."

"범석아, 형은 그거 살 돈 있으면 술 먹는다."

형은 이렇게 나랑은 다른 세계에서 산다. 난 패션을 하는 사람들을 위주로 만나니까 거의 패션으로 소통을 하는 편이라 이렇게 패션에 관심 없는 사람은 딴 세상 사람 같다. 물론 패션을 하는 사람보다 안 하는 사람이 훨씬 많지만 요즘 사람들은 패션에도 많은 관심을 가지고 있는 편이라 유독 형의 고집스러움이 답답하게 느껴지기도 했다. 이렇게 판이하게 다른데도 서로 관심을 갖고 애정을 갖고 있는 것도 재밌는 일이다.

여하튼 그래서 오늘은 쇼핑을 하지 않고 형이 하고 싶은 걸 물어봤다. 형은 이래도 저래도 좋다고 한다. 우린 우선 놀리타에 있는 카페 지딴에서 커피를 마시며 할 일을 생각해보기로 했다. 야외 테라스에 앉았다. 형이나 나나 헤비 스모커이기에 담배를 못 피우는 곳은 정말 딱 질색이다.

"아니 왜 커피는 팔면서 담배를 못 피우게 하는 거야? 우리 같은 사람들은 뭐 숨도 쉬지 말란 얘긴가."

맨해튼은 오래 전부터 지붕이 덮여 있는 곳에서 담배를 피우는 건 법으로 금지되어 있다. 실내냐 실외냐의 차이를 서양에서는 지붕이 있고 없고로 분류한다. 클럽에서조차도 마찬가지이다. 금연 캠페인은 맨해튼에서 시작이 되어 점차 전세계로 퍼져나가는 추세이고 요즘은 파리와 이탈리아도 시행하고 있다고 한다.

우선 우린 에스프레소와 함께 담배를 아주 맛있게 피웠다.

"형, 뮤지엄 보는 것도 별로지? 이번 모마(The Museum of Modern Art, New York)에 전시 괜찮던데 난 한번 더 봐도 되는데 형도 볼래?"

"아니, 그럴 거면 차라리 낮 술 먹자."

"난 낮 술 안 먹어. 진짜 엄마 아빠도 몰라봐. 형, 그럼 우리 양키스 게임 볼까? 양키스 게임 정말 보고 싶었는데. 내 눈으로 직접 보는 거 말야."

"어, 그래? 좀만 기다려봐."

형은 어디선가 신문을 가지고 와서는 게임 일정을 살폈다.

"오늘 양키스 스타디움에서 게임이 있는데?"

"난 양키스의 랜디 존슨이 나왔으면 좋겠는데……."

"근데 요즘 랜디 존슨이 넘 못 던져. 어? 오늘 선발 등판이 랜디 존슨이야."

"티켓을 구할 수 있을까? 이거 빅 게임인데."

"형만 믿어. 내가 구해줄게."

우린 메트로를 타고 브롱스에서 내려서 양키스 스타디움 쪽으로 걸어갔다. 네이비의 티셔츠에 스트라이프 바지를 입은 양키스 팬의 물결이 스타디움 근처 거리를 꽉 메웠다. 그들은 내가 상대편의 유니폼을 입었다가는 경기도 못 보고 도망을 가야 할 것 같은 기세를 품어내고 있었다. 물론 상대편의 유니폼을 입은 사람들도 많이 있었다. 매표소

앞에서 티켓을 사려 했는데 역시 매진이었다.

"범석아, 여기서 좀만 기다려."

"어디 가는데?"

형은 저쪽으로 가서는 팝콘처럼 부푼 아저씨랑 마약거래 하듯 거래를 하더니 티켓을 들고 나타나서는 우쭐해한다. 내가 쇼핑을 하면서 늘 형에게 보이는 얼굴을 형이 나에게 보여주는 듯했다.

우린 경기 시작 전에 양키스의 유니폼을 사서 입었다. 난 리베라의 유니폼을 사고 모자까지 사서 로컬의 양키스 팬인 양 변신을 했다. 그날의 경기는 양키스가 이겼다. 경기가 끝나고 그 길로 브로드웨이로 나와 맥주를 마시며 우리끼리 엠브이피도 정해보며 그날의 승리를 축하했다. 그 순간 나는 디자이너가 아니라 그냥 스포츠를 좋아하는 동네 아저씨가 돼 있었다. 그 기분도 나쁘진 않았다. 이런 룩으로 이런 느슨한 기분으로 사는 것도 아주 즐거운 일일 것이고 무엇보다 스트레스 없는 삶이 될 것 같았다.

"뉴욕에 왔는데 CBGB에 한번 가야지! 범석이도 락 좋아하잖아?"

"그럼. 락 많이 좋아하지. 근데 난 영국 락이 더 좋아 미국 락은 별로야."

모그 형이 이끄는 대로 CBGB에 갔다.

저녁 10시쯤이었는데 이미 우리는 로어 이스트, 놀리타, 윌리엄스버그, 맨해튼을 한바퀴 돌아온 상태였다. 나는 사람들도 인정하는 쉽게 지치지 않는 최배달 체질인데 모그 형도 만만치 않았던 것이다.

CBGB는 70년대부터 있었던 뉴욕의 전설적인 언더 그라운드 락 클

open
all
nite

럽이다. 레이몬즈, 블론디, 패티스미스 그룹 등이 초창기에 CBGB에서 공연을 시작했다고 한다. 클럽 안은 좁고 길었다. 그 끝에 스테이지가 있었고 70년, 80년, 90년대의 뮤지션들과 팬들이 드나들던 곳이라 그들의 사인과 락 밴드 스티커들이 30년 세월만큼의 흔적을 자랑이라도 하듯 빼곡하게 붙어 있었다. 어느새 클럽 분위기가 날 압도하기 시작했다.

그날은 평일이어서인지, 이른 시간 탓인지 사람들이 그리 많지는 않았는데 클럽에 들어가면서부터 우리는 서로 아무 말도 할 수 없었다.

이미 락커는 웃통을 벗어던지고 땀인지 눈물인지 모르게 흠뻑 젖은 채로 울부짖으며 클럽을 뒤흔들고 있었고, 십대 후반 정도로 보이는 댓 명의 아이들은 하드코어 락 음악에 발차기를 하면서 날아다니고 있었다. 말 그대로 발악이었다. 나머지 7명 정도는 휴식을 취하며 발차기 소년들을 피하기라도 하는 듯 벽에 납작 붙어 있었다. 우리는 말없이 이십 분 가량 앉아서 음악을 듣다가 맥주를 마시고 나왔다. 신기하게도 클럽을 빠져 나오는데 기운이 쭈욱 빠지는 기분이었다.

발차기 소년들과 락커가 내 정신을 잠깐 빼앗았던 것 같다. 락에 빠진다는 것은 그 열정과 젊음 모두를 집어던지는 자체가 아닌가 싶다.

CBGB는 몇 달 후에 문을 닫았다. 일요일 저녁 패티스미스의 공연을 마지막으로. 그러나 내년에 라스베가스에서 다시 오픈한다고 했다. CBGB가 예전 전설적인 락 스타들을 만들어낸 그 아날로그 시대로부터의 연륜을 재현해낼 수 있을까. 여전히 그 시대의 녹이 남은 클럽이 생길 수 있을지 기대도 되고 염려도 된다.

내 옷은 작품인가

맨해튼에서 나에게 가장 크게 영향을 주고 감동을 준 건 엠파이어 스테이트도 자유의 여신상도 아니다. 소호 거리도 브로드웨이 뮤지컬도 양키스 게임도 아니었다. 내게 가장 큰 감동은 모마 뮤지엄이었다. 두 번째는 윌리암스버그에서 본 맨해튼의 야경이다. 난 맨해튼에 가면 항상 모마 뮤지엄에 들른다. MoMA는 The Museum of Modern Art의 약자로 주로 컨템포러리 아트가 전시되어 있다.

난 뮤지엄에 가면 무언지 모를 자격지심이 생기는가 하면 동시에 뭔가를 하고자 하는 에너지와 함께 하고 싶은 일들이 마구 떠오른다. 모마는 뉴욕의 메트로 폴리탄 뮤지엄처럼 이집트에서 가져온 기원전 작품들이나 전통적인 기둥 장식이나 오래된 고미술품 등, 미술책 역사책에 나오는 것들은 하나도 없다. 피카소나 내가 좋아하는 고흐의 미술품 같은 것은 있긴 하지만 그런 전시를 즐겨보지는 않는다. 그들이야 우리 몇 세대 위의 사람들로 이제 그들의 예술세계는 어느 정도 충분히 이해되고 심지어 기성 세대의 것처럼 받아들여져버린 것이 나에게는 새롭지 않다.

모마에 가면 앤디 워홀이나 카라 워커 등을 만날 수 있다. 모마를 다른 뮤지엄과 비교하자면 런던의 테이트 모던과 비교해볼 수가 있을 것 같다. 모마에서는 신선한 자극을 주었던 전시의 기억이 많다. 한번은 음악으로 전시를 한 적도 있었는데 아주 큰 홀에 스피커를 백 개 정도

설치해놓고 이야기 소리, 우는 소리, 경적 소리 등이 돌아가면서 끊임없이 소리를 내는데 효과음들이 어우려져 하나의 작품을 만들고 있었다. 나는 그 소리들의 향연 속에서 신선하고 새로운 발상의 분출을 경험했다.

언젠가는 척 클로스의 전시가 있었다. 뮤지엄을 다니다 보면 책에서 볼 때가 실제작품보다 훨씬 더 좋은 작품도 있고, 반대로 책에서는 그다지 인상적이지 않은데 실제로 보면 더 훌륭한 작품이 있다. 척 클로스의 작품이 그랬다. 책의 질감으로 본 것과 실제 눈으로 본 것은 달랐다. 하나하나의 도트에 물감을 칠하고 이것들을 연결하고 구성해서 큰 그림을 형상화시킨다. 그 착상, 새로운 표현력에 우선 놀라고 그렇게 구성된 작품에 다시 놀라고 마지막으로 작품의 규모에 압도된다. 척 클로스의 작품을 보고 나는 '내가 너무 작다' 라는 생각을 많이 했다. 그리고 '아직 덜 미쳤구나. 더 열심히 일을 해야겠구나' 하는 생각을 하곤 했다.

뮤지엄에 있는 건 작품이다. 내가 만든 옷은 작품이 아니다. 사람들이 내 옷을 보고 작품 어쩌고 할 때가 있는데 난 내 옷은 그냥 옷이지 작품은 아니라고 말한다. 그냥 파는 옷이다. 몇 달이건 몇 년이건 그것 하나를 위해 집중하고 노력해서 만든 것에나, 그렇게 탄생한 유일한 것에나 작품이라는 말을 허락할 수 있지 내 옷처럼 팔기 위해 공장에서 수십 장, 수백 장씩 찍어져 나오는 것을 작품이라고 할 수는 없다. 물론 옷 한 벌이 만들어지기까지의 공정이 단순하고 쉬운 건 아니지만 말이다.

만들기 전에 원단을 고르고 패턴을 뜨고 원단에 알맞는 심지를 구하고 원단에 어울리는 실을 구하고 샘플이 나오면 입어보고 패턴을 수정하고 요척(필요한 마의 수)을 계산해서 원단을 발주하고…… 나는 그냥 소비자를 유혹하는 디자이너지 아티스트는 아니다. 나는 아티스트의 노력에 비하면 아주 보잘것없는 작업을 하고 있다.

모마에 있는 것들은 분명 나의 것과는 다르다. 그들은 미쳐 있고 더 세밀하다. 더 정성스럽고 깊이가 있다. 그래서 난 모마에 가면 긍정적인 자극을 받는다.

'더 신경 써서, 더 신중하게, 더 멋지게 옷을 만들자. 작품처럼.'

union square는 앉아만 있어도 즐거운 공원이다. 햇볕이 좋은 날, 편한 바지에 슬리퍼를 끌고 레모네이드 한 잔만 들고 있어도 행복해지는 곳이다. 유니언 스퀘어는 파슨스와 뉴욕대 근처여서 그런지 늘 젊은 학생들이 많고 활기가 넘친다. 가운데 광장에는 뉴욕 대학생들이 무에타이와 춤을 접목해 신나게 몸을 움직이고 잔디에선 맨발에 트레이닝 차림으로 세 명이 요가를 하고 있다.

일자단발머리 미소년 스케이트 보더는 바람에 머리를 휘날리며 광장을 가로지르고 모델처럼 보이는 소녀들은 이 일자단발 보더 남과 가벼운 눈인사를 하고 떠난다. 한쪽에서는 비전쟁 평화수호자들이 모여 부시 인형을 못살게 굴고 있고, 계단에는 핑크색 펑크머리에 피어싱을 한 어린 펑크족들이 앉아 담배를 피우며 시간을 보내고 있다. 또 주홍색 비닐로 모자를 만들어 쓰고 멀리에서 걸어오는 흑인 할아버지는 까만 재킷 위엔 번쩍이는 스터드(쇠장식)를 장식했다. 그런데 가까이에서 보니 그냥 병뚜껑을 박아놓은 것이다. 대부분 그런 멋쟁이 할아버지는 홈리스다.

유니언 스퀘어엔 다양한 종류의 사람들이 와서 머무르다 떠나가고 또 잠시 다른 사람들이 와서 머무르다 돌아간다. 유니언 스퀘어는 그렇게 순환한다.

문화는 서로 엉켜 있는 넝쿨 같다. 각기 다른 문화가 충돌하고 자극을 받고 꽃을 피운다. 특히 뉴욕이나 런던, 파리 등의 큰 도시들에서의 예술은 각기 다른 분야의 문화가 만나면서 새롭고 독특한 예술세계를 만들어간다. 또한 다른 장르의 예술이 서로 섞이기도 한다. 음악과 옷은 서로 영감을 주고받는 사이라고 생각한다. 전에 한번은 쇼하기 전에 콘셉트와 연출 아이디어가 안 떠올라서 클럽에서 하루 종일 박혀 있었던 적도 있다. 나에게 음악은 그냥 음악으로 끝나는 것이 아니라 나에게 어떤 영감을 주는 매개체이다.

새벽까지 클럽에서 놀다 나와 호텔로 돌아가려 할 때 항상 생각나는 게 있다. 김치 핫도그. 로어 이스트 사이드의 노랑과 검정 파라솔 아래에선 핫도그를 파는데 타겟은 클럽 애넥스(annex)에서 쏟아져 나온 사람들이나 거리의 힙스터(hipster · 최신 유행을 좇는 사람)들이나 방랑자들이다. 모두가 거기서 핫도그를 기다린다. 물론 나 역시 그곳의 핫도그를 기다린다.

이 핫도그 가게의 특별한 점은 김치 핫도그와 불고기 핫도그가 메뉴에 있다는 거다. 그냥 핫도그는 1.5불이고 불고기와 김치 핫도그는 2불이다. 그 자리에서 5개를 먹는 사람도 있었다. 뉴욕의 새벽 5시에 먹는 김치 핫도그는 참 뉴욕적인 맛이었다.

NEW YORKER
HOWARD JO
5701

맨해튼에서 나에게 가장 큰 감동을
준 건 엠파이어 스테이트도 자유의
여신상도 소호 거리도 브로드웨이
뮤지컬도 양키스 게임도 아니었다.
가장 큰 감동은 모마 뮤지엄이었다.
그리고 윌리암스버스에서 본
맨해튼의 야경……

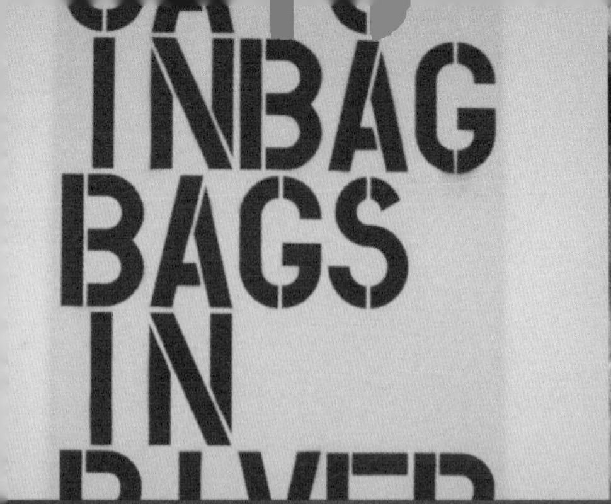

MoMA

The Museum of Modern Art

Campbell's
VEGETABLE SOUP
GREEN PEA SOUP
CLAM CHOWDER SOUP
BEEF SOUP
PEPPER POT SOUP
CONSOMME SOUP

록기 형과 L.A.

L.A.에 항상 같이 가는 사람이 있다. 사실 난 L.A.에 가보기 전까지는 그다지 좋아하지도 않았고 가보고 싶다는 생각도 없었다. 그런데 그가 나에게 "한번만 나를 따라와 봐. 절대 후회하지 않을 거야." 라며 L.A. 여행을 적극 추천하는 바람에 반신반의하는 마음으로 L.A.에 가게 됐고 지금은 손에 꼽는 도시 중 하나가 되었다.

그와의 인연을 먼저 얘기하자면 좀 별난 인연이기는 하다. 그와 난 친해지기 전에는 아파트 위층 아래층에 살았다. 그가 워낙 유명인이어서 나는 알아봤었다. 그러다 후에 친해진 다음에는 더할 나위 없이 자주 만났고 그가 시간을 내어 나의 출장에 맞춰 함께 가는 경우가 많아졌다. 물론 여행도 여러 번 같이 다녔다. 그가 홍록기이다. 그는 옷을 아주 좋아한다. 그는 나에게 관심 있는 옷이나 스타일에 대해 물어보고 같이 쇼핑을 다니고 나에게 아이디어를 주기도 한다. 옷을 만드는 디자이너의 시선이 아니라 소비자의 입장에서 내 옷의 패턴과 색감에 대해서 얘기하고 장점 뿐 아니라 결점까지도 진지하게 얘기해 준다. 그러나 나는 그의 색감에 대해서는 들으려 하지 않는다. 아주 재미있게도 그렇게 옷을 좋아하고 사랑하는 그가 색약이라는 것이다. 언젠가 그는 나에게

"시상식에 입으려고 하는데 퍼플 벨벳 재킷에 무슨 색 셔츠를 입어야 좋을까?"

"화이트 셔츠를 입어. 그게 덜 독하니까. 형, 이제 나이도 있고 하니 멋쟁이가 돼야지. 독하게 입는 건 그만 하고."

나중에 집에 가서 보니 형이 말한 퍼플 벨벳은 네이비였다. 실컷 웃고 약 올리고 집에 돌아와서도 한참을 웃었다. 그 뒤로는 내가 레드를 핑크라고 하기도 하고 네이비를 스카이 블루라고도 하며 놀려대곤 했다. 그는 알면서도 속아넘어가 나를 웃겨준다. 그는 상대가 기분이 안 좋으면 기분 좋게 해주고 상대가 흥분하거나 좋아하면 더더욱 그 흥분에 양념을 쳐줄 줄 안다. 그의 직업병 때문에 내가 덕을 보는 거 같기도 하지만 여하튼 나를 재밌게 해주는 형이 항상 고맙다.

처음 L.A.에 도착한 후 난 처음으로 록기 형의 안내로 쇼핑을 다니기 시작했는데 L.A.에서의 쇼핑은 나로서는 중요한 발견이었다. 쇼핑에 있어 다른 차원을 만나 한수 배웠다고 할까? 쇼핑하면 일본이나 유럽이라고 생각했는데 L.A. 쇼핑은 기대 이상이었으며 많은 것을 생각하게 했다. 참 미국적이다. 옷들도 현실적이고 비즈니스적이다. 물론 감각적이고. 정말 간단하고 입기 편하고 아무 것에나 잘 어울린다. 아무렇게나 입은 듯하면서도 멋스러운 옷들을 만들고 있다. L.A.에서 내가 본 옷들은 여태 경험하지 못한 것들이었다. 항상 외국에 나가면 더 어려운 옷, 멋진 옷만 보러 다녔으니 말이다. 사실 100명 중에 10명이나 1명이 입는 옷을 만드는 일은 오히려 쉽다. 100명 중에 90명이 좋아하는 옷 만들기가 더 어려울 것이다. 그런데 L.A.에서는 정말 90명이 좋아하는 옷들이 숨 가쁘게 돌고 있는 생생한 현장을 본 것이다.

나 역시 이런 나라의 이런 햇볕 아래라면 데님과 캐주얼을 아주 잘 만들 수 있을 것만 같다. 지금보다도 더…….

L.A.의 데님이나 캐주얼은 다른 나라의 캐주얼과는 다르다. 감도도 있고 디자인이나 퀄리티도 우수하다. 게다가 아주 훌륭한 시장인 할리우드가 바로 옆에 있어 그 파급효과도 놀라울 정도로 크다. 우리가 잘 아는 트루릴리전 같은 경우도 L.A.에서 시작한 브랜드이다. 실제로 캐주얼이나 데님 시장은 L.A. 브랜드들이 잠식하고 있다고 볼 수 있다. 거긴 다른 나라보다 많은 인종과 문화가 있기에 많은 테이스트를 충족시켜야 하므로 가능한 게 아니었나 싶다.

미국은 여러 인종이 사는데다 총기 소지도 자유로운 편이어서 그렇겠지만 L.A.에는 여러 나라의 깽이 있다. 백인 깽, 흑인 깽, 베트남 깽, 중국 깽, 한국 깽…… 갱과 관련된 재미있는 에피소드가 있다.

2002년 월드컵 때 일이다. 코리아 타운의 갱들은 주로 코리아 타운 안에서 활동을 많이 하는데 2002 월드컵 때는 L.A. 전역이 긴장을 했다고 한다. 미국은 그다지 축구를 좋아하지 않아 월드컵이 큰 화제가 되진 못했다. 그런데 갑자기 코리아 갱들과 그냥 코리아 타운의 한인들이 합세해서 일제히 빨간 옷을 입고 L.A. 거리를 누비기 시작한 것이었다. 오토바이도, 트럭도 경적을 울려대고 사람들은 차 지붕 위에서 태극기를 흔들어대기 시작하는데 전 L.A.가, 모든 L.A. 갱이 도대체 무슨 일인가 하면서 바짝 긴장을 했다고 한다. 물론 대~한민국을 외치는 축제의 퍼레이드였지만 아무 영문을 모르는 다른 갱들로서야 바짝 긴장하지 않을 수 없었을 것이다. 장관이었을 것이다. L.A.에서의 붉은 물결도.

아침 잠이 많은 내가 8시에 일어나서 수영을 하고 조깅을 한다는 건 상상할 수조차 없는 일이다. 날 아는 사람들이라면 모두 믿지 못할 것이다. 그런 내가 L.A. 에만 가면 아침 8시에 눈을 떠서는 바로 나간다. 이상하게도, 어떤 옷을 입을까에 대해서도 망설이지 않고.

왜 그럴까 생각을 해봤다. 결론은 "나와 L.A. 환경이 잘 맞다"는 것이다. L.A. 는 여름에도 그다지 덥지가 않은데다가 겨울도 춥지가 않다. 항상 맑은 바람을 맞을 수 있으며 햇빛이 풍부한 기후의 특색을 보인다. 무엇보다 하늘빛이 예술이다.

나는 심한 저혈압이라 아침에 일어나도 몸은 항상 반수면 상태인데 L.A. 의 날씨와 잘 맞는지 항상 일찍 눈이 떠지고 아침에 자주 느끼던 피로 따위도 없다. 그렇게 일어나 운동을 나가면서 자주 내 자신에게 놀란다. 그럴 때마다 혼잣말을 한다.

"난 여기서 살아야 해. L.A. 는 나의 도시야."

그날도 한 시간 동안 하늘만 바라봤다. 내가 이렇게 하늘을 오랫동안 본 건 아마 세번째쯤 되는 것 같다.

첫번째는 초등학교 5학년 때 별자리 서클이어서 밤마다 나가서 하늘을 바라보는 일이 많았다. 물론 그 핑계로 늦은 시간까지 친구들과 즐겁게 놀고 싶은 마음이 더 컸지만 말이다. 두번째는 인디아 사진 촬영을 갔을 때였다. 차량 이동 중에 아주 고요한 사막에서 별이 쏟아지는 하늘을 올려다보면서 일행들과 오랫동안 얘기를 했었다.

세번째는 L.A. 에서다. 난 L.A. 의 하늘이 좋다. 그 어느 동남아 휴양지의 하늘보다 청명하다. L.A. 의 하늘을 보고 있으면 여유를 배운다. 마음이 비워지고 아무것도 안 해도 살아질 것 같은 용기도 준다. 탄산

음료의 기포가 되어 몽글몽글 몸이 자유로워진다. 그곳에선 하늘이 보약이다. 여유는 나하곤 절대 안 어울리는 단어이다. 난 여유 있게 살지 못 했으니까. 어릴 때는 경제적으로 여유가 없었고 지금 와서는 시간적으로 여유가 없다. 사람들이 나를 보면 항상 여행 다니고 출장 다니고 옷 잘 챙겨 입고 하니 여유 많은 사람으로 생각하기 쉽다. 하지만 난 항상 무언가에 쫓기듯 산다. 빚이라도 진 사람마냥 일에 치여 허둥대고 부산하다. 사실 그런 것도 내가 다 만들어낸 것이기 때문에 누구보다도 내 손으로 차단하고 관리할 수 있어야 하는데 아직 그걸 못하겠다. 그런 나에게 L.A.의 하늘은 진정제 역할을 한다.

나에겐 어려서부터 자연과 얘기하는 버릇이 있다. 언제부터 이런 버릇이 생겼는지는 모르지만 아주 어렸을 때부터 말하지 못하는 사물이나 자연을 향해 혼잣말을 하면서 다녔었다. 그래서 L.A.의 하늘과 산타모니카의 해변과 맨해튼 비치의 바다와 이야기를 나눈다. 물론 옆에 누가 있을 경우엔 혼자 속으로 눌러 얘기한다. 또라이라고 생각할 게 분명하니까, 하하.

"나, 이 하늘 아래에서 살고 싶다. 내가 사는 곳은 날 너무 바쁘고 지치게 만들어. 그 하늘 밑은 경쟁이 너무 치열해. 생각할 수 없게 하니까. 행복할 수 없게 하니까."

피넛버러 초코셰이크

"아저씨, 로버슨(Robertson) 가주세요."

"로버슨이 어디예요?"

"로버슨이요."

"아, 로버트슨이요?"

L.A.에서는 차 없이 못 다닌다. 그렇다고 택시가 많은 것도 아니다. 그래서 난 동행하는 사람 없이 다닐 땐 한국 택시를 타고 다닌다. 택시 기사들은 대부분 L.A.에서 살지만 영어를 잘 못하는 분들이 더 많다. 그래서 미국인데도 한국식 발음으로 소통해야 한다.

난 로버슨에 간다. 로버슨은 내가 정말 좋아하는 동네다. 로버슨은 스타들이 많은 백인 지역이다. 할리우드 스타들이 거리 이곳저곳을 누비고 다니며 그들이 애용하는 숍들도 많다. 그 중 맥스필드라는 편집숍은 헤르메스나 로렉스 등의 명품 빈티지의 콜렉션으로 정말 굿 테이스트 편집숍이다. 아마 내 기준으로는 전 세계 편집숍 중 세 손가락 안에 들 것 같다.

그런 로버슨이지만 개인적으로 좋지 않은 경험이 있었다. 지인과 함께 '아이비'라는 레스토랑에 갔었다. 레스토랑 앞에는 람보르기니, 페라리, 벤틀리, 험머 등 고급차들이 서 있었다. 난 트렌디한 곳들을 꼭 들어가보고 그곳이 어떤지를 느껴봐야 직성이 풀린다.

레스토랑에 들어갔는데 예약이 꽉 찼다고 했다. 뻔히 눈앞에 자리들이 비어 있는데 말이다. 나는 우리의 복장 상태가 그리 좋지 않으니 그럴 수도 있다고 생각하고 그냥 순순히 물러났다. 그리고 다음날 아주 멋지게 하고 다시 갔다. 이번에는 테이블을 주긴 하는데 안쪽 구석으로 주는 것이 아닌가. 야외 쪽 자리가 비어 있으니 그쪽에 가서 앉겠다고 했다. 그랬더니 또 어제와 똑같이 테이블이 모두 예약되었다는 것이다. 화가 나기 시작했다. 그들이 무엇을 기준으로 차별하고 있는지 감이 잡혔다. 나는 상당히 불쾌했고 물러설 수 없었다. 예약 손님이 오면 일어날 테니 저 테이블을 내놓으라고 했다. 그리고 "사람 좀 봐가며 일하라."고 오히려 으름장을 놓았다.

특별한 반응은 없었지만 동양인이 거만하게 구는 것 자체로 좀 놀라긴 한 눈치였다. 나의 디너는 야외의 상석에서 우아하게 진행되었다. 아니 우아하기보다 오기로 시작된 디너였기에 사실 음식 맛을 100% 느끼진 못했다.

L.A.에 가는 사람들에게 난 항상 권한다.

"당신이 당신의 동심을 찾고 싶다면 매직 마운틴에 꼭 가보십시오."

매직 마운틴은 롤러코스터의 천국이다. 디즈니랜드처럼 홍보를 많이 하지는 않아서 관광객이 별로 없다. 그래서 더 좋은 곳이다. 놀이기구 타는 걸 좋아하는 사람이라면 꼭 가서 자기 담력이 얼마나 되는지 확인을 해볼 만하다.

뒤로 타는 롤러코스터, 어깨로 매달려 가는 롤러코스터를 비롯해, 한 번에 하늘 끝까지 올라가는 수퍼맨, 박쥐처럼 타는 배트맨 등 정말 어마어마한 롤러코스터가 많다. 놀이기구 중 대부분이 아마 롤러코스터일 것이다.

그런데 그 중 최고는 XXX, 트리플 엑스인데 처음에는 뒤로 매달려 올라가다 정점에 달하면 내려가면서 뒤집어지고, 아래로 쏟아질 것처럼 엉덩이도 들려서 어깨와 등판 고정대만 의지한 채로 앉아 있어야 한다. 최고의 짜릿함을 맛보려면 그곳에 가야 한다.

록기 형은 몸을 사리는 편이어서 무서운 걸 싫어한다. 나는 친구들과 짜고

"형, 이거 진짜 안 무서운데 정말 경험해볼 만하다. 느낌이 진짜 달라." 하며 록기 형을 꼬셨다.

"거짓말 마. 소리를 그렇게 지르는데 그게 안 무서운 거라구?"

"형, 무서워서 소리 지르는 게 아니라 진짜 즐거워서, 신나서 지르는 거라니까."

"형, 진짜 안 무서워요."

"형, 진짜 진짜 안 무서워요."

"형, 진짜 진짜 진짜 안 무서워요."

모두의 합창에 결국 같이 타기로 했다. 형은 타는 순간부터 눈을 감았다. 소리조차 지를 형편이 못 되는 것 같았다. 주행이 끝나자 "이거 탈 만한데." 하더니 날 잡자마자 눈물이 글썽글썽해서 마구 때리는 것이다.

"나 죽는 줄 알았어. 너희랑 다시는 안 타. 나 회전목마 타고 있을 테니까. 너희끼리 타고 와."

"멜로즈로 가자."

"그래, 멜로즈(Melrose Avenue)로 가자."

L.A. 엑스 공항에 도착하면 우린 항상 멜로즈의 '자니 로켓' 이라는 버거하우스를 먼저 가곤 한다. 누구든 어느 나라를 가던 간에 항상 가고 싶은 곳, 기억에 남는 곳이 있기 마련이다. 특별히 먹고 싶은 거나, 다시 느끼고 싶은 분위기, 심지어 좋아하는 향도 있을 것이다. 마치 만나고 싶은 사람이 있는 것처럼 말이다. 난 L.A.에 도착하면 무조건 어린아이처럼 '피넛버러 초코셰이크'를 마시러 멜로즈로 뛰어간다. 자니 로켓으로 슬라이딩을 해서 들어간 다음 피넛버러 초코셰이크를 외친다. 처음 피넛버러 초코셰이크를 마셨을 때의 그 목을 타고 넘어가는 짜릿한 기억을 지울 수가 없다. 피넛버러 초코셰이크를 마시면 열세 시간 비행의 피곤함이 사라지고 L.A.에서 바로 놀 수 있는 힘이 충전된다. 그리고 그때부터 차근차근 L.A.의 여정을 그려 본다. 그러니까 자니로켓은 나에게, 또 우리에게 아지트이고 작전본부인 셈이다.

사실 난 단 한 번도 가이드가 있는 여행을 해본 적이 없다. 생각조차 안 해봤다. 무엇이 날 이끌고 나는 그 정해진 틀 안에서 움직이고 하는 그런 내 모습을 생각해본 적이 없다. 나는 매번 다른 시나리오를 기대하며 이번에는 어떤 새로운 것들이 나를 기다릴까 하는 설렘과 흥분으로 여행을 한다. 그리고 그 기분 속에서 새롭고 좋은 아이디어가 나오기를 기다리고 또 기다린다. 그렇기 때문에 나는 보통 여행을 위한 사전 준비를 하지는 않는다.

사실 자니 로켓은 체인점이라 맨해튼에서도 있어 그곳에서도 피넛버러 초코셰이크를 마실 수 있다. 하지만 L.A.의 피넛버러 초코셰이크의 맛하고는 분명 다르다. 맨해튼의 그것은 L.A.의 그것과 같은 땅콩

맛과 초코 맛이 나지 않는 거다. 완전 소중 피넛버러 초코셰이크, '십만 가지 향기를 갖다 대도 이 향기를 이길 수 없을 것 같다.' 는 파트리크 쥐스킨트의 소설 『향수』의 문장처럼 내겐 L.A.의 피넛버러 초코셰이크가 그렇다. 만약 내가 맨해튼에서 피넛버럿 초코셰이크를 처음으로 경험했다면 나에게 피넛버러 초코셰이크는 뉴욕의 중요한 부분이 되었을 것이고 어쩌면 그것을 더 즐기며 좋아했을지도 모른다. 하지만 먼저 만나 나에게 여유와 자유를 느끼게 해주었던 L.A.의 피넛버러의 맛과 인상이 더 강한 건 나 역시 사람이기 때문에 어쩔 수 없는 것 같다. 익숙한 건 어쩔 수 없지 않은가. 사람도 그렇지 않을까. 만약 똑같은 사람을 비슷한 시기에 알았다면 단 1분이라도 먼저 만난 사람과 더 친하고 더 잘 지낼 확률이 더 많지 않을까.

빈티지라는 유산

나는 자주 여행을 가는 편이지만 길게 가지는 못한다. 벌여놓은 일들 때문에 자리를 오래 비우지 못하기 때문이다. 그래서 꼭 주말을 끼어서 나갔다가 매번 나 자신과의 치열한 전쟁을 하고는 아쉬움에 눈물을 삼키며 돌아오곤 한다.

"더 있자."

"안 돼. 가야 해."

"이번엔 더 있자."

"안 돼."

나는 시간이 많지 않으므로 부지런히 움직이는 편이다. 그래서 나와 같이 다니는 이들은 나와 다니는 게 너무 힘들다고 한다. 한 달 동안 돌아다녀야 할 걸 5일 동안 해치워버린다며 불평불만을 토로한다. 그러나 난 그렇게 스피디하고 알차게 돌아다니는 게 좋다.

L.A.엔 숨어 있는 좋은 장소가 참 많다. 멜로즈의 플리 마켓도 그런 곳이다. 그리 크지도 않고 물건이 많이 있는 것도 아닌데 항상 거르지 않고 방문한다.

플리 마켓(flea market : 벼룩시장)에 가면 빈티지 가구들도 한눈에 볼 수 있다. 나는 미국의 빈티지 가구를 정말 좋아한다. 빈티지는 어떻게 생각하면 그 가구에 어떤 사연이 담겨 있는지 알 수가 없으므로 기분 나쁘기도 하고 찜찜하기도 하지만 시간의 때와 사람의 때가 묻어 있어 좋기만 하다. 그리고 가구가 껴안고 있는 기억의 층이 가구들을 더욱 고풍스럽게 해준다고 믿는다. 가격도 다른 새 물건에 비해 저렴할 뿐만 아니라 그것을 가진 사람이 세상에서 나밖에 없다고 생각하면 더욱 정이 든다.

패션을 하는 사람이면 모두가 빈티지를 좋아한다. 빈티지에서 좋은 아이디어가 나올 때가 정말 많다. 세계적인 패션 디자이너 드리스 반 노튼도 "난 내 어머니 옷장에서 디자인을 끝냈다."고 말했다. 그리고 랄프 로렌이나 알렉산더 맥퀸, 도나 카렌이 빈티지 숍을 자주 찾으면서 수많은 빈티지에서 많은 영감을 얻는다고 말했다. 나도 그렇다. 사실 빈티지는 수작업으로 어렵게 만든 것들이 많고 그렇기 때문에 독특한 손길과 멋스러운 요소들로부터 많은 자극을 받는 게 사실이다. 이 넉넉하면서도 좋은 시대에 살면서 지난 힘든 시대에 만들었던 것보다 못 만들어서야 안 되겠다 싶은 각오도 역시 빈티지로부터 가능하다.

빈티지는 원래 와인에서 유래된 말인데 아주 좋은 와인, 잘 숙성시킨 와인을 보고 빈티지라고 한다. 하지만 통상적으로 빈티지는 그냥 구제라는 인식이 많다. 그렇게나 좋은 말을 그냥 구제와 같은 의미로 쓰고 있다는 것이 좀 미안할 정도다.

멜로즈 플리 마켓은 일요일에만 오픈하는 일요일 장이다. 시장이지만 2달러의 입장료를 내고 들어가야 한다. 옷가지, 액자, 가구들을 둘러보면서 웃고 떠들고 마시면서 사진을 찍고 흥정을 하는 동안 많은 사람들과 만나 이야기를 나눌 수 있다. 다른 곳이라면 몰라도 그곳에서는 서로 편하게 마음을 털어놓을 수 있어 좋다. 자연스러울 정도로 시끌벅적한 미국의 시골 같은 분위기가 있는 곳이어서 영화 세트장에 들

ATTN: STORE

어와 있는 기분도 든다. 플리 마켓에는 3대가 같이 악기를 연주하며 노래하는 장소가 있는데 그 뒤쪽 그늘에서 음악을 들으며 커피를 마시는 여유도 잊지 않는다. 시장은 단순히 물건을 사고 파는 곳이 아니라 언제나 많은 공부를 할 수 있는 곳이어서 내게는 소중한 수업시간이기도 하다. 물론 나도 시장 한가운데 서서 장사를 하고 있긴 하지만 나 역시 이 과정들을 수업시간으로 생각하고 있다.

셀린 디온

“뭐? 라스베가스에 가서 셀린 디온 쇼를 안 봤단 말이야?”

“응. 셀린 디온을 별로 좋아하지 않아서.”

그렇게 말은 했지만 다음에 라스베가스에 갈 때는 꼭 보리라 다짐했었다. 그리고 이번에 라스베가스에 갔을 때에는 여행 전에 셀린 디온 티켓을 어렵게 예약을 했다.

라스베가스에서는 그리 오래 머물지 않는 편이다. 오래 머물렀다가는 잃은 돈 찾겠다고 오기를 부리다 돈을 많이 잃기 십상이기에 정해진 금액 안에서 갬블을 하고 그것이 바닥나면 털고 일어선다. 물론 따고 싶은 생각도 없지는 않지만 나에게 그런 운은 없는 것 같다.

라스베가스에는 미국에서 유명하다는 것들이 다 모여 있다.

L.A.에서 유명한 핑스 핫도그, 뉴욕에서 유명한 장조지의 레스토랑인 스파이시 마켓.

맛있는 것들을 먹으며, 호텔 수영장에서 태닝을 하는 여유를 즐기는 와중에도 셀린 디온의 쇼를 볼 수 있는 시간이 빨리 오기만을 기다렸다.

공연장에 형과 함께 입장한 나는 셀린 디온의 모습이 나타나자, 같이 간 형에게 이 쇼를 못 보면 정말 후회할 거라고, 이 쇼를 보게 된 걸 영광인 줄 알라고 생색을 내며 잘난 체를 했다.

드디어 셀린 디온의 노래가 시작되고 우린 열광을 했다.

환상적인 무대장치와 뒤의 스크린을 통해 보여지는 영상들이 어우

러져 노래 한 곡 한 곡이 전부 뮤직 비디오를 보는 듯한 착각을 일으키게 했다. 나는 어서 내가 아는 노래가 나오길 기다리고 있는데 나랑 같이 간 형이 옆에서 졸기 시작했다. 나는 이런 좋은 공연에서 창피하게 잠이나 잔다고 쿡쿡 찔러 깨웠지만 사실 나도 아마 옆 사람들의 시선을 의식하지 않았다면 좀 졸았을 것이다. 내가 아는 노래도 별로 없었고 게다가 셀린 디온의 라이브 역시 너무나 정형적인 틀을 못 벗어나고 있어 지루하기도 했다.

처음에는 영상도 좋고 셀린 디온의 가창력도 뛰어나 무대에 압도되었지만 음정 하나 박자 하나 놓치지 않는 셀린 디온의 정확한 음색과 짜여진 듯한 손짓 발짓을 보고 있자니 재미가 없어진 것이다. 라이브라고 하면 약간 오버도 하고 변화도 주고 그래야 하는데 레코딩된 것을 듣는 것과 전혀 다를 바가 없으니 지루할 수밖에 없었다. 셀린 디온은 항상 하는, 너무 오래된 방식의 쇼를 보여준 게 흠이었다.

노래가 다 끝나고 셀린 디온이 들어가자 관객들은 앵콜을 울부짖었고 다시 등장한 셀린 디온은 타이타닉 주제가를 불렀다. 그 노래 때문에 공연이 더욱 뻔하게 느껴졌지만 그나마 그 쇼에서 내가 따라 부를 수 있는 건 단지 그 노래 하나였다. 우리가 왜 대형가수의 콘서트에 열광하는지 알 것 같았다. 노래 잘하는 가수도 좋고 예술성이 뛰어난 가수도 좋지만 히트곡이 많아서 따라 부를 수 있게 하는 가수야말로 큰 가수라는 생각이 들었다.

블랙잭을 좋아하는 록기 형은 항상 라스베가스에 가면 블랙잭을 한다. 블랙잭은 카드의 합친 숫자 21을 만드는 게임이다. 나는 원래 갬블을 안 하는데 혼자 놀 것도 없고 해서 룰렛을 한 적이 있다. 당첨 확률은 37분의 1인데 심심해서 한번 해봤다. 0에서 36까지의 숫자 중 원하는 번호 위에 칩을 걸어놓고 판을 돌려서 선택된 숫자가 나오면 칩의 36배를 돌려받는 게임이다. 처음 한 게임이었는데 첫판부터 내가 건 번호가 걸렸다. 그리고 두번째 판도 세번째 판도. 세 판 정도 맞추고 나니 주변 사람들의 반응이 엄청났다. 조작을 해도 불가능했을 것 같은데, 그 말도 안 되는 행운이 8판까지 이어졌다. 몇 분 만에 천만 원을 번 것이다. 내가 이렇게 운이 좋은 놈인가 싶으면서도 한편으로는 어떤 조작이 있는 게 아닌가 하는 두려운 생각도 들었다. 내가 돈이 있어 보였나? 아님 어리숙해 보였나? 여하튼 신기하고 놀라운 경험이어서 어이없기까지 했다. 세상에 나한테 이런 행운이 따라주다니…… 라스베가스에서 한번 횡재를 한 사람은 결국 잃고 나온다는 말을 모르고 있진 않았다. 정말 꼬리에 꼬리를 무는 유혹이 나를 위협했지만 나는 멋있게 털고 일어났다. 주변 사람들의 기립박수를 받으면서 말이다. 이후로도 라스베가스에서 갬블을 할 때면 한도를 정해놓고 그 안에서 실컷 즐기다가 기분 좋은 정도에서 털고 일어난다.

사실 난 미국을 그렇게 좋아하진 않는다. 어렸을 때에는 반미 감정까지 있었을 정도였으니 미국문화를 동경했다고도 할 수 없겠다. 그러나 라스베가스에 가보고 나서 미국이 대단하다는 걸 인정하기로 했다. 라스베가스는 사막이다. 거긴 사람도 동물도 식물도 살기 힘든 땅이다. 그런데 그 땅에 파이프로 물을 끌어오고 대자본을 들여와서 최고의 땅으로 개발을 했다. 그 불모지에 모든 것이 넘쳐나는 땅으로 변모시킨 것이다.

학교에서도 짱은 항상 밑에 똘마니들에게 욕을 먹는다. 물론 그 짱 안 들리게 욕을 해대지만 말이다. 하지만 짱이 된 데에는 이유가 있다. 한방에 누구네 옥수수를 죄다 털었다든가, 어떤 놈하고 싸우다가도 못 이길 바에는 죽을 때까지 물고 늘어진다든가. 나도 미국을 안 좋아했지만 라스베가스를 보고는 미국이 짱이 될 만한 이유가 충분하다는 생각을 했다.

라스베가스에 가본 사람들은 건물로 흉내를 내 만든 우주선의 웅장함을 알 것이다. 라스베가스를 향해 사막을 달려가다 보면 저 멀리서 형언할 수 없을 정도로 웅장한 우주선이 빛을 발하고 있다. 그리고 그 안에는 화려한 유흥과 짜릿한 도박이 있다. 라스베가스는 나처럼 도박에 관심 없는 사람의 주머니도 탈탈 털어 긁어내는 곳이고 할리우드 배우들이 술병을 들고 다니며 영화를 찍는 곳이기도 하고 놀이동산, 유명 레스토랑, 쇼핑몰 등 우리가 아는, 우리가 좋아하는 모든 것들을 가지고 있는 곳이다. 라스베가스는 진정 놀기 위해, 돈 쓰러 가기 위해 만들어진 도시이다.

라스베가스의 호텔들은 규모가 어마어마하다. 나는 브니션 호텔(Venetian : 베네치아 풍의 호텔)에 가서 곤도라를 탔다. 브니션은 호텔 안에 이탈리아의 베네치아를 그대로 옮겨놓았다. 실내에 수로가 있고 작은 보트를 타고 뱃사공은 산타루치아를 노래하며 노를 젓는다.

5천여 개의 객실을 보유하고 있다는 MGM 호텔은 천장을 이태리의 하늘처럼 칠해놨다. 파랗고 구름이 있고 진짜 하늘과 같은 효과를 주기 위해 건물이라는 폐쇄 공간을 정말 야외처럼 꾸며놓았다. 브니션처럼 수로도 만들어 배를 띄웠다. 라스베가스가 아니면 과연 어느 곳에서 이것이 가능한 얘기란 말인가.

물론 이제 마카오에도 브니션, MGM, 스티브윈 호텔이 들어온다고 한다. 마카오가 라스베가스보다 관광객은 적어도 테이블당 갬블 금액도 네 배나 된다고 하니 갬블 매출 면에서는 마카오의 완승이라 볼 수 있겠다. 하지만 아무리 애를 써도 마카오의 호텔이 라스베가스의 호텔의 웅장한 규모를 절대 따라오지는 못할 것 같다.

HENDRIX
CE
MADONNA

NE DION
THE COLOSSEUM.
Greatest Entertainers In The World.
AESARS PALACE
LIVE FAMOUSLY.™
Elvis

마틴과 라프

작년 L.A.의 커피빈에서 커피를 마시다가 리트리버를 보았다.

"마틴."

"라프."

"쯔즈즈즈즈즈즈"

"똑 똑 똑"

"이놈, 나 좀 봐라."

"look at me!"

강아지 두 마리를 키운 적이 있었다. 리트리버 두 마리였는데 빌라에서 몇 달간 키웠다. 음식도 만들어주고 산책도 시키고 여러 훈련들을 시키며 나름 아빠 노릇을 열심히 했다.

그놈들은 디자이너의 이름을 따서 한 놈은 '마틴 마르지엘라'의 마틴이었고 다른 한 놈은 '라프 시몬스'의 라프였다. 잠들기 전, 나는 라프와 마틴을 데리고 새벽 산책을 즐겼다.

워낙 덩치가 큰 놈들이라 산책을 안 다니면 안 되었고 녀석들 천성도 산책을 워낙 좋아했다. 리트리버는 영리하고 얌전할 줄로만 알았는데 코카스패니얼보다 장난이 더 심하고 시추보다 먹는 걸 더 밝혔다. 이 두 마리의 개는 점점 애물단지로 변해갔다. 내가 술을 먹고 늦게 들어와 산책을 생략하는 날에는 내가 가장 좋아하는 옷을 물어뜯고 똥을 싸서 몸에다 바른 채 내 옷방 행거를 개판으로 만들어놓는 잔인한 악당들

리트리버 두 마리를 키운 적이 있다. 마틴과 라프……
녀석들과 매일 싸우고 사랑하며 행복한 일 년을
보냈는데 디자이너 데뷔를 하면서 입양을 보내야만
했다. 이별을 하는 날, 마틴은 달리는 차에서
뛰어내려 내게로 달려왔다.

로 변신했다.

그런 놈들과 매일 싸우고 사랑하며 행복한 일 년을 보냈을 때 디자이너 데뷔를 하게 되면서 녀석들을 돌봐주지 못하는 상황이 되었다. 마당이 있는 집으로 녀석들을 보내는 게 녀석들에게도 더 나을 것 같아 입양시키기로 결정했다.

그들과 이별을 해야 하는 날, 트럭에 그놈들을 실어 보내는데 마틴이 이상한 공기를 파악하고 울기 시작했다.

나는 사실 마틴과 더 친했다. 그때 당시 내가 디자이너 마틴 마르지엘라를 더 좋아해서인지도 모르겠지만 마틴에게 더 정을 쏟았다. 멀어지는 차를 향해 손을 흔들고 서 있는데 마틴은 미친 듯이 날뛰면서 목줄을 물어뜯었다. 그러다가 안 되겠는지 목줄을 풀지도 않은 채 갑자기 달리는 차에서 뛰어내렸다. 마틴은 내 쪽을 향해 달리고 싶은데 차가 자기를 끌어가는 바람에 억지로 딸려가고 있었다. 저러다가는 마틴이 죽을 것만 같았다. 운전수는 그 사실을 모르고 계속 달리고 있었고 난 황급히 운전수에게 전화를 해서 겨우 차를 세웠다.

그제서야 끈이 풀어진 마틴은 나에게 온 힘을 다해 달려와 안겼다. 나도 마틴도 울었다. 많이 미안했다. 마틴과는 이대로 헤어질 수 없다는 생각으로 며칠만 더 같이 있자고 했다. 그러다 결국 가기로 한 집으로 입양되었다.

며칠 후에, 며칠 먼저 들어간 라프가 늦게 도착한 마틴에게 텃세를 부린다는 소식이 들려왔다. 진짜 웃기는 녀석이다. 내 사랑스런 마틴, 꿋꿋하게 잘 살아라.

L.A. 에서 마틴을 만나니 반갑고도 서글픈 마음이 들었다.

마음속에 새긴 문신

난 문신이 있다. 그것도 세 개씩이나. 등에 하나, 허리에 하나, 팔뚝에 하나. 마지막에 한 게 팔뚝 문신인데 general idea를 새겨 넣었다. 출장 차 L.A.에 와서 사흘이 지났을 때였다. 멕시코의 어느 공장을 방문하고 견학을 하기로 약속이 되어 있었지만 역시 짜여진 일정은 지루하기 마련이다. 록기 형과 멜로즈를 지나다가 문신하는 곳을 발견했다.

"형, 차 세워줘."

"뭐하게? 타투? 뭘 새길려구?"

"나 제너럴 아이디어 새길려고."

"진짜 그러다 제너럴 아이디어 망하거나 접게 되면 어쩌려구 그래?"

"형, 나 제너럴하고 평생 갈 거야. 그래서 하는 거니까 말리지 말아. 제너럴이 죽으면 나도 죽는다는 생각이거든."

"그래? 그럼 난 W5H해야겠다. W5H는 우리가 하는 브랜드니까. 나도 내 타투 창피하지 않게 열심히 해야지."

"형, 우리 정말 열심히 해서 L.A.에도 숍을 열자."

난 형과 나에게 주문을 걸기 위해 타투 숍을 찾았다.

제너럴 아이디어를 평생 할 거라는 생각을 안 했었는데 어느 날 갑자기 평생 해야 할 거라는 생각이 들었다. 이거 아니라도 무기가 많다고 생각했는데 이거 아니라도 먹고 살 수 있다고 믿었었는데 이게 아니면 나는 아무것도 아니다 생각하기로 한 것이다. 내가 항상 어느 정도면 되겠지 하는 마인드로 임해서 제너럴 아이디어가 어느 정도 수준 이상으로 발전을 보이지 않는다는 생각이 들었다. 힘들면 손에 쥔 걸 놓을 수도 있다는 생각을 해왔었는데 맘을 바꿔먹는 순간, 제너럴 아이디어가 나에게 또 다른 의미로, 더 크게 덮쳐왔다.

문신은 이상하다. 내가 엄살을 부릴 상대가 옆에 있으면 더 엄살을 피우게 되고, 내가 내 눈으로 그 과정을 지켜보면 더 아프게 느껴진다. 마치 주사를 맞을 때처럼 말이다. 그날은 록기 형이 옆에 있어줘서 조금 아팠다.

런던 세인트 폴(st.Paul) 역에서 내려서 가장 높은 굴뚝이 있는 곳을 찾으면 그곳이 바로 테이트 모던이다. 테이트 모던은 영국에서 컨템포러리 아트를 전시하는 가장 유명한 뮤지엄이다.

테이트 모던은 원래 런던 시내에 있는 화력 발전소를 개조해 만들었다. 그렇기에 굴뚝이 있는 것이 당연하다. 우리나라였다면 다 부수고 다시 만들었을 것인데 여기 사람들은 발전소의 오래된 역사 위에다 뮤지엄 옷을 입혔다. 이런 아날로그적인 생각이 깃든 발전소, 아니 뮤지엄이라면 나라도 내 작품을 걸어보고 싶다.

오 년 전, 앤디 워홀의 전시회가 있다 해서 처음으로 테이트 모던을 찾았었다. 이때가 앤디 워홀의 작품을 직접 처음 접한 때이기도 하다. 그 전에는 그다지 좋아하지도 않았었는데 이날 만난 앤디 워홀은 놀랍도록 신선하고 인상적이었다. 캔버스에 물감을 잔뜩 부어놓고 손가락으로 숫자를 쓴 어느 작품 앞을 삼십 분 동안 서성이며 그와 이야기를 나누었다.

1부터 15까지의 숫자들로만 만들어놓은 작품을 보고 "아무것도 아닌 이것을 왜 나는 생각하지 못했을까." 기호나 숫자를 좋아하는 나로서는 더욱 충격적이었다. 이런 경쾌한 발상을 못하고 쥐어짜는 듯한 아이디어만 생각하려고 했던 내가 한심스럽기까지 했다.

최근 그곳에 갔을 때는 또 하나 놀라운 것을 보았다. 들어가는 입구에서부터 비명소리가 계속 들려 왜 그런가 했더니 전체 7층 뮤지엄의

4, 5층에서부터 아래까지 미끄럼틀이 설치돼 있었다. 뮤지엄은 천장이 꽤 높았는데 많은 관람객들이 미끄럼틀을 즐기고 있었다. 미끄럼틀 벽에 작품들이 전시되어 있어 미끄러지면서 작품 감상도 할 수 있게 만들었다. 물론 미끄럼틀을 타면서 힐끗힐끗 보느라 작품을 제대로 감상할 수는 없을 테지만 뮤지엄 속 미끄럼틀 자체를 하나의 작품으로 인식시키려는 의도를 엿볼 수 있었다. 일상을 통해 참신한 발상을 발견하는 기쁨, 그런 기쁨 때문에라도 영국에 대한 나의 사랑을 지속시켜나가고 싶다. 영국은 오랜 전통에 걸맞게 보수적이기도 하지만 가끔은 이런 놀라운 파격을 보여줌으로써 그 문화의 깊이와 창조의 가능성을 잘 매치시키고 있음을 과시하고 있다. 이것이 영국의 힘이 아닌가 싶다.

최근에는 길버트 & 조지의 작품 전시회가 있었다. 그들은 70년대부터 작품 활동을 시작한 게이 커플 미술가로 자신들의 몸에 직접 구릿빛을 칠하고 조각처럼 서서 노래를 부르며 "예술이여, 우리는 당신을 위한 몸짓을 언제까지고 그치지 않을 것이다."는 선언과 함께 자신들의 사생활을 포함한 삶 전체를 예술로 보여줬다. 최근에는 사진을 매체로 타일을 이어붙인 형태로 작품을 형상화하고 있는데 직접 자신들이 작품 속의 주인공으로 등장해서, 스테인드 글라스와 같은 종교적인 색채와 상징적인 표현을 통해 부조리를 역설적으로 표현하면서 희망을 제시하고 있었다. 테이트 모던은 늘 돌아서면서도 다시 들를 날에 대한 새로운 기대를 갖게 한다.

런던에서는 꼭 지하철을 탄다. 런던에서는 지하철을 언더그라운드 또는 튜브라고 한다. 런던은 워낙 물가가 비싼 도시라 택시비 역시 비

ART IS RESISTANCE
YOU HAVE A VOICE
SPEAK THE TRUTH
YOU WILL BE HEARD
YOU CAN ACT!

FUN
FUN
FUCK
?

싸 언더그라운드를 이용하는 게 훨씬 저렴하다. 게다가 런던은 유럽의 다른 어떤 도시들보다 지하철로 이동하기가 편하게 노선이 잘 정비되어 있다. 게다가 익숙한 영어로 되어 있어 길 찾기도 수월하다. 홍콩만 가도 영어를 공용어로 씀에도 불구하고 길 이름을 알아들을 수가 없는 반면 런던은 익숙한 영어라 동네 이름을 이해하기도 쉽고 알아듣기도 쉽다.

나는 일요일을 좋아한다. 그건 여행을 하지 않을 때도 마찬가지이고 여행을 할 때도 마찬가지이다. 한적함, 늘어짐, 무료함, 문 닫은 가게, 산책, 기웃거림, 오래된 문자 메시지 함 정리…… 나는 그런 것들이 있어서 일요일이 좋다.

런던에서는 일요일마다 클럽 파티가 열린다. 우리나라 홍대에서 매달 마지막 금요일이 클럽데이인 것처럼 런던에서는 일요일마다 클럽에서 젊음을 즐기는 일요일 클럽 문화가 발달돼 있다. 그리고 가장 유명한 클럽이 분박스이다.

요즘 일요일 클럽이 조금씩 생겨나고 있는 듯한데 이런 일요일 클럽은 늦게까지 하진 않는다.

분박스에는 굉장한 스타일의 사람들이 많이 온다. 지난번에는 존 갈리아노(디올 여성복 디자이너)도 왔었다고 한다. 분박스는 대개 only invitation 멤버만 입장이 가능하다는 기준을 가지고 있다. 하지만 난 이런 규제를 잘 무시하곤 한다. 설혹 입구에서 제지를 받는다 하더라도 마구 들이댄다.

"왜 안 돼? 내가 어때서? 나, 지금 무시하면 너희들 정확히 삼 년 뒤에 후회할 거다."

그렇게 강하게 액션을 취하면 대개 들여보내준다. 난 클럽에 가면 세상 사람들이 다 내 친구인 것 같다. 아무런 허물 없이 사람들과 어울리고 친구가 되고 그 분위기에 취해간다. 그리고 분박스에는 새롭고 멋진 룩들을 전시해놓은 것처럼 구경거리가 많아 감각 훈련을 하게도 된다. 분박스는 내가 본 일요일 클럽 중에는 최고이다.

하이! 왓츠업?

런던에는 분박스 파티 외에도 수많은 클럽 파티가 있다. 나는 이미 소문이 자자한 '프릿지'에 가고 싶었으나 사람들은 6존의 브릭스톤 구역을 얘기하면서 특히 밤에는 위험하니 절대 가지 말라고들 했다. 런던의 존 개념은 도시 중심이 1존이고, 여기서부터 동심원을 그리며 2존, 3존 이렇게 구역이 설정된다. 숫자가 클수록 변두리이며 외곽인 셈이다. 호기심 많은 나는 대체 어떤 위험과 공포가 도사리고 있는지 직접 경험해봐야 직성이 풀리겠기에 이토쇼고라는 일본인 친구와 함께 차려 입고 브릭스톤으로 향했다. 역시 할렘가답게 동네 분위기는 영 아니었다. 우리가 가보기로 한 클럽 앞에는 한 100미터 정도 줄이 있었다. 전세계에서 모여든 친구들이 입장을 기다리며 줄을 서서 이야기를 나누고 있었다.

그날은 'K90'라는 제목의 새로운 파티가 열리고 있었다. 'K90'은 앨범명이자 DJ 이름이다. 유럽의 DJ들은 음악을 트는 것만 아니라 음악을 만들기도 한다. 별 기대 없이 찾아간 곳이었는데 그날의 파티도 역시 내 눈을 충분히 업그레이드 시켜줄 만큼 신선했다.

그렇게 얼마나 놀았을까? 사람들이 다 빠져나간 즈음에서야 우리도 나왔다. 배가 고파서 아주 허름한 곳에서 대충 끼니를 때우고는 집으로 가는데 이게 웬일인가. 으슥한 다리 밑에서 흑인 무리를 만난 것이다. 얼핏 봐도 날라리 깡패 양아치들이었다. 사람들이 말하던 바로 그

위험한 상황에 처한 것이었다. 나는 친구들에게 제안했다.

“우리가 여기에서 이방인처럼 우물쭈물 해버리면 저놈들이 우릴 가만 놔두질 않을 거야. 우리, 로컬인 것처럼 행동하자. 자연스럽게 지나가면서 ‘hi’ 를 날리자구.”

우린 자연스럽게 혹은 껄렁껄렁한 모드가 되어 그들 앞을 지나가면서 인사를 날렸고 그들은 우리에게 어디를 다녀오냐며 되물었다.

우린 프릿지 갔다 왔어. 오늘 정말 재밌었어. 너흰 뭐했어? 아, 그래? 재미있었어?

결국 무사히 통과했다. 우리는 다리를 다 지나와서는 지옥과 천국을 오갔다며 한바탕 웃었다. 나는 그날 또 하나를 배웠다. 개조차도 경계를 하면 으르렁대고, 먼저 가서 머리를 쓰다듬으면 꼬리를 흔든다. 사람 역시 마찬가지다. 먼저 경계하면 그 역시 거리를 두고, 먼저 다가가면 그 역시 열린 마음으로 대한다. 우리는 너무 상대방을 경계하며 사는 것 같다. 특히 외국에서는 더욱 그렇다. 낯선 곳, 낯선 얼굴이기에 두려워하고 주눅들어 하고, 경계하는 마음이 큰 것 같다. 따지고 보면 한국만큼 무서운 나라가 또 있을까 싶은데 말이다. 외국에 나와서는 조심하는 것도 좋지만 소심해져서 경계를 하다보면 얻을 수 있는 많은 것들을 놓칠 수도 있을 테니 대범해지자는 주의다.

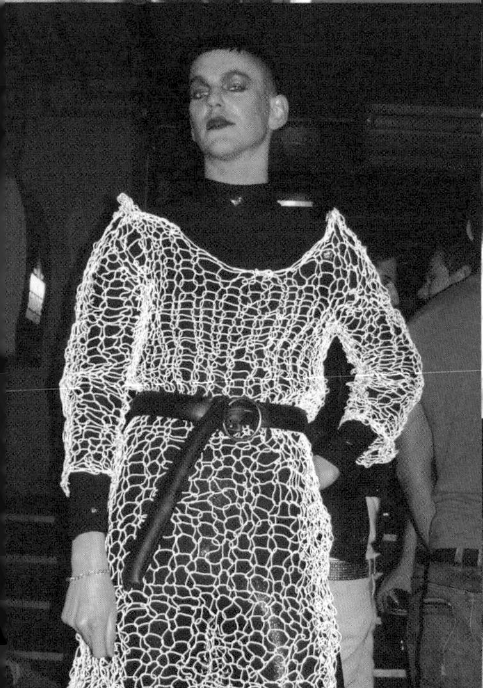

Skinny Mach

BOY

photo by 다모토리

힘들 때, 나는 비행하고 있다고 생각한다.
지쳤을 때, 나는 하늘 위에 있다고 생각한다.
외로울 때, '나는 괜찮아, 날고 있으니까' 라고 생각한다.
하지만 현실은 그러한 생각들을 짓밟는다.
몽상을 하고 있는 나를 흔들어 깨우며
'너, 뻥치지 마' 라고 소리친다.
하지만 내가 조금 괜찮은 사람인 이유 한 가지가 있다면
나는, 언제든 날아오를 수 있는 준비가 된 사람이라는 것.

STAGE 4

24

처음 밟은 일본땅은 정말 황홀했다.
지나가는 사람 하나하나를 놓치지
않으려고 시선을 바삐 움직이다
어지럼증까지 나곤 했다.
내게는 도쿄가 아니라 동경(憧憬)이었다.

동경한 동경을 가다

지금으로부터 구 년 전, 처음으로 일본에 갔다.

그때는 일본도 비자가 있어야 했고 또한 나도 해외라곤 태국밖에 가보지 않은 터여서 선뜻 갈 용기가 나질 않았었다. 하지만 일본은 일찍부터 나에게 동경의 대상, 그 자체였다. 어려서부터 일본 잡지를 달고 산 나는 "요즘 일본에서 이게 뜨는데 그럼 우리나라에도 좀만 있으면 이 트렌드가 들어올 거야. 내가 먼저 입어야지." 하며 일본 스타일을 따라하는 청소년 시절을 보냈다. 그러다가 패션이 일이 되면서 일본 브랜드를 연구하고 그걸 내 것으로 소화시키기 위한 작업들을 지속적으로 해왔으니 조금 과장하자면 첫 일본여행은 내게 있어 성지순례와도 같은 의미였다. 동대문의 여러 형들과, 지금은 나와 같이 w5h를 하는 정일이 형과 함께 오사카에서 동경으로 이어지는 코스로 첫 시장조사를 나섰다.

어린 내 눈에 처음 밟은 일본 땅은 정말 황홀했다. 지나가는 사람 하나하나를 놓치지 않으려고 시선을 바삐 움직이다가 어지럼증까지 나곤 했다.

함께 한 형들은 스물두 살의 어린 나에게 일본의 패션에 대한 많은 얘기를 해주었다. 요지 야마모토나 꼼므데가르송의 성공담도 들려주고 형들이 좋아하는 일본 브랜드 숍들도 데려가 주기도 했고 또 지나가는 사람들의 패션에 대해서도 서로 이십자 평을 하며 재미있게 다녔다.

처음 간 오사카는 그리 큰 감동은 없었다. 한국의 부산 같다는 생각을 했다. 하지만 '아메무라' 라는 동네는 감동이었다. 아메무라는 '아메리카 무라' 의 준말로 말 그대로 미국 문화를 잘 담고 있는 거리였는데 이런저런 숍들이 집약적으로 모여 있어서 한 번에 쭈욱 둘러볼 수 있었다. 오사카는 하루 동안 발품을 팔아서 다 돈 다음, 신칸센을 타고 동경으로 향했다.

내게는 도쿄가 아니라 동경(東京)이었다. 동경은 정말 동경(憧憬) 그 자체였다. 처음 시부야 신주쿠에 갔을 때 '아, 진정 여기가 내가 동경한 세계이구나' 라고 생각했다.

동경과의 첫 만남 이후, 아직도 일본을 동경하게 되어 일본에는 자주 가는 편이다. 일본에 가면 난 얻어 오는 게 많다. 그들의 꼼꼼함이나 철저함, 장인 정신. 그리고 예의바름과 세련됨. 그들의 기질이 이룩해낸 여러 신화들을 참견하고 돌아오는 길에는 항상 우리와 그들의 다른 점에 대해 많은 생각들을 하게 된다.

다이칸야마와 아오야마에 꼭 들를 것!

친구들은 일본에 가면 다이칸야마(代官山)에 꼭 가보라고 얘기했었다. 다이칸야마에 처음 갔을 때는 어색했다. 상업적인 도시인데 광고판 하나 없었다. 그래서 멋졌다. 우리나라에는 길을 가다 보면 한눈 팔 곳이 많은데 다이칸야마는 나무와 철로와 사람이 나가는 통로밖에 안 보였다. 첫 인상부터 다이칸야마를 좋아하게 되었다. 걸어서 다이칸야마를 한 바퀴 도는 데에 삼십 분 정도나 걸릴까? 작고 조용한 곳이지만 길게 시간을 보내기에도 충분한 곳이다.

시부야, 아오야마, 오모테산도, 신주쿠에서 쇼핑을 하고 나면 마지막으로 다이칸야마에 간다.

작은 숍들을 둘러보고 식사를 하고 아담한 카페테리아에서 커피를 마신다.

다이칸야마에 '오쿠라'라는 데님 숍이 있다. 거긴 블루블루 회사에서 하는 숍인데 장인 정신이 남아 있는 브랜드다. 오쿠라의 지하에는 내가 자주 들르는 일본식 식당이 있다. 거긴 작은 볼에 음식을 조금씩만 담아서 파는 곳인데 항상 거기서 치킨 커리를 먹고 온다. 그곳을 들락날락한 지도 구 년이 다 되어 그곳의 매니저가 날 알아보기 시작한 지도 꽤 되었다. 내가 처음 오쿠라에서 치킨 커리를 먹었을 때 주문을 받았던 사람이 아직도 내 주문을 받는다. 그 여자가 사장인지, 또는 사장의 아내인지 궁금하기도 했지만 묻지는 않았다.

아까 얘기한 블루블루 회사(비싸고 좋은 데님 회사)에서 하는 할리우드 런치 마켓에 가서 바지도 본다. 이곳의 바지는 비싼 것들이 꽤 많다. 장인 정신을 담아 만들고 있어 바지 하나의 가격도 만만치는 않다. 에쿠루(ecru)라는 편집숍도 자주 들르는 곳 중 하나이다. 에쿠루는 불어로 생지다. 생지는 광목을 얘기하는데 내가 처음 그곳에 갔을 때 광목으로 인테리어를 해놓았었다. 그리고 마틴 마르지엘라나 드리스반 노튼 등을 함께 편집해놓아서 편안한 느낌의 광목이랑 아주 잘 어울렸다.

시계를 봤을 때 비행기 시간이 조금 남으면 바로 옆 카페에서 커피를 한 잔 하고 시간이 많이 남으면 컬렉션이 아주 좋은 '스크리밍 미미스'라는 빈티지 숍을 간다. 갈 때마다 마주치는 풍경이지만 주인 아저씨는 항상 옷을 다리고 있거나 단추를 바꿔 달고 있다. 난 항상 변하지 않는 아저씨의 모습이 반갑다. 반갑다 못해 뭉클하다. 그러면 난 그 주인 아저씨의 정성에 경례를 하듯 또 무언가를 사 들고 나온다.

동경 아오야마는 내가 아주 좋아하는 동네이다. 거기엔 꼼므데가르송, 언더커버의 본사 매장도 있다. 그리고 꼼므데가르송이 밀라노에 있는 '10 꼬르소 꼬모'라는 편집매장을 가지고 들어와 연 꼬르소 꼬모 꼼므데가르송 숍도 있다. 그리고 코스믹원더(일본 디자이너), 벡싱 에이프(일본 브랜드), 프라다도 있다. 심지어 프랑스에 갈 때마다 들르는 '르 클레어'도 이곳에 출장 나와 있다. 아오야마에는 이렇듯 내가 좋아하는 디자이너 브랜드나 편집숍들이 많이 숨어 있다. 절대로 대로에 버젓이 나와 있지 않다. 숨어 있다. 그리고 이번에 한국에서도 론칭한, 그리고 전세계적으로도 매장이 네 개밖에 없는 '고야드'도 떡하니 버티고 있는데 고야드는 출범한 지 154년이 된 Made in France 최고급 수제 가방 브랜드이다.

예전에 고야드 매장을 들어갔다가 우연히 그 지하에 있는 러블레스라는 편집숍을 찾은 적이 있었다. 내가 그 숍을 찾았을 때의 기쁨은 정말 보고 싶었던 여자친구를 뉴욕에서 우연히 만난 것 같은 기쁨이었다. 우선 지하에 있는 그 숍은 전혀 다른 세상이었다.

갓을 쓴 형광등이 세워져 있었고 어두운 분위기의 한쪽에는 바가 있었다. 그 밑으로 한 층을 더 내려가면 아주 큰 샹들리에에 최고로 핫한 디자이너 브랜드들이 금색 행거에 걸려 있다. 처음 갔을 땐 두 시간을 놀았다. 난 한 군데에 오래 있지를 못하는 성격인데 그날은 완전 기록이었다.

여기저기 돌아보고 옷의 진열이나 행거의 레이아웃이나 디스플레이를 보고 나도 이런 숍을 만들 수 있을지 계산해보기도 했다. 이런 류의 숍에 비치된 책이나 CD들은 숍의 콘셉트나 트렌드에 맞추어 정선된 것들이라 고민 없이 느낌만으로 사는 경우가 많다.

천재를 믿고 나를 믿는다

2006년 2월에 일본을 다녀왔다. 단순한 출장은 아니었다. 오모테산도에 '오모테산도 힐' 이 오픈한다는 얘기를 듣고 갔었다. 그 전에 오모테산도 힐의 자리에는 아주 허름한 빌라들이 있었다. 맞은편 길에는 구찌, 샤넬, 디올 등의 명품 숍이 많아서 항상 사람들로 붐볐기 때문에 지나갈 때마다 여기를 왜 이렇게 버려두는지 의아해했던 곳인데 드디어 정복자가 나선 것이다. 헉! 그 정복자는 나였어야 하는데. 한발 늦었다.

항상 텅 비어 있는 그 길이 어떻게 변했을까 아주아주 궁금했다. 게다가 그 작업을 안도 타다오가 한다고 하니 눈으로 확인해보지 않을 수 없었다. 그가 과연 어떻게 오모테산도 힐을 바꿔놓았을지 미리부터 기대되고 또 기대되었다.

나는 미니멀리즘을 좋아한다. 균형 잡혀 있는 의상이나 그래픽 건축물 등을 좋아한다. 그래서 난 안도 타다오를 알고 나서 더 안도 타다오의 매력에 빠져 지냈다. 안도의 노출 콘크리트 기법을 처음 봤을 때 난 한동안 이보다 더 간결하고 매력적인 건축방식은 없을 거라고 생각했다. 무슨 인테리어를 해도 어울릴 만한 건 아마 안도 이외에 누구도 만들 수가 없을 것만 같았다. 아니 지금도 안도보다 간결하고 훌륭한 근대 건축가는 나올 수가 없다고 생각한다. 난 안도의 많은 작업들을 찾아보면서, 난 왜 저렇게 작업에 있어 철저하지 못하고 천재성이 없을까 하는 생각을 한다. 그러면서도 안도도 정말 힘들 거야, 그리고 엄청나게 노력을 할 거야. 그리고 천재는 아닐 거야. 하면서 스스로를 위로한다.

그도 나처럼 전공자가 아니다. 그러나 건축을 전공한 그 누구보다도 뛰어나고 훌륭하다. 그건 건축을 사랑하고 자기의 일에 빠져 있기를 즐기기 때문일 것이다.

난 나와 안도의 인생을 견주어본다. 그리고 생각한다. 결국 노력이 전부다. 그 노력이 베이스로 깔려 있고 그 다음엔 실력을 갖춰야 하고 그 다음, 운이 따라주어야 한다. 세상엔 열심히 노력하는 사람은 정말 많다. 그리고 실력이 있는 사람도 정말 많다. 그리고 운이 좋은 사람도 정말 많다. 나는 운도 내가 만들어갈 것이다.

지갑이 어디 있지?

공항에서 보니 지갑이 없었다. 리무진 버스를 타고 나리타 공항으로 가서 체크인을 하고 면세점에 들러 아버지가 좋아하는 술을 한 병 사려 하는데 지갑이 없었다.

"지갑이 어디에 있지?"

리무진 버스를 타기 전에 분명 지갑에서 엔화를 꺼내서 리무진 버스 티켓을 사고 지갑을 가지고 버스에 올랐다. 분명 그렇게 기억한다. 그럼 분명 버스 안에 있으리라.

난 면세점 직원에게 미안하다며 포스에 찍힌 술을 취소해달라고 부탁하고 어제 저녁에 같이 만나서 술을 마신 켄짱에게 전화를 했다. 켄짱은 한 달에 한두 번 한국 동대문에서 물건을 구입해 가서 일본에 되파는 재일교포 2세이다.

"켄짱, 나 지갑을 잃어버렸는데 리무진에 있는 것 같아. 그런데 버스에 지갑을 놓고 내리면 찾을 수 있을까? 못 찾겠지?"

찾을 수 있으리란 생각은 하지 않지만 그래도 혹시나 있을까 해서 난 부탁해보려고 한 것이다. 그러나 켄짱은 자신 있게 얘기했다.

"만약 니가 버스에 지갑을 놓고 내렸다면 그 지갑은 있어! 백 퍼센트 확신할 수 있어."

"에이 설마…… 돈이 있으니까 기사 아저씨가 가져가든가 청소하는 사람이 가져갈 테지. 그런데 지갑이라도 찾았으면 좋겠다. 이번에 디올 옴므에서 산 건데 다시 구하기 어려운 거라서."

"찾을 수 있다니까. 너 나랑 내기 할래? 만약 지갑이 그대로 있으면 내가 한국 갔을 때 네가 옷 한 벌 주고 만약 없으면 내가 그 지갑 그대로 사줄게."

그렇게 통화를 하고 전화를 끊었다. 나로서는 손해 없는 내기였다. 내가 만든 옷 한 벌이야 내기가 아니더라도 충분히 선물로 줄 수 있는 거니까. 저녁에 도착해 바로 집으로 와서 짐을 풀면서도 없어진 지갑은 이미 머릿속에서 지워져버리고 없었다. 그런데 다음날 켄짱에게서 전화가 왔다.

"어, 난데. 지갑 첫 주머니에 뭐가 있어? 나 여기 리무진 버스 분실물 센터에 와 있는데 찾고 있는 지갑인지 확인하는 데 필요해서."

"플래티늄 카드 있어, 검정색."

"지갑엔 얼마나 있어?"

"한국 돈 20만 원 하고 일본 돈 6만 엔 정도."

"이 지갑이 맞는 것 같아. 저 사람이 확인하고 있는데 내가 얘기하니까 고개를 끄덕이네."

2주 후, 나는 켄짱에게 제너럴 아이디어 옷을 선물할 수 있었다.

WAIT
FOR
WALK
SIGNAL

627

Hot Night in the City

2005년 가을이었다. 2006 S/S 컬렉션을 준비하던 중에 꿀 같은 휴가 일정이 나와서 휴가를 같이 보낼 사람들에게 연락을 취했다. 록기 형과 내 친구 창규. 우리는 만나자마자 핸드폰의 지구본을 돌려보며 어디로 휴가를 떠날 것인지 키득대며 목적지를 찾았다.

하와이. 나는 일본 사람들이 왜 그렇게 하와이를 좋아하는지, 하와이 이야기들을 왜 그렇게 많이 하는지 직접 가서 확인해보고 싶었다. 티켓을 예매하고 일정을 알아보며 그렇게 휴가를 기다리고 있었다. 우리 '3자' 는 다 하와이가 초행이어서 잔뜩 들뜬 상태에서 하와이에 아는 사람이 있는지, 가서는 뭘 하고 놀 것인지, 어디가 쇼핑 거리인지 알아보고 있었다. 참, 여기서 3자란 록기, 범석, 창규를 우리끼리 세 자매처럼 부르는 록자, 범자, 창자이다. 우리끼리는 서로를 이렇게 부르며 장난을 칠 때가 많다.

우선 록기 형이 지인을 통해 현지 교포를 섭외했다. 하와이에 가수 박미경 씨의 친동생이 살고 있다는 것이다. 그분과는 록기 형도 친분이 있어서 하와이 호텔 예약 등의 도움을 받았다. 그러나 하와이에 도착한 날부터 꼬이기 시작했다. 호텔 예약이 잘못 되어서 다른 호텔로 이동해야 했고 일정이 그럭저럭 재미있기도 했지만 약간은 지루한 감이 없지 않았다. 그곳에는 딱히 뭘 한다기보다는 그냥 느릿느릿 한도 없이 푹 쉬다 오는 게 어울리는데 그러기에 세자매는 너무 시끄럽고 분

주했다.

태닝과 워터 스포츠를 즐기면서도 이상하게 심심했고 슬며시 곧 한국에 가서 준비해야 할 컬렉션도 걱정이 되었다. 그러다 갑자기 떠오른 생각이 'Hot Night in the City' 프로젝트였다. 하와이의 무료한 일정 속에서 옷의 콘셉트를 떠올린 것이다.

도심에서 즐기는 휴가, 휴양지의 여유와 낭만을 도시의 느낌으로 대체해보고 싶어졌다. 그리고 그 무대를 어디로 정할지 구상을 시작했다. 런던, 맨해튼, 동경 이런 식으로 생각을 확장해가다가 인도를 떠올렸고 인도의 내추럴한 컬러와 포토그래퍼 스티브 맥커리의 사진들이 생각 속에서 매치되었다. 진하게 머릿속에 오래 남는 그의 색감과 도시를 닮은 그의 주름이 나에게 인도에 가야 하는 충분한 이유를 만들어주었다. 인도에서 제너럴 아이디어의 옷으로 사진촬영을 하고 갤러리에서 전시를 해보자는 아이디어가 떠올랐다. 그 때부터 'Hot Night in the City' 작업은 시작되었다.

내가 모델이 되어 인도의 풍경 속에, 숨은 그림 찾기 하듯 숨어 들어간다. 인도의 찌는 듯한 무더위 속에, 내추럴한 컬러 속에 제너럴 아이디어를 그냥 묻어보는 거다. 그렇게 하와이에서 일차 구상을 끝내고 한국으로 돌아와 직원들과 의견을 나눠보니 반응이 아주 좋았다.

'인도의 도시를 돌아다니며 그 속에서의 컬렉션을 보여준다. 그리고 그걸 전시한다.' 인도의 색감도 내 눈으로 볼 수 있고 처음으로 전시도 해볼 수 있는, 일석이조의 기획이었다.

일차로 우선 인도를 보고 나서 구체적인 동선을 잡아야겠단 생각에 난 나의 정신적인 친구인 수영이 형에게 이 프로젝트를 애기했다. 수

Hot Night in the City

도심에서 즐기는 휴가. 휴양지의 여유와 낭만을 갖춘 인도…… 인도의 색감으로 도시의 느낌을 표현해보고 싶었다. 내가 모델이 되어 인도의 풍경 속에 숨은그림찾기 하듯 숨어들어간다. 인도의 찌는 듯한 무더위 속에, 내추럴한 컬러 속에 제너럴 아이디어를 그냥 묻어보는 거다.

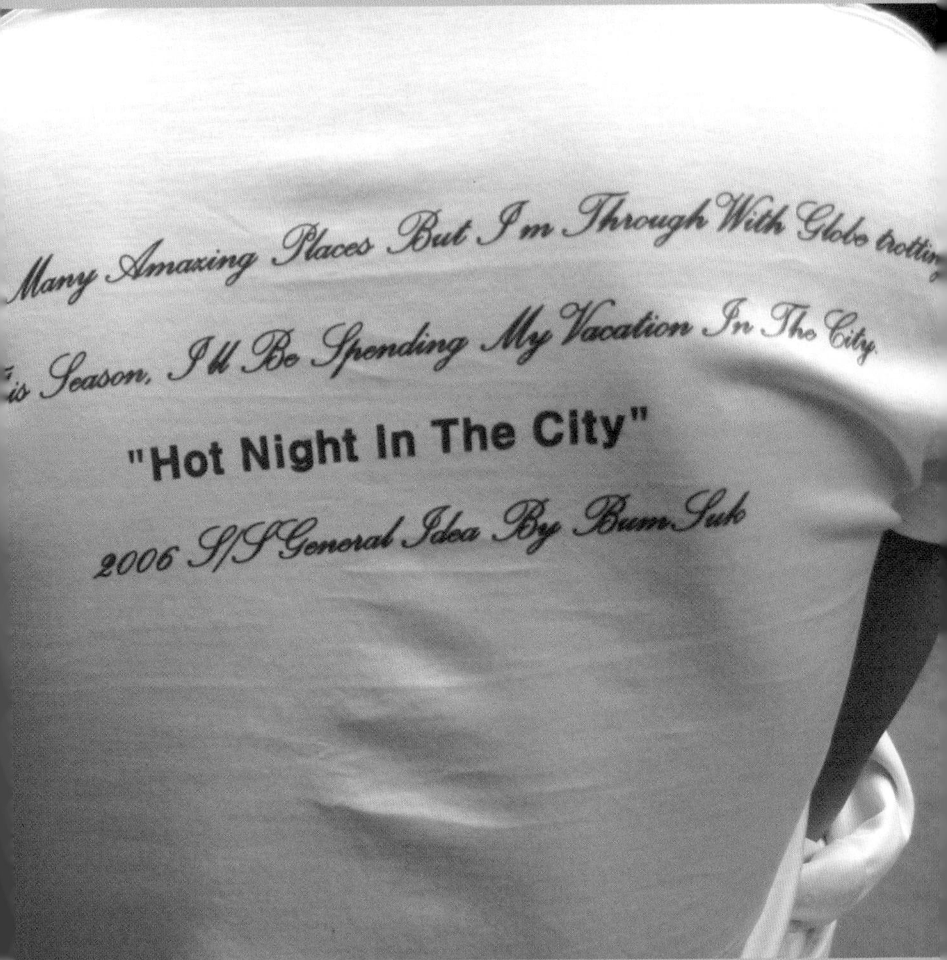

photo by 다모토리

영이 형은 마침 이번에 인도에 갈 일이 있다며 같이 한번 가보겠느냐고 제안을 해왔다. 난 어차피 수영이 형의 스케줄을 따르기로 했기에 수영이 형에게 스케줄은 알아서 하라고 했다. 우린 비행기를 타고 델리에 내렸다. 그리고 거기서 바로 국내선을 타고 자이푸르를 향했다.

자이푸르를 사전 답사하고 나서 난 이번 프로젝트를 인도에서 해도 되겠다는 확신이 생겼고 가슴속에서는 영감들이 불타오르듯 떠올랐고 머리에서는 해야 할 것들이 솟구쳐나왔다.

우린 인도 호텔에서 이번 프로젝트를 구체화시키기 시작했다.

"범석아, 니 엑스팬(XPan) 아나? 엑스팬이라고 파노라만데 내 친구 중에 풍경 찍는 아가 있거든. 그 아가 인도의 색감은 잘 잡을 거 같다. 그 아랑 내랑 전에 유럽 두 달 돈 적 있거든. 근데 그 아 참말 잘 한다. 다모토리라고……."

"다모토리? 일본사람이야?"

"아니, 그게 아이고 최승희라는 작가인데 그 놈아가 사진을 아주 잘 찍는다. 그라고 다모토리는 소주를 큰 잔에 나누어 마시는 순수 한국말이다. 아나?"

"형이 그렇게 말하니 벌써 믿음이 가기 시작하는데. 일간 같이 술을 나누어 마셔보자구."

이렇게 나의 인도 작업은 시작됐다.

올드 델리

인도에서의 사진 작업 계획은 착착 진행되고 있었다. 인도에 관한 자료를 모으고 인도 지도를 펼쳐 동선을 체크해나갔다. 인도에서 찍은 사진들을 수집해 보면서 우리가 찍어야 할 화면들을 상상했다. 회의에 회의를 거듭할수록 우리는 이번 프로젝트의 결과물에 대해 더욱 간절해졌다. 나, 조 이사, 수영이 형 그리고 다모토리 이렇게 네 명이 외인부대로 인도행을 시작하는 것은 힘들 것 같았다. 소수 인원의 규모로 진행하기에는 너무 큰 작업이었다. 하지만 우리가 원하는 건 많은 사진이 아니라는 데 서로 동의했다. 단 하나의 명장면을 위해 모든 걸 던져보자고 서로 다짐했다.

2005년 10월 28일, 작업물을 잔뜩 가지고 인도로의 여행은 시작되었다. 총 2600킬로미터를 달려야 하는 6일 간의 대장정이었다. 찍어야 할 사진이 많았으므로 개인의 짐은 최소한으로 줄였다. 홍콩을 경유해 무려 열한 시간이나 걸려 날아갔다. 나와 수영이 형은 첫 방문이 아니었지만 다모토리와 조 이사님은 첫 방문이어서 그런지 많이 낯설어하는 눈치였다. 조 이사님은 도착 직후부터 무섭다며 내 옆에만 붙어 다녔다. 인도에는 공항 화장실에도 휴지가 없어서 이사님을 위해 휴지를 구하러 다닌 게 첫 도착의 기억이다. 반면 다모토리는 호기심 가득한 눈을 하고 여기저기를 기웃거렸다.

바하르간지(pahar ganji)는 인도의 할렘과 같은 곳이며 여행자들의 베이스캠프다. 인도의 부자들은 평생 한 번도 이 거리를 지나지 않는다고 할 정도로 올드델리(old delhi)의 유명한 우범지대다. 하지만 인도를 처음 경험하는 모든 여행객들은 블랙홀 같은 이곳으로 들어왔다가 뉴델리(new delhi) 역에서 여행을 시작해야만 했다. 우리 역시 바하르간지로부터 인도 여행을 시작했다.

우리는 수영이 형이 예약한 바하르간지의 호텔로 향했다. 이름은 호텔이었는데 정말 허름했다. 간판에는 멋진 룸이 있다고 써 있었는데 정작 들어가보니 고장난 에어컨의 소음으로 가득한 방이었다. 한국 돈으로 약 3천 원 정도의 방이었다. 3백만 원을 준다고 해도 자기 싫은 방이었지만 우리는 예산 내에서 최대한 아껴 쓰다가 나중에 황제처럼 지내다 오자고 합의했으므로 꾹 참았다. 3천 원짜리 싸구려 방에서 짐을 풀고 다음날 바하르간지에서 촬영할 옷을 정리했다. 그리고 잠시 나가서 시내를 둘러보다가 늦은 저녁을 먹고 들어왔다. 그때까지만 해도 인도의 분위기가 실감나지 않았는데 방으로 돌아와 TV를 켜니 여기가 인도라는 것을 실감할 수 있었다. 인도 영화를 통해 봐왔던 장면들이 TV를 통해서도 그대로 펼쳐지고 있었다. 많은 사람이 떼로 나와 춤추고 노래하는 축제와 같은 장면들이…….

우리는 아침 5시 반에 기상해서 바로 촬영을 시작하기로 했다. 아침시간이 지나버리면 햇살이 너무 강하고 사람들이 많아져서 연출이 힘들기 때문이다. 주로 한적한 시간을 골라 슈팅을 하기로 했다. 올드델리의 바하르간지. 매캐한 연기 속으로 아침시간이 빨려 들어간다. 이 도시의 아침은 밤과 같다. 밤새 알코올에 찌든 사람들의 널부러진 육체들이 길가의 골목골목에 즐비하다. 델리의 올드한 모습을 그대로 간직하고 있음은 물론이려니와 고대도시의 모습을 적나라하게 보여주고 있는 듯하다.

혼돈과 무질서의 아우라로 넘쳐흐르는 올드델리의 작은 골목 바하르간지의 구석구석은 내가 만드는 브랜드 '제너럴 아이디어'의 이미지와 제대로 맞아떨어졌다. 그것을 프레임에 담고 싶었다. 그 많은 짐을 직접 들고 다니면서 코디네이션, 세팅, 모델 등 1인 5역쯤을 해야 하는 초강행군이었다. 하지만 묘한 즐거움과 쾌감이 입가를 맴돌았다. 새로운 것에 대한 도전이, 남들이 걷기 싫어하는 좁고 지저분한 길을 걷는다는 사실이 나를 흥분시켰다.

촬영 내내 바하르간지 구석구석 골목들은 희고 검은 암소들이 접수하고 있었다. 소를 신성시하는 나라라 그 누구도 소의 진행을 방해하거나 뭐라 하지 않는다. 인도는 무려 3억 개 이상의 신을 섬기고 있다고 한다. 호텔 입구에 있던 검은 소. 인간과 가축이 뒤섞여 같이 생활하고 있는 모습은 혼란스러워 내 정신마저 몽롱하게 했다.

그리고 그 혼란은 다양한 에너지로 변한 다음 내 안을 비집고 들어와서 채워주었다.

혼란은 누구에게나 스트레스이지만 이상하게도 나에게는 특별한 즐거움으로 승화된다. 익숙한 것은 다 버려라. 생경스러운 거리와 부자연스런 시선까지 즐기자. 그렇게 우린 바하르간지의 여기저기를 카메라에 담았다. 새벽에 일어나 부은 얼굴을 선글라스로 가리고 많은 양의 사진을 얻었다. 바하르간지의 모든 것 속에 그것들을 즐기는 내가 담겨 있었다. 셔터 소리가 들릴 때마다 난 카메라 속으로 빨려들어가고 있었다.

이윽고 촬영이 끝났고 바하르간지를 떠나는 길에 생각한다. 온통 붉고 푸른 휘장으로 둘러싸인, 띠왈리의 화약 연기로 숨막히는 델리의 공기를 마시며 생각한다. 백미러를 보지 않는 사람들, 자동차의 엄청난 경적 소리에도 반응 않는 사람들, 누가 누군지 알아볼 수 없는 군중들 속에서 나의 존재감도 소용없다. 미약하나마 나를 찾으려는, 내 존재의 희망을 발견하려는 짓거리를 며칠 동안 계속했다. 이번 여행이 나에게 준 큰 위안이자 선물은 그것이었다.

아쉽게나마 매캐한 골목길 사이에서 매혹적인 촬영을 끝내고 인도 라자스탄(Rajastan)의 꽃이라고 불리는 사막의 땅, 제셀메르를 가기 위해 12인승 여행용 벤 차량을 구했다. 그리고 2600킬로미터 여정의 동반자, 운전기사 덴싱도 만났다. 오후 3시쯤에 바하르간지 골목을 떠나는 우리의 뒤통수에 전시의 교통 대란으로 착각할 만큼 시끄러운 경적 소리가 날아와 꽂혔다.

11월의 인도는 지독한 여름이 끝나고 건기가 시작되어 여행의 최적기라 했지만 역시나 한낮에는 30도를 넘는 폭염이 계속되었다. 올드델리, 델리의 역사를 간직한 혼돈의 도시를 떠난다.

사막의 생명

혼란의 도시를 벗어나 제셀메르로……. 내 눈으로 아직 사막을 본 적이 없었기에 난 사막으로 가자고 졸랐다. 위장된 오프로드, 지평선에 일직선으로 끝없이 뻗어 있는 도로. 해가 떨어질 때까지 보여지는 것은 그저 황량한 모래벌판. 왠지 고독함이 밀려온다. Hot Night in the City의 분위기를 살리고자 사막으로 향하는 우리들의 눈에 광활함과 황량함이 동시에 펼쳐진다. 우리들은 살짝 흥분된다.

사막의 땅으로 향하기 위해서는 비까네르라는 도시를 거쳐야 한다. 이동 거리가 보통 200~400킬로미터인데 도로 사정이나 에어컨을 켜고 달릴 때의 속력제한 등을 감안하면 그다지 빨리 이동할 수 없었다. 비까네르를 도착하기도 전에 해가 떨어져 젠젠(Zenzen)이라는 조그만 마을에 숙소를 잡고 짐을 풀었다. 그런데 이 호텔은 불을 다 끄지 않으면 잠을 잘 수 없는 그런 방이었다. 그 방에는 인도에 있는 벽과 천장에 각종 신의 그림으로 도배되다시피 돼 있었고 게다가 붉은 조명을 켜놓아 무서워서 잠을 못 이룰 지경이었다.

방 안에 새겨진 야릇한 문양들과 한참 전쟁을 치르다가 겨우 잠이 들었다.

"일어나야지, 범석아, 빨리 인나라. 나가서 찍어야 안 되겠나."

"형, 좀만 더 자자. 아님 형들이 찍고 와."

"니 미친 거 아이가, 니가 모델 아이가. 그리고 우린 때려죽여도 니가 만든 옷은 안 들어간다. 빨리 인나라."

"알았어, 알았어."

이렇게 다음날 아침이 시작되었다.

우린 젠젠의 작은 성으로 가서 슈팅을 하기로 했다. 호텔에서 짐을 챙겨 나오는데 아직 해도 뜨기 훨씬 전이었다. 이런 고요함을 느껴본 적이 언제인지 아마 태어나서 처음인 것 같았다.

푸르스름한 새벽, 달콤한 짜이(chai) 한 잔으로 몸을 데우고 나서 조그마한 사찰에서 슈팅을 시작하였다.

짜이를 마실 때부터 날 따라오던 개 한 마리가 있었다. 발이 하나 없었다. 꼭 이 동네를 나에게 보여주고 싶어하는 듯했다. 그리고 언젠가 날 본 것처럼 친근한 행동을 했다. 그리고 다른 강아지들이 내가 촬영하는 반경 안에 들어오면 물어버릴 듯 달려가서 쫓아버려주었다. 우연히 만난 스태프치고는 아주 맘에 들었다. 꼭 이놈이 날 아는 것 같았다. 내가 서면 이놈도 서고 내가 앉으면 이놈도 앉아서 내가 하는 대로 따라 했다. 신기했다. 그렇게 그놈과 친해져서 녀석이 이끄는 대로 촬영을 했다. 덕분에 젠젠에서의 촬영은 신나게 잘 끝냈다.

어찌 보면 문명인이란 시행착오를 반복하는 외계인일 뿐이다. 난 이렇게 패션이 쓸모없는 곳에서 열정을 쏟고 있는 내 모습이 조금은 우습게 느껴졌다. 그곳 사람들은 내가 무엇을 입었는지에는 도통 관심도 없고 그냥 내가 사진 찍히는 모습이 신기해서 쫓아다니며 구경할 뿐이었다. 도시에서처럼 내가 무엇을 입었는지 눈길 한 번 주는 이 없는 곳에서, 잔뜩 멋을 내고 폼을 잡은 채 여기 풍경에 묻히겠다는 내 아이디어가 바보 같은 건 아닌가 하는 생각이 들었다.

그렇게 아침 촬영을 끝내고 숙소로 돌아가 아침식사의 여유를 즐기며 조간신문을 집어들었다. 신문에는 우리가 떠난 직후 우리가 묵었던 바하르간지의 호텔 골목에서 테러가 있었고 점포 20여 개가 불타고 16명이 사망했다는 소식을 전해왔다. 다들 목덜미가 서늘해져 서로를 쳐다보았다. 여행자의 거리라고도 불리는 그 거리에서 10월 29일 오후 5시에 폭탄테러가 있었다니…… 그것도 우리가 떠난 지 3시간 30분 후에.

"잠깐만, 누가 그랬지? 거기서 하룻밤 더 촬영하자고 했잖아."

얼굴이 하얗게 질린 채 모두들 나를 쳐다보았다. 나 역시 너무나 놀라 말을 잇지 못했다.

사막을 가려 했으나 사막으로 가는 길이란 존재하지 않았다. 그건 목적도 없이 바다를 항해하는 것처럼 막연한 일이었다. 어디가 어디인지 모르게 이름 모를 잡풀만 조금씩 있을 뿐 길도, 이정표도, 어떤 것도 없었다. 태양 아래, 우리들과 그림자만 있었다.

내가 아주 좋아하는 강주연 차장님이 하퍼스 바자에서 일할 때 해준 이야기가 생각이 난다.

포토그래퍼와 몽고로 패션 화보 촬영을 갔었다고 했다. 그녀도 우리처럼 지프차를 타고 한겨울에 허연 눈밖에는 보이지 않는 몽고 벌판을 달렸다고 한다. 한 시간을 달려도 마을은커녕 개미새끼 한 마리 지나가지 않자, 강 차장님은 걱정이 되어 가이드에게 길을 알고 가는 거냐고 채근했지만 기사는 걱정 말라고만 했다 한다. 그러다 벌판 저 끝, 지평선에서 느닷없이 말을 타고 가는 몽고인을 만났고, 기사가 몽고어로 길을 물어보니 손가락으로 '저 쪽' 하는 식으로 먼 산을 보며 아무것도 없는 지평선 한쪽을 가리켰는데 거짓말처럼 그 손가락 끝을 따라가다 보니 정말 일행이 찾던 마을에 도착했더라는 것이다.

우리도 그런 식으로 사막을 찾아갔다. 가는 길에 어디까지 이어져 있을지 모를 철로를 보았고 어디로 가는지 모르는 기차를 보았다. 한 번도 본 적 없고 앞으로도 볼 수 없을 것 같은 사람들이 기차 안에서 손을 흔들며 인사를 했다.

그리고 나서 우린 우리가 찾는 사막에 도착할 수 있었다. '이렇게 더운 게 사막이구나.' 나는 깊은 물 속에서 느껴지는 두려움 같은 걸 느꼈다. 왜 사막에 사는 사람들이 얼굴을 가리고 사는지, 오아시스가 왜 생명을 상징하는지 조금은 알 것 같았다. 오아시스는 고행길 중에 나타나는 휴게소 같은 정도가 아니라 생존을 위한 절대적인 쉼터였다.

이런저런 계산을 하며 촬영의 느낌을 잡아봤지만 우리에게 시간은 그리 많이 남아 있지 않았다. 우린 바로 촬영에 들어가야 했고 난 그 뜨거운 태양 아래서 옷을 갈아입고 모래산으로 혼자 걸어 올라가고 뛰어 내려오길 수십 차례 반복했다. 모래산으로 올라가 여러 포즈를 잡으며 사진을 찍는데 여기서 이걸 하고 있는 내가 정말 우습다는 생각도 들었다. 모든 것이 정체된 것만 같은 사막의 한가운데에서 무엇을 위해 이리 뛰고 저리 뛰는지 허무하기도 하고 어이가 없기도 했다. 물론 훌륭한 결과물을 얻을 것이라는 확신이 있었기에 감상을 접고 다시 뛰어야 했지만 말이다.

그렇게 사막에서의 제너럴 아이디어를 담고 우린 해 지기 전에 다른 곳으로 이동했다.

온 천하가 다 사막이었다. 팔로 휘휘 저어도 아무것도 남지 않는 황무지 모래바다 위에 서 있었다. 웩웩거리고 소리를 질러봐야 아무 소용도 없는 도심 속의 외로운 삶들, 사막 위에 발자국을 찍듯이 살아온 인생에서 무엇이 소중한지 한 번만 되돌아보라는 누군가의 목소리를 들은 듯하다. 나의 오아시스. 그 한가운데서 난 태양을 향해 긴 팔을 뻗어본다.

이 상쾌함…… 사막 속에서 아직 난 살아 있다.

photo by 다모토리

인도의 까만 밤

비까네르에 도착했다. 풍요로운 도시였다. 사진 속에 담을 내용들보다는 그냥 순간순간을 즐기고 싶을 정도로 여유있고 넉넉한 도시였다. 옛 왕궁을 개조한 호텔은 깨끗하고 화려했고 식사도 훌륭했다. 스태프들과 나는 인도의 왕족과 같은 호사를 누렸다. 잠시 동안 비까네르에서의 휴식을 뒤로 하고 다시 제셀메르를 향한 힘든 여정을 계속 이어갔다.

60킬로미터 이상의 속력으로는 달릴 수 없는 도로를 달리며 메케한 모래먼지를 폐 속 깊숙이 들이마셔야 했다.

콧속은 벌써 인도 모래가 가득했다. 이제 우리의 여행 목적은 촬영이 아니라 대상 지역의 정복으로 초점이 바뀌었다. 역시 고난은 초점을 명확하게 만든다. 우린 스케줄을 조정했다. 하지만 사막은 포기하지 않기로 했다. 길을 헤매느라 너무 많은 연료를 낭비했고 체력도 바닥이 났다. 차에서 오랜 시간을 버틸 수는 없을 듯했다. 제셀메르는 자동차로 가기엔 너무나 벅찬 곳에 있었고 시간이라는 개념을 들이대 계산하기가 불가능할 정도로 아주 먼 곳에 있었다. 라자스탄의 광활한 사막지대는 생각보다 훨씬 더 거칠었다. 스태프들과 회의 끝에 급히 진로를 수정했다. 결국 제셀메르로 가는 길은 포기할 수밖에 없었다.

진로를 변경하고 오씨얀(Ossian)으로 가기로 했다. 몇 시간이나 지났을까 벌써 해가 지고 있었다. 옆에 지나던 버스에는 버스 지붕까지 사람들이 가득 타고 있었다. 그들이 우리에게 손을 흔들었고 나도 역시 손을 흔들었다. 저렇게 많은 사람과 짐을 싣고도 차가 움직일 수 있다니, 그리고 저렇게 뜨거운 곳에서 먼지를 뒤집어 쓰는 악조건에서도 손 흔드는 여유를 부릴 수 있다니, 놀랍고 경이로웠다. 그렇게 끝이 없는 길을 달리고 나는 끝이 없는 잠을 청했다. 그러다가 들뜬 목소리가 나를 깨웠다.

"범슥아, 인나 봐라. 여기 즉인다."

우리는 차에서 전부 내렸다. 그리고 우린 차의 시동과 라이트를 끄고 하늘을 보았다

그렇게 많은 별은 처음 보았다. 검은 바탕보다 반짝거리는 별빛이 더 많은 하늘, 별이 너무 많아서, 그리고 너무 조용해서 별이 움직이는 소리조차 들리는 듯했다. 어떤 작가도 이런 밤하늘은 상상하지 못했을 것이다. 그리고 이런 밤하늘을 본다고 해도 그 느낌을 제대로 문장으로 옮겨놓지도 못할 것이다. 살아 있다는 것이 감사할 따름이라는 겸손함마저 드는 사막의 밤이다. 그렇게 우린 우리가 살던 세상이 아닌 다른 세상에서, 그 전에는 결코 느껴보지 못했던 것들을 느끼며 추억을 만들고 있었다. 목적을 만들고 있었다.

인도의 밤은 정말 너무나도 까맣고 별은 정말 빛난다.

제셀메르를 포기한 대가로 찾은 곳, 정신차릴 겨를도 없이 온 이곳, 오씨얀 . 조디푸르(Jodhpur)를 향해 가는 일정 중에 만난 작지만 아름다운 소사막 지대로 사막과 카멜 캠프가 있는 곳이다. 다음날도 역시 사막의 Hot Night in the City를 담을 예정이었다.

우린 오씨얀에 도착해서 카멜 캠프에 전화를 했다. 그들은 바로 우리

가 있는 곳으로 차를 가지고 나오겠다고 했고 우린 기다리는 동안 몇 컷을 더 찍었다. 카멜 캠프에서 지프차가 나왔고 그들은 따라오라며 비포장길로 접어들었다. 그렇게 이십 분 정도 지났을까. 우리 눈앞에 아주 큰 성벽과 성문이 보였고 그들은 무전기로 신호를 보내서 문을 열었다.

체크인을 하려 계단을 오르는데 인도 전통의상을 입은, 가족들로 보이는 여덟아홉 명의 사람들이 작은 횃불 앞에 앉아 그들의 음악으로 우리의 방문을 맞이해주었다.

난 짐을 옮기지도 않고 그 자리에 앉은 채 그들의 노래와 춤사위에 빠져들었다. 다섯 살 정도 된 여자아이는 얼굴을 가린 채 새 소리 같은 소리를 내며 흥을 냈고 아주 아름다운 소녀가 매혹적으로 몸을 흔들고 있었다. 내 인생에서 본 가장 매혹적인 춤이었다. 나는 거의 넋이 나가 있었다. 그 자리에서 술을 시켜 같이 마시며 태어나 처음 춰보는 춤을 추고 처음 보는 이들과 어울렸다. 꿈 속을 걷는 듯한 기분이었고 다시없을 사랑스럽고 행복한 밤이었다.

밤이 되면 별들 아래 펼쳐진 사막에 텐트가 열을 맞추어 세워지기 시작한다.

영화에서나 보았을 럭셔리하고 러블리한 텐트. 이 여행자에게는 어울리지 않을 정도로 고급스러운 텐트다. 그날 밤에 들이켰던 시원한 맥주가 기억난다. 별이 쏟아지는 모래 위에서 들었던 음악과 마셨던 맥주는 내 평생 가장 잊을 수 없는 추억이 되었다. 우리가 묵었던 오씨얀의 카멜 클럽은 비밀로 간직하고 싶은 곳이다. 누구나 갈 수 있는 곳이긴 하지만 그 누구에게도 알려주고 싶지 않은…….

그만큼 카멜 클럽은 환상적인 사막의 밤을 경험하게 해준다. 모래 위에 쏟아지는 하늘의 별빛을 바라보면서 잠 들어본 적이 있는가. 그런 사람이 있다면 인간을 향한 깊은 사랑에 대해 조금은 아는 사람일 것이다. 사람을 사랑할 준비가 되어 있는 사람일 것이다. 사막의 바람 속에서 당신은 모래와 같은 점의 존재일 뿐이고 그런 곳에서 자신을 지켜줄 유일한 것은 오직 삶과 인간에 대한 사랑일 뿐이므로…….

사막의 새벽은 고요하다. 참을 수 없는 극심한 고요가 어제의 황홀했던 기억을 다 지웠다. 아침에 조금 춥게 느껴져서 다른 사람보다 먼저 일어나, 어제의 그 별들이 아직 남아 있는지 보러 나갔더니 별은 사라지고 없었다. 대신 푸른 물감에 회색을 탄 듯한 바이올렛 같은 색의 하늘이 시작되고 있었다. 낙타는 큼직하니 젖신 눈을 하고 주인을 기다리고 있었다. 사막의 색을 좇고 있는 우리들은 무거운 장비들 때문에 낙타 사파리 대신 지프차 사파리를 선택했다. 우리의 사막 사파리를 도와줄 가이드는 인도 장교였다. 퇴역하고 이곳에서 지프를 몰며 돈을 버는, 위트와 절도가 있는 그런 아저씨였다.

우리는 좀더 깊은 곳에서 좀더 좋은 느낌을 찾을 수 있지 않을까 싶어 좀더 사막 깊숙이 들어갔다. 가는 도중에 퇴역 장교는 우리에게 자기가 아는 집이 한 채 있다고 잠깐 들러서 추운 아침 속을 달래보자고 얘기했다. 장교를 따라간 집에서 감동적인 짜이 한 잔을 대접받았다.

집 쪽으로 걸어가는데 나이가 열댓 살쯤의 수줍어하는 아가씨와 코발트 컬러의 사리를 뒤집어 쓴 그 소녀의 엄마를 보았다. 다모토리 형은 그녀들이 아침 밥을 짓는 모습을 촬영하기 시작했다. 우린 짜이가 식는 줄도 모르고 계속 촬영을 했다. 예상치 못한 장소에서 좋은 컷을

건질 수 있었다.

그러다 너무나 멋진 스타일의 아저씨를 보게 되었다. 소녀의 이웃집 아저씨라고 했다. 난 바로 저 남자를 찍고 싶다고 흥분하며 부탁을 했고, 퇴역 장교는 그에게 가서 부탁을 했다. 그 빨간 터번 아저씨는 등신 비례가 아주 좋았고 내가 좋아하는 얼굴형에, 그 얼굴에는 인도의 바람과 세월의 깊이가 고스란히 묻어 있었다.

터번 쓴 남자는 우리의 부탁에 바로 빨간 터번을 우리 앞에서 풀더니 다시 터번을 머리 위로 올리며 우리의 사진 촬영 제의에 정중하고 단정하게 응해주었다. 난 빨간 터번 아저씨가 긴장할까봐 앞에서 장난도 치고 얘기도 걸고 했다.

인도의 사막 속 작은 마을에 사는 이 남자를 내 인생에서 만날 확률은, 12억 분의 1보다 아니 60억 분의 1보다도 낮을 것이다. 그를 만나 멋진 사진을 얻을 수 있었던 것이 운명처럼 느껴졌다.

그렇게 촬영에 열중하다가 짜이가 다 식어서 못 마시게 되자 소녀의 어머니가 다시 짜이를 만들어주었다. 우리는 즐거운 시간을 보낸 후 떠나기 전, 그냥 떠나기가 미안해 어떻게 할까를 고민한 끝에 빨간 터번의 남자에게 약간의 사례금을 주기로 했다. 그 남자는 안 받겠다고 하다가 몇 번 더 권하였더니 그 돈을 소녀에게 주었다. 그런 아저씨의 모습이 내 마음속에 아직도 강렬하게 남아 있다.

신의 색, 조디푸르

우리 디자이너들은 항상 새로운 색을 추구한다. 유니크한 색, 워싱한 빈티지 컬러의 색 같은 것들. 인도를 경험하는 것은 곧 색과 빛을 경험하는 것이라고 얘기할 수 있다. 인도의 색은 그 동안 나에게 익숙했던 것들과는 전혀 다른 차원의 색이다. 시간과 빛이 교차하면서 켜켜이 쌓인 때 묻은 그런 색들…….

조디푸르는 색을 느끼기 좋은 도시다. 조디푸르의 골목은 푸르고 푸른 비취 빛으로 채색되어 있다. 스티브 맥커리의 사진 속에 강렬한 느낌으로 기록되었던 도시, 내가 원하고 내가 담고 싶었던 그림들을 그곳에서 찾을 수 있었다.

조디푸르의 사다르 마켓(Sardar Market)에서 하늘을 올려다보면 그 아래 바로 우뚝 서 있는 성이 하나 있다. 상상했던 것보다 몇 배는 더 큰 메헤랑가드 성이다. 나는 차에서 내리자마자 곧바로 성으로 올라갔다. 가장 높은 탑에서 조디푸르를 한눈에 담고 싶었다. 그 멋진 성에서는 어떤 사진을 기대할 수 있을까 생각하니 벌써부터 가슴이 뛰었다. 성 위에서 내려다보는 도시의 색깔은 결코 만들어낼 수 없는, 그리고 결코 잊을 수 없는 것이었다. 성에서 내려오는 주택가 골목길은 우리나라 70년대의 산동네와 비슷하다. 거기에 푸른 페인트로 채색을 했다고 상상하면 된다. 깊고 푸른 바탕에 흰색과 베이지 컬러가 낡은 천 위에 긁힌 상처처럼 마구 섞여 있었는데 빈티지스러우면서도 매우 고급스러운, 상반된 느낌이 공존하는 컬러였다. 마구 섞어놓았는데 일부러 다시 섞어서 만들 수 없는 그런 푸르름. 이렇게 보색의 대비를 보여주는 푸른 도시는 어디가 하늘인지 어디가 땅인지 구별할 수 없을 정도로 동화풍이다. 덧칠된 파란색은 인간의 꿈을 담은 듯 몽환으로 젖어 있다. 하지만 그 푸르름이 단순히 여름 모기를 쫓기 위한 궁여지책이라고 하니 참으로 코미디가 아닐 수 없다.

꼼므데가르송 브랜드는 색감이 예쁘기로 유명하다. 그 멋진 컬러를 만들기 위해서 볕이 아주 좋은 날 면 염색을 하고 자연광으로 건조한다고 했다. 그러나 조디푸르의 이 빛은, 인간의 힘으로 만들어낼 수 없는 신의 창조물이다. 색은 가시광선이라든지 파장이라든지 에너지라든지 그런 물리적인 개념으로는 설명할 수 없는 것이다. 그것은 신의 감정이다. 신이 손을 한번 휘저은 곳에 색깔이 묻어난 것이다. 나는 이곳의 색채에 감화된 나머지 나도 내 안의 느낌을 색으로 만들어 보리라, 나도 죽기 전에 그 경이로운 신의 감정을 훔쳐보리라는 생각을 하게 되었다.

조디푸르의 컬러만큼이나 경이로운 것은 메헤랑가드 성이다. 붉은 사암으로 이루어진 이 거대한 성은 신만큼 강력한 권력을 누렸던 마하라자(16세기 인도 왕의 칭호)의 꿈과 욕망을 담고 있다. 돌로 깎아 만든 이 성의 문짝 하나만 해도 삼십 년은 세공을 했을 법하게 정교한데 어떻게 이 웅장한 성곽을 완성할 수 있었을까. 이것 역시 신이 아니라면 만들 수 없었을 것 같다. 왕조의 권위를 담고 있다 하나 성곽 건축에 피를 바친 희생된 민중들의 숨결이 고스란히 느껴지는 듯했다. 그 엄숙한 숨결 속에서 촬영은 계속 되었다.

우린 다음날 아침 다시 메헤랑가드로 올라가서 사람이 드문 6시쯤부터 성 아래로 내려오면서 촬영을 하며 도시의 시장 바자르(bazar)로 이동하기로 했다. 새벽빛이 내려앉는 조디푸르의 좁은 골목의 푸르름은 찍기가 아주 좋았다. 붉은 사리를 휘날리며 걷는 여인들, 빨래를 하는 사람들, 계단에 앉아서 수줍게 웃는 여자아이, 창문 너머 집 안쪽에서 음식을 먹는 사람들. 그 장면 하나나가 너무도 아까워서 일부러 사진을 들추지 않더라도 생생하게 기억할 수 있다. 마치 영화나 뮤직비디오의 반전처럼 잊혀지지 않는 그림이 되었다. 확실히 난 세상 그 무엇보다도 시각적인 것들을 더 오래, 강렬하게 기억하는 것 같다.

우린 메헤랑가드 성에서부터 내려와 조디푸르의 중앙 시계탑 주변의 사다르 마켓으로 이동했다.

메인 바자르 스트릿 양 옆으로 이어진 작은 길들은 조디푸르의 특유의 푸른 길로 갈라져 있었다. 중심가의 캐슈미어 스카프 등을 파는 각종 잡화점, 짜이를 파는 조그만 가게 등 서민적인 가게들이 즐비하고 인도산 당나귀가 끄는 수레, 릭샤와 거지, 호객행위를 하는 잡화점의 삐끼 등 사람과 동물들이 골목골목 파도처럼 넘쳐난다. 시장은 소란스럽고 요란했지만 그 속에 질서가 느껴져 오히려 아름답다. 어두운 도시 델리의 날카로운 사람들 눈빛과 다르게 느껴지기도 한다. 아니 나는 어느새 인도에 익숙해져 있었던 건 아닐까. 그 난잡함이 가득한 골목에서 오히려 동화의 세계에 들어와 있다고 느낄 정도니 말이다.

인도에서는 소들 때문에 재미있는 장면들이 종종 펼쳐진다. 종교적인 특혜를 받고 있는 이놈들은 애완견이 안방을 드나들듯 자유롭게 거리를 활보한다.

어느 날은 유난히 뿔이 사납게 보이는 소가 무슨 이유인지는 모르겠지만 나를 째려보았다. 강렬한 눈빛으로 눈싸움을 걸어오길래 나도 지지 않고 그 녀석과 눈싸움 한판을 벌였는데, 이런! 이 녀석은 나랑 눈싸움을 하려던 게 아니라 나의 빨간색 벨트를 보고 흥분을 한 것 같았다. 그날 갑자기 달려드는 소뿔에 받쳐서 비명횡사 할 뻔한 것이다. 우리 겁이 많은 스태프들은 일제히 그 다음날부터 빨간색 복장 착용을 금지하기로 했다. 하지만 나중에 돌아와서 알게 되었는데 소는 색맹이라 색을 보지 못한다고 했다. 그렇다면 그 소는 왜 나를 만만하게 본 것일까.

그래도 인도에 안 왔으면 상상조차 할 수 없는 그런 일들이, 인도가 아니면 절대 느끼지 못했을 그런 느낌이 인도에는 있었다.

특히 조디푸르는 더욱 그랬다. 조디푸르는 인도 북서부 라자스탄 주에 있는 도시인데 다른 도시에 비하면 인구 80만 정도로 그렇게 많은 사람이 사는 도시는 아니다.

그런데 사람이 많이 사는 그 어느 도시보다 이곳에서는 아이들과 많이 부딪혔다. 그것도 한 손에는 깡통을 들고 소와 같은 눈망울을 깜박이는 10살도 안 된 아이들이 말이다. 그 아이들은 소 눈을 한 채로 내 옆으로 와서는 깡통을 흔들며 자꾸 자기 입가와 배를 번갈아 툭툭 치면서 배가 고프다는 시늉을 한다. 릭샤를 타고 이동하는 중에 한 손엔 깡통을 들고 다른 한 손엔 아주 어린 동생의 손을 잡고 있는 남매의 눈과 마주치자 난 지갑을 열지 않을 수 없었다. 신호가 바뀌어 릭샤가 움직이기 시작하자 내게서 눈을 떼지 못하고 나에게 손을 흔들어주는 아이들. 그 남매의 슬퍼 보이던 소 눈이 기쁨의 눈으로 바뀌는 그 순간이 오래 가슴에 새겨졌다.

그렇게 하루를 보내고 호텔로 돌아와서는, 난 조디푸르에서의 기간을 연장하자고 했다. 다행히 다들 기꺼워하는 눈치였다. 우린 다음날 아침 언제나처럼 짜이로 하루를 시작했고 사진 촬영을 마쳤다. 그리고 사랑하는 사람들을 위한 선물을 사러 가기로 했다.

나는 맘에 드는 숍이나 도시에서는 꼭 물건을 사 온다. 어떤 물건이든 그곳의 추억을 기억하기 위해서, 그리고 물건을 보면서 그곳에서의 기억들을 더듬어보기 위해서. 난 이것저것 둘러보다가 캐시미어 머플러와 스카프 몇 장을 샀다. 부담 없는 가격이었고 다른 어떤 나라의 물건보다 정감이 묻어 있어 좋았다. 그리고 은 액세서리도 몇 개 샀다. 조디푸르는 상아세공, 칠기, 염색 등 전통적인 수공업 이외에 목화, 양모, 금속가공 등의 공업이 발달했다고 들었다. 누군가는 인도에서는 그리 살 게 많지 않다고 했지만, 난 양손이 모자라 이사님의 손까지 빌려서 들어야 할 정도로 많은 물건을 샀다. 사랑하는 사람들을 위해, 그리고 나를 위해.

호텔에 들어와 선물들을 다시 펼쳐놓고 물건마다 각각 점수를 매겨보니 그 중 최고는 홀치기 스카프랑 캐시미어 머플러였다. 어쩜 그렇게 컬러가 곱고 예쁜지…… 난 형들 앞이라는 것도 잊고 "이게 컬러야, 이게 바로 색이라고…… 이 정도 컬러는 만들어야 하는데……." 하며 중얼거렸다. 난 디자이너지만 나는 이곳의 어떤 기술자들만도 못한 것 같다는 생각을 했다.

인도는 여러 도시에서 염색을 한다고 들었다. 그러나 난 조디푸르의 염색이 가장 아름답게 느껴졌다. 메헤랑가드 성에서 본 푸른 빛 때문에 그들의 염색 컬러를 더 아름답게 기억하려고 의식하고 있는지도 모른다는 생각도 들었다.

손님이 신(神)이다

내 얼마 되지 않는 삶 속에서 나는 순간순간 내리는 결정들에 둔감해져 있었다. 많은 결정을 밥 먹듯 하고 살면서도, 나의 결정이 삶의 흐름에 어떤 변화를 가져다주는지 어떤 결과를 초래하는지 생각이 부족했다. 나는 책임감에 대한 큰 부담도 없이 타성에 젖어 결정을 내리고만 사는 건 아닌가 하는 생각을 했다. 그것도 인도에서, 난데없이!

인도 여행은 이미 나의 삶에 끼어들어 적잖은 영향을 주고 있었다. 감성을 자극하는 컬러와 소리, 그리고 태어나서 처음 경험하는 냄새와 사람들의 시선들까지…….

이런 생각들에 빠져 있는 동안 조디푸르의 지는 태양이 우리의 여정을 재촉하고 있었다.

핑크 시티라고 불리는 자이푸르에 도착해서도 Hot Night in the City 프로젝트는 계속 진행되었다. 자이푸르(Jaipur)는 조디푸르와는 많이 상반된 도시다. 온통 붉은 빛 사암으로 된 듯한 건물들로 이루어진 도시이다.

도심 중심부에 있는 하와 마할(Hawa Mahal)은 '바람의 궁전' 이라 불린다. 자이푸르의 대표적인 궁전으로 바깥 출입이 제한된 왕가의 여성들이 시내를 내려다볼 수 있도록 설계되었다. 성에 가둬두고 밖을 못 나가게 하고 구경만 하라고 창을 만들었다는 이야기가 전해져 내려온다.

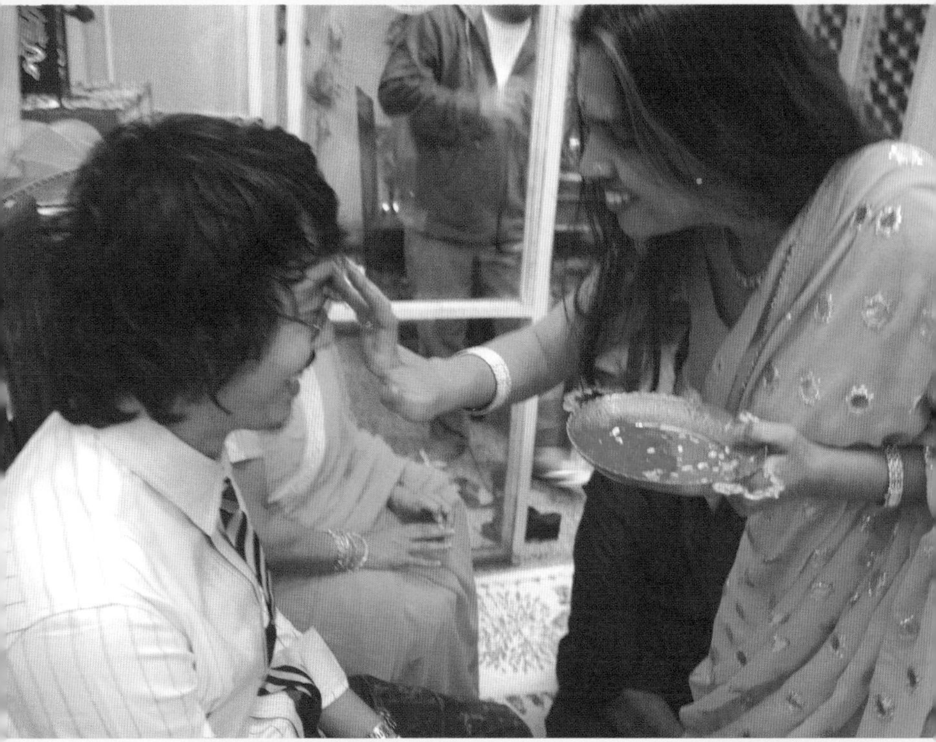

'손님이 방문하는 것은 신이 방문하는 것과 같다.'
인도 사람들은 자기와 가까운 사람이 언제나 자기 집을 방문해주기를 바라며 친구에 대한 우정과 환대를 항상 마음속 깊이 간직하고 산다.
그들에게는 서구 사회에서 보편화된 프라이버시에 대한 개념이 없다.

촬영을 마치고 돌아오니 예전에 우연히 알게 된 인도의 친구로부터 전화가 왔다. 그는 인도의 고가구를 파는 상인이다. 2005년 8월 말에 인도에 갔을 때 그에게서 가구를 사면서 친구가 되었다. 인도 전역의 축제 기간이라 집으로 초대하고 싶다고 했다. 힘든 여정으로 지쳐 있었지만 초대라는 말에는 귀가 번쩍 뜨였다. 인도 사람들은 실제로 어떻게 살고 있는지 가까이서 볼 기회를 얻은 것이다. 스태프들과 함께 친구의 집으로 갔다.

인도엔 '손님이 방문하는 것은 신이 방문하는 것과 같다.' 라는 속담이 있다. 인도 사람들은 자기와 가까운 사람이 언제나 자기 집을 방문해주기를 바라며 그들에게 작은 도움이라도 되기를 원한다. 인도인은 친구에 대한 우정과 환대를 항상 마음속 깊이 간직하고 산다. 그들은 서구 사회에서 보편화된 프라이버시에 대한 개념을 갖고 있지 않는 것처럼 항상 사람들 속에 있고 싶어한다. 그들에게 혼자 있다는 것은 그만큼 외롭다는 것을 의미한다.

뜻밖의 초대를 받아 찾아간 친구의 집에는 우리나라 제사상 비슷한, 제상이 차려져 있었다. 축제 기간이라 제사를 지낸다고 하는데 처음으로 보는 인도식 제례는 정말 이국적이었다. 숭배하는 동물 신의 상을 모셔놓고 가족끼리 모여 이마에 빈디야(연지 같은 붉은 점)를 찍고 그 위에 쌀을 붙인 뒤 의식을 이어갔다. 친구의 집에서는 코끼리 신의 상이 있었다. 함께 참석했던 동료들과 가족들과 인사를 나누기도 했고, 그동안 못했던 이야기를 나누며 음식을 들기도 했다. 할머니와 딸까지 나와서 호기심 어린 눈으로 우리를 맞이했고 친구의 아내는 우리의 얼굴에 빨간색 연지곤지를 찍어주었다. 경건하면서도 즐겁고 행복한 시간이었다.

이윽고 저녁이 되자 축제가 시작되었다. 인도 축제 하면 제일 먼저 디왈리 축제가 연상될 정도로 인도 축제 중에는 디왈리가 차지하는 비중이 대단하다. 이 축제는 힌두음력 기준으로 10월 말에서 11월 중순 사이에, 5일간에 걸쳐서 열린다. 우리가 머문 기간 동안 이 축제를 만났다는 건 정말 뜻밖의 행운이었다. 그 명성에 걸맞는 장관이 펼쳐졌다. 서로 약속이나 한 듯이 인도 대륙 전역에서 폭죽을 터뜨렸다. 인도가 하나의 거대한 불꽃이 되는 순간이다. 이것은 단순한 불꽃 축제가 아니다. 인도의 십이억의 사람들이 동시에 폭죽을 터뜨리면서 흥분을 하고 있다고 보면 된다. 우리 같은 이방인들은 겁이 날 정도의 어마어마한 규모여서 정말 이래도 되나 싶을 정도로 움츠리게도 된다. 불꽃, 폭죽 소리, 화약 연기로 뒤덮인 대륙은 전쟁터를 방불케 할 만큼 시끄럽고 요란했지만 화려하기 그지없었다. 원래 구경 중에는 불구경이 재밌지 않던가. 맛있는 식사를 대접받고 즐거운 축제를 함께 즐기다가 자정이 넘어서야 숙소로 돌아왔다. 마지막이었다. 이것이 인도에서 우리가 보낸 마지막 밤이었다.

깊고 푸른 바탕에 흰색과 베이지 컬러가
낡은 천 위에 긁힌 상처처럼 마구 섞여 있는데
빈티지스러우면서도 매우 고급스러운
상반된 느낌이 공존하는 컬러였다.
푸른 도시는 어디가 하늘인지 어디가 땅인지
구별할 수 없을 정도로 동화풍이다.
덧칠된 파란색은 인간의 꿈을 담은 듯
몽환으로 젖어 있다.

누군가는 인도에서는 그리 살 것이 많지 않다고
했지만 나는 양손이 모자라 일행의 손까지
빌려야 할 정도로 많은 것들을 샀다.
부담 없는 가격이었고 무엇보다 정감이
있어 좋았다.

photo by 다모토리

새벽빛이 내려앉는 조디푸르의 좁은 골목의
푸르름은 찍기가 아주 좋았다. 붉은 사리를
휘날리며 걷는 여인들, 계단에 앉아서 수줍게
웃는 여자아이…… 잊혀지지 않는 그림이
되어 강렬하게 기억되어 있다.

DANGER
खतरा
خطره
440 VOLTS

MAIL
गली
मन्दिर
वाली

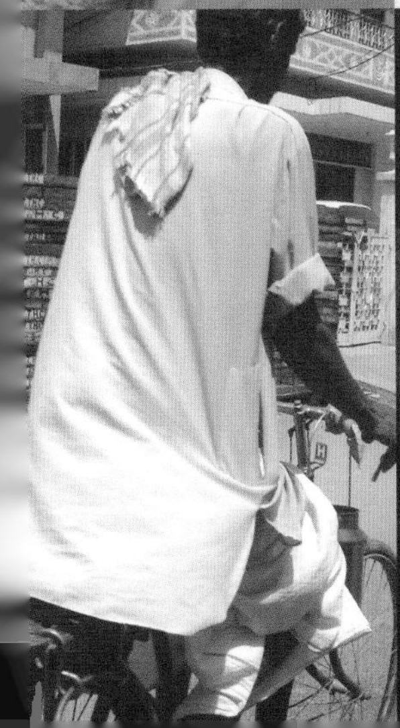

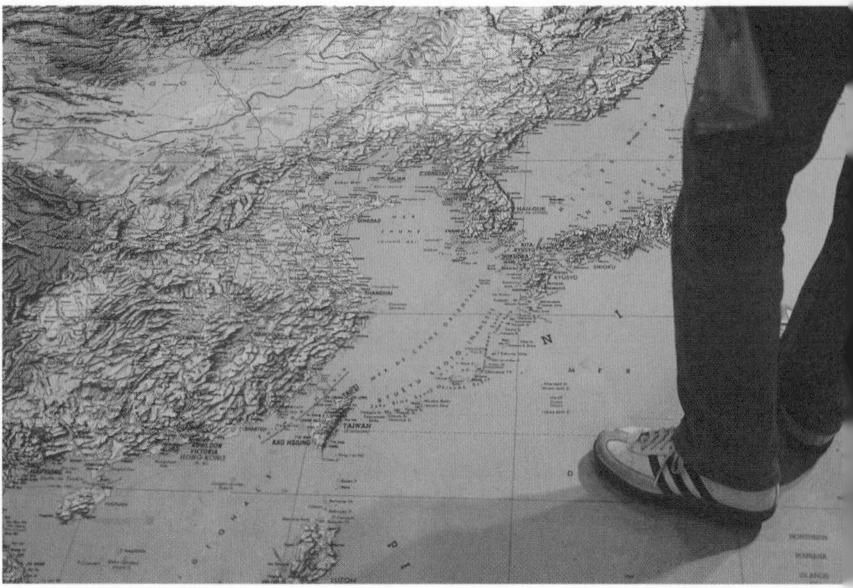

photo by 다모토리

유통기한이 없는 무언가를 만드는 것.
그것이 지금 당장의 내 목표다.
세상은 유통기한이 정해져 있는 것들로 넘쳐난다.
사람들의 감정이 그렇고, 심지어 옷까지도 그렇다.
내가 해보고 싶고, 이뤄보고 싶고, 싸워보고 싶은 것.
그것은 어쩌면 영원을 닮은 그 무엇인지도 모르겠다.
마치, 유통기한이 없는 사람처럼.

STAGE 5

패션의 유통기한

회사에서 늦게까지 일을 하다가 밤 늦게 집에 들어오는 경우가 많다. 집에서는 밥을 해먹지 않는 편이라 혹시나 집에 있는 동안 배가 고플 때를 대비해 간단한 인스턴트 식품들을 냉장고에 가득 채워 놓는다. 물론 집에서 와인을 자주 마시는 편이어서 기본 안주거리는 늘 마련되어 있다.

와인과 치즈를 꺼낸다. 와인을 따라 마시며 어제 나온 꼴레지오니 매거진을 본다. 지금이야 향도 맡아보고 혀끝으로 맛을 음미하기도 하면서 와인을 즐기게 됐지만 이전에는 와인을 잘 몰랐다. 그냥 포도주라니까 그런 줄만 알았다.

테스트를 하고 나서 치즈 한 조각을 집는다. 그런데 치즈의 유통기한 날짜가 지나 있다. 이걸 그냥 먹을까, 아니면 버릴까를 생각하다 보니 웃긴다 싶다.

와인과 치즈 둘 다 발효시키고 숙성시킨 제품인데 어떤 것은 유통기한이 있고 어떤 것은 유통기한이 없다. 치즈에는 유통기한이 찍혀 있고 와인에는 생산한 날짜만 찍혀 있다. 유통기한이 지난 치즈를 먹어보진 않았지만 아마도 그걸 먹게 된다면 이론상으로 배가 아프거나 탈이 날 것이다.

유기농 야채나 과일은 신선할수록 유통기한이 짧고 비싸다. 그러나 가공하고 진공포장을 해 깡통으로 만들어놓으면 유통기간은 길어지지만 질도 형편없이 떨어지고 가격도 싸진다.

패션에도 유통기한이 있다. 유통기한이 지난 옷을 입고 지나가면 "정말 촌스럽다. 아직도 저걸 입네." 하며 사람들이 코웃음을 친다. 우리가 디자인한 옷들은 언제 만들었는지 생산일자가 찍혀 있진 않지만 언제 만들었는지는 쉽게 알 수 있다. 민감한 사람이라면 그해에 유행한 향수가 무엇이었는지, 그 음악이 언제 유행했는지를 알 수 있는 것처럼.

유통기한이 없는 와인은 그 품질에 따라 빈티지로 승격이 되기도 한다. 옷에서도 마찬가지다. 아주 잘 만들어진 옷은 시간이 지날수록 소비자들에게 인정받으며 더 비싼 가격에 팔리기도 한다. 나 역시 좋은 품질의 유통기한 없는 와인을 만들듯 좋은 옷을 만들어 품위 있는 빈티지로 대접받고 싶다.

너무 급하게 가지 마, 형

가로수 길에 있는 카페 '별' 은 정일이 형이 주인이다. 그곳에서 승범이(류승범)와 석태 형을 만났다. 그날따라 승범이는 아주 밝은 얼굴을 하고 앉아 있었다. 승범이와도 옷 때문에 친해진 경우였지만 만나기는 클럽에서 처음 만났고 서로 옷에 대한 얘기를 하면서 친해진 사이다. 승범이도 브랜드를 론칭하느라 준비하는 와중에 내가 존경스럽다는 생각을 하게 됐다고 했다. 아무렴 내 십 년의 노하우, 발로 뛴 노하우를 어찌 따라올 수 있겠는가. 나는 우쭐해졌다.

"승범아, 오늘 기분 좋은 일 있니?"

"어, 우리 형(류승완 감독)이 수련원에 가보라고 해서 나 석태 형이랑 같이 3박4일 동안 거기에 가 있다가 오늘 나왔거든. 그랬더니 세상이 너무 아름답고 즐거운 거야. 내가 그냥 살아 있는 것 그것만으로도 너무 행복해."

"석태 형은 어땠어?"

"어, 아주 좋았지. 범석아, 너도 한번 가봐. 너 그렇게 힘들게 사는 게 과연 잘 사는 길인지 생각해보게 될 거야."

우린 별에서 나와 근처 승범이 집에 가서 맥주 한잔을 하기로 했다. 난 요즘 승범이가 조금 안쓰러웠다. 영화배우가 일 년 동안이나 영화를 안 찍고 있으니 슬럼프인가 걱정이 되기도 했고 저러다가 지치지나 않을까 염려도 됐다. 그러나 승범이는 오히려 담대했다.

"내가 그렇다고 이것저것 아무거나 할 수는 없잖아. 움츠리고 있는 거야. 더 멀리 뛰려구."

그리고는 수련원에서의 얘기들을 늘어놓았다.

"형, 거기 가면 힘든 일이나 고통을 털어놓는 시간이 있거든. 그런데 거기서 사람들이 나한테 물어보는 거야. 넌 누구냐. 저요? 전 류승범인데요. 넌 누구냐고. 음…… 전 영화배우 류승범이라고 하는데요. 이렇게 자꾸 니가 누구냐구 계속해서 물어보는데 할 말이 없더라구. 그래서 전…… 음…… 모르겠어요, 라고 말했어."

실상 새로운 얘기는 아니었지만 나를 다시 돌아보게 하는 의미있는 질문이었다. 너는 누구냐. 나는 최범석이다. 그러니까 너는 누구냐고. 제너럴 아이디어 브랜드를 갖고 있는 디자이너 최범석이다. 그러니까 너는 누구냐고. 음…… 나도 모르겠다.

"난 내 이야기를 했어. 그리고 석태 형도 석태 형의 힘든 이야기를 했고. 그런데 석태 형 다음 사람의 얘기가 우리를 창피하게 만드는 거야. 여자였는데 자기는 소아마비 장애인인데 어려서부터 가족들이 장애인이라고 가족 취급을 안 해주고 구박하다가, 나중에는 그냥 차 사고로 조금 다쳤다고 속여서는 늙은 장교한테 팔아 넘기듯 했다는 거야. 그리고 그 남자는 시간이 지날수록 그 여자를 마치 군대의 부하처럼 대하면서 군기 잡는다고 신체적으로 정신적으로 괴롭히고 심지어는 성적으로도 괴롭힌다는 거야. 그런데 이것보다 더 험한 사람들도 있어. 겉모습은 멀쩡한데 도벽이 너무 심한 사람, 사회적으로 제법 잘나가는 사람인데도 정신적인 문제가 심각한 사람…… 여하튼 그들의 이야기를 듣고 있는데 듣는 것만으로도 내가 다시 태어난 것 같더라니까. 심지어 나 오늘 거기서 나와 압구정동을 지나는데 익숙한 모습을 보는 순간 갑자기 눈물이 다 나오더라고. 난 정말 행복한 사람인 것 같아서 말이야."

"야, 그건 좀 오바다."

"아니야, 형. 정말이야. 내가 형을 정말 좋아하고 사랑해서 하는 이야기인데 섭섭하게 듣지는 마. 너무 급하게 가지 마, 형. 우리 안정적으로 가자. 어차피 목적지는 하나야. 행복하게 사는 거."

승범이의 말이 고마웠다. 하지만 내 모습이 행복하지 않게 비쳐진 것 같아 마음에 걸리긴 했다. 난 즐겁고 행복한데 사람들은 내가 너무 힘들 거라고 생각한다. 그렇게 말하는 사람들은 혹시 자기가 그러지 못해서 나를 그렇게 보는 건 아닐까라고도 생각해보곤 한다. 마치 내가 그러하듯.

내가 전에 큰 형한테 이런 얘기를 했었다.

"형, 윤서도 이제 학교 가니까 형도 돈 좀 더 벌어야겠다. 형이 조금만 더 하면 돈 더 벌 수 있지?"

"그럼 그럴 수 있지."

"형, 그럼 그렇게 해봐."

그런데 형은 내 입을 막았다.

"범석아. 왜 넌 모두를 너처럼 생각하니. 난 지금 가진 것만으로도 행복해. 조금 아껴서 내 와이프와 윤서와 이대로 사는 게 가장 행복해. 넌 잘 모를 거야."

그때에도 나는 내가 내 입장에서만 형을 판단했구나 생각했었다. 지금 승범이가, 그리고 내 주변의 사람들은 자신들의 입장에서 나를 본다. 그리고 그들의 그런 시선 덕분에 나 역시 나를 돌아보게 된다.

행복, 목표, 속도, 종착역. 이런 말들이 한꺼번에 엉켜 머리가 복잡해져 왔다.

돈을 많이 번 적도 있었지만 돈만 보고 살아온 건 아니었다. 뭔지 모르는, 전혀 알지 못하는 어떤 힘에 끌려서 여기까지 왔다. 내가 해보고 싶고 이뤄보고 싶고 싸워보고 싶은 것. 그것이 무엇인지 알아낼 때까지 나는 끝까지 싸울 것이다.

엄마와 시집

아버지는 술만 드시면 나에게 이런 말씀을 하신다.

"범석이가 이렇게 잘 됐는데……."

아버지는 한숨을 쉬시고는 또 이렇게 말씀하신다.

"니가 공부를 안 했는데도 이렇게 잘 됐는데 내가 널 공부를 더 시켰더라면 얼마나 더……."

말을 못 이으시고는 당신이 돈을 못 벌어서라며 자책를 하신다.

그럴 때 난 아버지에게 그런 말을 한다.

"아버지, 아버지가 절 학교에 보내서 모범생으로 키우셨으면 전 지금 이 자리에 없었을 거예요. 아버지가 살아남는 법을 가르쳐주셨어요. 전 이제 어떻게든 어디서든 살아남을 것 같아요. 이제부터라도 열심히 공부할게요."

다들 우리 엄마는 세련되고 예쁠 거라고 생각한다. 그런데 정작 우리 엄마는 룩이 꽝이다.

그럴 수밖에 없다. 우리 사 형제를 키우느라 일만 하셨으니 자기 관리할 시간은 없었던 것이다. 엄마는 일과 가족밖에 몰랐다. 자신을 돌볼 틈이 없었다. 물론 지금은 일을 안 하시지만 그렇다고 요즘 엄마들처럼 자신을 위해 시간을 투자하지도 않는다.

우리 엄마는 루이비통도 버버리도 모른다. 내가 50만 원짜리라고 하면서 백을 선물하면 아들이 밖에서 거짓말만 배웠다고 하시는 그런 분이시다. 그나마 아들이 디자이너로 조금 유명해지니까 이제야 내 말을 믿으시는 것 같긴 하다.

그러다가 가끔 내가 백을 사다 드리면 옷 만드는 아들이 사다 주는 거니 어련히 좋으려니 생각하시고 장농에 넣어두신다. 일 년에 한두 번 정도 가지고 나가시는 것 같다. 그것도 불편하신지 형수님의 손에 넘기기 일쑤다. 그렇듯 아끼고 소중히 생각하시는 건 언제나 당신 소유가 아니었다.

엄마는 삼십 년 넘게 떡장사를 하셨다. 지금은 내가 못하게 해서 떡장사를 하시진 않는다.

내가 아는 엄마는 일할 땐 수퍼맨이었고 좋은 이야기를 들려줄 땐 신사임당이었다.

엄마가 떡장사를 하셔서 내 별명 중 하나가 최석봉이었다. 게다가 떡집 이름도 엄마가 날 하도 업고 다니셔서 '범석 떡집' 이었다. 우리 가족의 늦둥이 진석이 때문에 떡집 이름이 진석 떡집으로 바뀔 뻔하기도 했지만 말이다. 엄마는 아들들을 위해 평생 떡을 만드셨다. 그런 엄마에게 내가 할 수 있는 건 맛난 거 사드리는 거랑 옷 선물하는 게 전부다.

엄마는 떡이나 음식 만드는 거 말고도 다른 재주가 있으시다. 내가 어릴 때부터 신문이나 책에서 좋은 글을 찾으면 읽어주거나 찢어주셨던 엄마는 시 쓰는 것을 좋아했다. 생활은 힘들어도 항상 즐겁게 살 수 있었던 에너지원이 바로 시를 생각하는 마음이 아니었나 싶다.

엄마는 좋은 시를 쓰면 나에게 낭독을 해준다. 좋은 시상이 떠오르면 시를 쓰고 그림을 그려 그걸 액자에 넣어 자기만의 공간이나 구석에 수

줍게 놓아두신다. 어떨 땐 구청에서 하는 대회에 몰래 나가셔서 입상을 하기도 하셨다. 그래서 나는 우리 엄마를 소녀 시인이라고 한다.

엄마는 보기에는 나이 든 아주머니지만 목소리는, 특히 시를 낭독할 때의 목소리는 정말 소녀 같다. 고생을 해서 많이 늙으셨지만 목소리는 항상 어린 소녀 그대로이다. 친구들이 집으로 전화하면 전화를 받는 엄마 목소리를 듣고 항상 누구냐고 물어볼 정도였으니까.

시를 쓰며 자신의 감성을 잃지 않던 엄마도 네 아들 앞에선 누구보다 강했고 무서웠다. 그런 엄마가 그날은 내 앞에서 눈물을 보이셨다. 내가 책을 내드리겠다고 말씀드린 날이다. 당신이 책을 내는 꿈을 이룰 수 있어서일까? 엄마를 위해서 책을 내드리겠다는 아들이 그만큼 대견해서일까? 상대방이 소중하게 생각하는 걸 알아주는 마음만큼 귀하고 값진 건 없다는 생각이다. 엄마의 마음을 헤아려주는 것, 그것이 엄마의 눈물을 보이게 했고 그것을 본 나는 힘을 얻었다.

이전에 선물했던 값 비싼 옷들을 다 합친 것보다 더 값진 엄마의 시집. 내가 그만큼의 기쁨을 엄마에게 드렸다는 것에 스스로 대견하기도 했고 엄마가 진정 원하는 것들에 내가 조금이나마 다가간 것 같아 기쁘기도 했다.

정일이 형

나이를 먹고 상황이 달라지면서 내가 부러워하는 사람 역시 바뀌었다. 어린 시절에는 내가 가지지 못한 부를 가진 사람이 부러웠다. 사고 싶은 것 마음대로 사서 쓰고 친구들에게도 인심을 베풀 수 있는 씀씀이를 동경했다. 친구들끼리 모이면 항상 술값을 내는 친구가 있었는데 "나도 돈을 많이 벌면 저렇게 멋지게 돈을 내야지." 하는 생각을 많이 했다.

그런데 돈을 좀 벌어보고 나서는 유명세가 부러웠다. "사람들이 저렇게 알아주면 얼마나 좋을까. 여기저기서 후원해주고 공짜로 얻는 것도 많고……."

시간이 지난 지금 조금 유명해진 나는 이제 다른 것을 부러워한다.

출장이건 여행이건 가방을 싸서 낯선 곳으로 가는 건 항상 즐겁다. 누구라도 그러할 거라고 생각했다. 그러나 그렇지 않은 이가 있었다. 언젠가 정일이 형과 유럽 출장을 간 적이 있다. 일주일 정도의 여정을 마치고 네덜란드에 도착한 날이었다. 일행들과 나가서 술이나 한잔 하자고 했는데 정일이 형은 호텔에 있겠다고 했다.

"나가자, 형. 그 동안 힘들었는데 술이라도 마시면서 좀 풀어야지."

"아니야. 너희들끼리 나가. 난 전화할 데도 있고……."

"전화하고 나가면 되지. 얼른 해. 기다려줄게."

"너희가 술 먹고 놀듯이 나도 전화하면서 놀 거란 말이야. 금방 끊을

게 아니라서."

결국 나도 방에 남아 형이 통화하는 모습을 보게 됐다. 그런데 형의 그런 모습은 처음 보았다. 형은 형수와 아들 치규와 딸 빛이와 그 동안 집에서 있었던 일도 듣고 형에게 있었던 일들도 이야기하면서 세상에나! 슬쩍 눈물을 보이는 거였다. 매일같이 통화를 했으면서도 저렇게 할 얘기가 많을까 싶으면서도 문득 내가 참 외롭다는 생각이 들었다. 내가 가지지 못한 것, 형은 사랑하는 가족이 있었다. 잠깐의 헤어짐이지만 서울에 남겨두고 온 아이들과 아내가 보고 싶어 틈날 때마다 사진을 꺼내 보던 그의 모습이 얼마나 다정하고 간절했던가를 떠올렸다. 순간 나에게도 그런 상황이 올까 하는 생각이 들었다. 지금의 나로서는 매우 낯선 설정이지만 나 역시 결혼을 하고 가정을 이루고 싶기에 형의 눈물이 잔상으로 오래 남았다.

한때 정일이 형이 동대문을 나온 뒤, 숍을 차려놓고는 방황한 적이 있었다. 거의 일 년 동안을 매일같이 술을 먹고 일도 게을리 하면서 차츰 형의 생활도 사업도 흐트러지고 있었다. 그런 모습을 일 년이라는 시간 동안 지켜보고, 기다리다가 마침내 형수가 한마디 했다.

"당신이 가진 힘의 10퍼센트만 발휘해도 이 모습은 아닐 거라고 생각해."

이 한마디에 형은 다시 정신을 차리고 미친 듯이 열심히 일을 했다. 나는 형수처럼 이렇게 현명하고 똑똑하게 사랑할 줄 아는 여자와 가정을 꾸리고 싶다. 그렇다면 일을 하면서도 힘들기보다는 행복할 테고, 또 외롭지 않을 수 있을 것 같다.

유통기한이 없는 와인은 그 품질에 따라 빈티지로
승격이 되기도 한다. 옷에서도 마찬가지다.
나 역시 좋은 품질의 유통기한 없는 와인을 만들듯
옷을 만들어 품위 있는 빈티지로 대접받고 싶다.

승연이 누나

오래 전에 승연 누나(이승연)가 좀 이것저것 안 좋은 상황에 있을 때가 있었다. 난 그때 누나를 만났다. 승연 누나는 알다시피 예쁘다. 그러나 처음 봤을 때는 그렇게 예쁜 줄을 몰랐다. 사람이 처한 상황은 숨길 수가 없는 것 같다. 애써 밝아 보이려 하고 아무 일 없는 듯 행동했지만 얼굴 한편에 드러나는 듯했다.

어느 여름날, 승연 누나는 자기가 이번에 동대문에서 장사를 하려 하는데 이것저것 알려달라며 그녀의 디자이너들과 나의 작은 사무실로 쳐들어왔다. 내가 도와줄 수 있는 건 원단 거래처나 생산업체 등 약간의 정보가 전부였다. 여하튼 그렇게 난 승연 누나와 친해질 수 있었다.

나 역시 보통사람들처럼 그녀와 깊은 얘기를 나누기 전까지는 그녀가 그렇게 매력이 있는지 몰랐다. 그 전에는 그냥 생각보다 약지 않은, '여우과' 가 아닌, 예쁜 여자연예인 정도로만 생각했었다. 그런데 알면 알수록 놀라운 건 그녀가 의리파라는 사실이다. 난 아주 조금 그녀의 의류사업 론칭을 도와준 거였는데 그녀 역시 내게 일이 있을 때마다 이것저것 도와주었다.

내가 무슨 컬렉션 발표나 전시를 주최하면 자기가 팔 걷고 나서 연예인을 섭외하고 친구들을 불러 힘이 돼주고 언제나 스케줄을 빼서라도 달려와준다.

승연 누나는 멋지다. 그녀는 항상 다른 사람들의 고통을 같이 덜어주려 하고 같이 수다를 떨어주는 맘 좋은 포장마차 주인아줌마 같다.

난 그래서 항상 내가 힘든 일이 있으면 승연 누나에게 수다를 떨며 고통을 줄이고 기쁜 일이 있으면 누나에게 알려 나의 기쁨을 더 크게 한다. 그녀는 이야기를 들어줄 줄 아는, 그리고 함께 나눈 이야기를 가치 있게 여기게 만드는 사람이다.

승연 누나는 연예인이기 이전에 일등과 꼴등을 다 해본 보통 사람이다. 아주 힘든 시기가 있었기에 사람들의 소중함을 아는 것 같다. 나 역시 누나를 통해서 사람의 소중함도 알았다. 세상에 돈이나 명예나 인기는 소모되는 것이지만 옆에 있는 사람은 소모되는 게 아니라 더 쌓인다는 생각을 갖게 해주었다. 세상에 모든 걸 잃어도 내 옆에 내가 사랑하는 사람과 나를 사랑해주는 사람만 있다면 두려울 게 없다는 것도.

현민이 형

현민이 형은 청담동에 '팔레 드 고몽' 이라는 레스토랑을 구 년째 운영하고 있다. 얼마 전에는 새로 이태리 레스토랑 겸 와인 바를 오픈해 맛있는 저녁을 얻어먹기도 했다.

현민이 형은 내가 자랑스럽다며 자주 격려를 해준다. 마찬가지로 나 역시 형이 자랑스럽다. 형은 재주가 많은 사람인데 자기가 가야 할 길을 제대로 파악하고 한 길로만 매진한다. 팔방미인들의 특성이 그렇듯이 이것저것 손을 댔다가 실패를 보는 시행착오를 겪지 않은 사람, 그 사람이 현민이 형이다.

형은 원래 김치찌개를 좋아하는, 치즈도 못 먹던 사람이었다. 그러다 어느 날 프렌치 레스토랑 만들 거라고 하더니 팔레 드 고몽을 지금과 같이 대표적인 프렌치 레스토랑으로 만들어놓았다. 물론 그 과정이 쉽지는 않았을 것이다. 어떤 우여곡절이 있었는지는 모르지만 중요한 건 그가 이뤄냈다는 것이다.

영화연출을 전공하고 그냥 청담동에서 한량처럼 지내다가 뭐에 꽂혔는지 달려들어서 인테리어 소품 하나하나까지 디자인을 해서 뚝딱뚝딱 가게를 만들고 성공을 했다.

어느 날은 한껏 고무되어 나타나서는 자랑을 한다.

"범석아, 에르메스 회장님이 한국에 왔는데 고몽 극찬을 하고 갔어. 나한테 한국 에르메스 매장의 레스토랑을 맡아달래."

그는 사람들이 인정해주는 힘으로 살아간다. 그것은 나 역시 마찬가지다.

어떤 사람은 팔레 드 고몽의 음식이 비싸다고 얘기하기도 한다. 하지만 그가 쏟은 열정과 에너지의 값이 그보다 덜하다고 생각하지 않는다. 어차피 가격의 정당성은 시장에서 매겨주는 것이고 공급자는 자신 있는 만큼을 요구하는 거니까. 건방지다 싶으면 소비자가 평가를 해주겠지. 나 역시 그런 마인드로 작업을 하고 쇼를 준비한다. 이런 자신감은 단순히 젊은 패기가 아니라 나에 대한 투자이자 나와의 싸움을 위한 동력이다.

제로 베이스

"어쩌면 그렇게 책을 빨리 봐요?"

나랑 같이 외국출장을 가 서점에서 같이 있어본 사람들의 얘기이다. 난 책을 좋아한다. 책에서 많은 걸 얻고 그걸 이용해 디자인에 활용하는 경우가 많다.

책을 많이 보는 이유 중 또 하나는 학교에서 패션의 기본을 공부한 전공자가 아니라는 콤플렉스 때문이다. 콤플렉스는 다른 사람들이 배울 때 난 안 배웠다는 거다. 그렇다고 놀며 시간을 보내진 않았다.

다른 이들이 일상적으로 얘기하는 것들 중에도 모르는 게 많았다. 예를 들어 난 컨템포러리 아트가 무엇인지 팝아트가 무엇인지 오뜨꾸뛰르, 프레따포르떼가 무엇인지 잘 알지 못했다. 그리고 알고 싶어도 물어볼 사람이 없었다. 물론 자존심 때문에 안 물어본 것도 있었다.

그러고 보면 난 자신감만 누구에게도 뒤지지 않을 뿐, 제로 베이스의 아이였다. 베이스가 없었기에 많은 걸 받아들이기가 쉬웠던 것 같다.

여러 종류의 책을 통해 많이 보고 많이 느끼는 게 나에게 가장 맞는 '콤플렉스를 이기는 법'일 거라 생각했다.

처음에 책을 보기 시작할 때는, 비싼 책들은 사지 않고 서점에서 보든가 그냥 기억에 담아놓든가 했었다. 그러나 요즘엔 책값에 그리 인색하게 굴지는 않는다. 내가 어쩌다가 책을 30만 원어치 구입했다고 하면 많은 사람들이 무슨 책이 그렇게 비싸냐며, 나보고 부르주아냐고 얘기들을 하는데 물론 30만 원은 크다면 크지만 작다면 작은 돈이다. 그것이 어디에 쓰여지느냐에 따라서 클 수도 있고 작을 수도 있다는 이야기다.

보통 재킷이 30만 원이라 하면 좋은 브랜드에서는 그리 비싼 건 아닐 것이다. 그런데 아주 좋은 책 30만 원은 아주 비싸다고 생각하는 것 같다.

30만 원으로 책을 사서 그냥 책장에 모셔놓고 먼지만 쌓이게 한다면 아주 비싼 거겠지만 30만 원을 온전히 내 것으로 만들어 3천만 원의 가치를 만들어낼 수 있다면 2970만 원의 가치에 대해 감동하고 감사하지 않을 사람이 있겠는가.

난 지금의 나 자신을 판단해볼 때 책의 가격을 따지기 전에 책이 주는 정보를 무엇이든 스펀지처럼 빨아들여야 한다고 생각한다.

'제5원소' 라는 영화를 본 적이 있는데 마지막 장면에서 밀라 요보비치가 평화와 전쟁 등 지구 역사 전체를 짧은 시간에 다 보고 입력시키는 장면이 있다. 난 그런 느낌으로 책을 본다. 내가 보는 책들은 글이 많은 책들이 아니다. 나는 글을 읽기보다는 비주얼을 보고 나만의 느낌으로 이해한다.

나쁜 버릇이기도 하지만 좋은 버릇이기도 하다. 글을 읽음으로써 얻게 되는 사고의 깊이나 정보의 전문성은 떨어지더라도 대신 다른 사람보다 많은 종류의 책을 봄으로써 더 넓고 빠르게 문화를 이해하고 새로운 문화를 만들 수 있다고 생각한다.

기억하리라, 사랑하리라

난 엄마를 닮아서 너무 낙천적이다. 매사에 긍정적인 편이라 주변 사람들도 내 어두운 낯을 본 적이 없다. 그래도 아주 가끔 내 얼굴이 어둡다 싶으면 주변 사람들은 걱정을 한다.

디자이너로 자리를 잡아가고 사람들과의 미팅이 많아지면서 신경 쓸 일들도 많아지고 감정의 기복도 커졌다. 사업을 확장하면서 기쁠 때도 많았지만 일이 많아지고 사람들의 기대가 부담스러워지면서 마음이 편치 않을 때가 많았다.

"내가 왜 이걸 시작했을까? 차라리 동대문에서 장사하는 게 편하고 쉬웠을 텐데……."

시간이 없어 친구들도 못 만나고 잠도 많이 못 자고, 매일 피곤에 찌든 날들의 연속인데 과연 이 많은 일들이 나에게 무엇을 가져다주는 걸까.

가장 힘이 드는 건 경영이다. 옷을 만드는 건 즐거운데 수입과 지출을 맞추고 회사를 운영해 나가는 일은 늘 사람 진을 빼놓는다. 그러다 보니 어느새 매일 술을 마시고 하루를 마감하는 버릇이 생겨 있었다. 사람들은 나에게 알코올 중독이라며 걱정을 하고 조심시키려 했지만 마감 때 먹지 않으면 집에서 혼자라도 술을 마셨다.

술을 마시지 않으면 생각이 꼬리에 꼬리를 물어 나만의 세상으로 빠져들어간다. 내가 하고 싶은 작업들이 떠올라 한번 머릿속에서 맴돌기 시작하면 잠을 이룰 수가 없다. 그래서 술을 마시고 잠을 청한다. 지인들은 알코올 중독을 의심해볼 만하다며 술을 줄이라고 얘기하지만 우선 술을 먹어야 잠이 오고 즐거운 기억들을 떠올릴 수 있기에 끊기가 어렵다. 하루는 내가 좋아하는 안티 에이징 병원의 원장인 명진이 형한테 이야기했다.

“형, 나 어제도 술 정말 많이 먹었다. 그런데 그렇게 많이 먹으면 다음날 기분이 아주 좋아져. 여유도 생기고. 왜 일까?”

“범석아, 넌 그냥 술 담배 해. 그게 니가 스트레스를 푸는 방법일 거야. 끊어야지 하면서 스트레스 받느니 차라리 그냥 하는 게 나아.”

난 내가 술을 안 마시면 안 되는 이유가 기억과 맞물려 있는 것 같다.

인간의 기억은 아주 간사해서 기억하고 싶은 것들만, 그리고 좋았던 기억들만을 하게 되어 있다. 술 마시면 슬퍼지는 사람도 있다고 하지만 난 술을 마시면 항상 즐거운 기억, 좋은 기억들만 떠오른다. 전에 사귀던 여자친구도 생각나면서 그 친구의 정말 좋았던 점, 서로에게 잘했던 점 같은 따뜻한 기억들이 떠올라 행복해진다.

그리고 여행을 하면서 즐거웠던 일, 많이 자극 받았던 일, 그리고 다시 그 자리에 가면 만나고 싶은 사람들 생각이 나서 저절로 웃는 얼굴이 되어 있는 자신과 만나게 된다. 술로 인해 내 몸의 온도도 영향을 받겠지만 내 기억의 온도도 많은 영향을 받는 게 분명하다.

그러므로 나는 계속 기억을 해야겠다. 그냥 두면 공중으로 날아가 흩어져버릴 것 같은 그 소중한 것들을 좀 더 적어나가고 좀 더 곱씹고 그래야겠다.

기억을 계속하는 한, 나는 발전할 테니까. 기억을 하는 한, 절대로 그 자리에만 머물러 있지 않을 테니깐.

최범석의 드림 플랜

이 글을 쓰며 내 과거를 돌아보게 된 경험은 정말 소중했다. 뒤를 돌아보고 나서야 나는 내가 가야 할 길을 더욱 분명히 찾았다. 사실 처음 책을 만들자는 제의가 들어왔을 때, 나는 나이가 많지 않아서 그다지 자서전의 형태의 책을 내고 싶지는 않았었다. 혹시 여행책 정도라면 모를까. 그러나 일단 내 느낌대로 그 당시 느꼈던 감정들을 조금씩 기록하고 돌아보다 보니 잊고 있었던 나의 모습들이 눈에 들어왔다. 오래 전에 내가 살던 방식이나 그때의 힘들었던 감정, 그리고 그것을 넘어서기 위한 애썼던 모습들…… 그리고 그 무엇보다 나의 '태생'을 다시금 확인하게 되었다. 난 내가 날 때부터 압구정이나 청담동에서 사는 패션 디자이너인 줄 아는 착각 속에 빠져 있었던 것이다.

이 글을 쓰면서 전보다 약해진 나, 전보다 약아진 나를 보았다. 세상을 모두 얻은 것 같은 충만함으로 살고 있는 나태한 내 모습을 보았다. 그리고 이제부터라도 내가 정말 원하는 것이 무엇이며 어떻게 살아가야 할지에 대해서 생각해보게 되었다. 나의 미래에 대해서…….

지금의 이 상태에서 어떻게 발전을 해나가야 하는가가 가장 큰 걱정이다.

바로 앞의 일들만, 바로 앞의 프로젝트만 생각해왔었다.

바로 다음 시즌의 일로 고민하고 그걸 성공적으로 해결하고 나면 조금은 허무해지고 또 바로 다음 프로젝트를 만들고 그렇게 나의 에너지를 소비하고…… 그렇게 지내오면서 잘 사는 것인 줄 스스로를 위로해 왔다.

그러나 이제 '최범석 드림 플랜'을 만든다.

5년 후엔 무엇이 되리라, 4년 후엔, 3년 후엔, 2년 후엔…… 이렇게 장기적인 목표를 세우고 거꾸로 거슬러 내려오며 세부적인 계획을 세우니 무엇을 준비하고 배워야 할지 감이 잡힌다. 무엇보다 눈앞의 작은 숙제에 대한 해결방안이 아닌 멀고 큰 목표를 위한 과정이라고 생각하니 그것 자체가 즐겁고 유쾌하다.

그 목표가 달성됐을 때를 상상하며 지금 순간의 고통과 어려움을 이겨낼 것이다. 그래야 내가 산다. 해내지 못하면 화병으로 죽을지도 모르니까.

그렇게 달리고 또 달린다.

리사 • 이번에 파리에 '아메리칸 아이돌' 같은 방송을 하는데 거기에 나온 사람들 전부가 제너럴 아이디어 입고 나온 거 알아요?

범석 • 아니요, 그런 방송도 있어요?

리사 • 그럼요. 지난번 우승자가 아주 인기가 있었는데 그 사람이 범석 씨 옷을 입고 나와서 시청자들 반응이 아주 좋아요.

범석 • 고마워요. 매번 도와주셔서…… 그런데 파리에 다른 방송은 별론가 봐요?

리사 • 네. 지금 파리의 드라마나 영화는 미국 매체에 밀려서 파리 자체 드라마는 아무도 안 봐요.

범석 • 파리도 미디어는 미국에게 빼앗겼네요. 프랑스의 깊은 문화가 미국의 상업 문화에 밀려버리다니 아쉽다. 프랑스마저 미국의 문화 전쟁에 흡수가 되어버리면…… 난 미국 별로 거든요. 참! 혹시 제가 파리 컬렉션에 참가할 수 있을까요?

리사 • 정말요?

범석 • 아니, 이번에 그쪽 바이어들 만나고 나니까 힘도 좀 생기고 또 쁘랭땅이나 봉 마르쉐 같은 파리 백화점에서 리오더도 들어오고 하니까 욕심이 생기네요. 그냥 한번 바잉하는 게 아니라 다시 오더를 한다는 것은 반응이 있다는 이야기잖아요. 그리고 이제 좀 알 것 같아요. 그냥 내 감정대로만 옷을 만드는 게 아니라는 걸. 이젠 어디에서 어떻게 절제해야 하는지도 알 것 같아요. 여태껏 그걸 모르고 계속 나 잘난 맛에 옷을 한 게 아닌가 싶어요.

제가 그렇게 우리 직원들한테 '디자인은 커뮤니케이션' 이라고 외치면서도 정작 제 자신은 혼자서만 소통을 해온 듯해요. 그리고 이제 조금은 자신이 있어요. 전에는 정말 두렵고 과연 할 수 있을까 나 자신을 의심하면서 꿈만 꿨는데 이제는 그 꿈을 현실로 만들고 싶어요. 내년 컬렉션을 준비하려구요.

리사 • 잘 생각했어요. 범석은 잘 할 수 있을 거예요.

범석 • 참, 욱준이(론커스텀 디자이너 정욱준) 형 이번에 파리 컬렉션 나가거든요. 정말 잘 됐으면 좋겠어요. 이번에 스케줄도 아주 잘 받았대요. 저녁 8시래요. 너무 잘 됐죠. 사실 좀 부럽기도 하고, 자극이 되기도 해요. 나도 빨리 하고 싶다는 마음이 마구 들어요. 그저께 욱준이 형한테 전화해서 '너무 축하해. 형은 한국 남성복의 희망이니까 가서 정말 잘하고 와. 나도 기도할게'라고 이야기했어요. 형은 좀 부끄러워 했는데 그래도 목소리엔 자신감이 있더라구요. 아주 듣기 좋았어요. 욱준이 형이 먼저 잘해놓으면 후배들도 얼른 욱준이 형 보고 따라갈 수 있잖아요. 물론 내가 형 다음으로 해내고 싶지만 말이죠. 참, 그래서 말인데…… 제 파리에서의 무대 데뷔가 가능할까요.

리사 • 가능할 거예요. 범석 씨 옷은 벌써 파리에 있는 주요 백화점에는 다 들어갔잖아요. 물론 수량이 그리 많은 건 아니지만 컬렉션도 하기 전에 파리 주요 백화점에서 바잉을 했다는 건 대단한 가능성이 있다는 거죠. 파리에서의 리테일 스토어 진출 내용과 한국에서 여덟 번 패션쇼를 했던 것을 자료로 보내면 파리 컬렉션 참가는 충분히 가능할 거예요.

범석 • 정말요? 그럼 저, 바로 준비 들어갑니다! 정말 파리에서 주눅 들지 않고 파리 아이들보다 잘 만들어서 보여주고 싶어요. 그럼, 리사는 언제 파리로 돌아가세요?

리사 • 4월 말에 가요.

범석 • 그래요, 그럼 가셔서 우선 저 내년에는 파리 컬렉션 할 수 있을지 좀 알아봐주세요.

리사 • 그럴게요. 파리 컬렉션은 홍보도 연출도 정말 중요하거든요. 그리고 객석에는 어떤 사람들이 와서 보느냐도 그리고 어떤 매체에 기사가 실리느냐도 아주 중요해요. 지금 범석 씨 파리 잡지에도 조금씩 실리기 시작하고 있으니까, 쇼 한다고 하면 관심들 많이 가져줄 거예요. 제가 쇼 연출 잘하는 친구도 알고 있고…… 저도 홍보 많이 할게요.

범석 • 너무 고마워요. 그리고 아시죠? 저 절대 한 번 하고 말 거 아니라는 거. 정말 잘해보려구요. 처음엔 힘들겠지만 계속 부딪쳐보려구요. 리사가 많이 도와주세요.

리사 • 네, 잘해봐요. 우리.

리사와 헤어진 후 다시 사무실로 들어가는데, 내 어깨에 힘이 잔뜩 들어갔다. 이제 나의 꿈을 실현시킬 수가 있겠다. 기뻤다. 무엇보다 내 안에서 또 만들어지고 있는 열정, 그것으로 충분하다.

여기서 멈춰서 있지 않을 것이기에.

special thanks to

내가 이 자리에 이렇게 있을 수 있게 만들어주신 사랑하는 부모님과 형제들,
항상 늦은 근무에도 불평 불만 없이 열심히 일해주는
우리 제너럴 아이디어의 모든 스태프,
내 옆에서 항상 즐거움을 주고 잔소리를 해주는 진정한 벗 룩기 형,
마음으로 이야기하는 수영이 형,
항상 범석이 건강을 챙겨주고 10년간 밥을 사준다는 S클리닉 명진이 형,
〈바자〉 때부터 지금까지 항상 날 믿어주는 강주연 누나,
내 쇼라면 스케줄을 빼서라도 연출을 도와주는 esteem의 소연 누나,
이번 책에서 사진을 맘껏 쓰라며 격려해준 다모토리 승희 형님,
제너럴 아이디어와 최범석을 열심히 홍보해주는 apr 효진 누나와 스태프들,
최범석의 일이라면 자기 회사 일도 팽개치고 달려와주시는 이민경 이사님,
항상 날 믿어주고 같이 해주는 아우디의 연경과 퓨마의 이정희 실장님,
누나가 없는 내게 항상 누나가 되어주는 '재즈스토리'의 애균 누나와 홍수 형,
내 고민을 자기 고민처럼 걱정해주고 해결해주는 민열이 형,
그리고 항상 나의 외로움을 달래주는 친구 종민, 창규, 재윤, 영민, 호성,
내가 기억 못 하는 10년을 알려준, 10년을 함께 일한 희진이,
항상 응원해주는 현민이 형, 정일이 형, 성환이 형, 성현이 형, 석태 형, 연준이 형,
승연 누나, 애균 누나, 부산 3누님, 찰스, 승범, 빽가,
요즘 너무 즐거운 우리 t's 아이스하키 팀 친구들,
그리고 이 책을 만드는 데 첫 기획부터 끝까지 도와주신
이병률 실장님과 서영희 씨께 정말 감사드립니다.
모두와 함께 기쁨 나누고 싶어요.

그러므로 나는 기억을 해야겠다.
그냥 두면 공중으로 날아가 흩어져
버릴 것같은 그 소중한 것들을
좀 더 적어나가고 좀 더 곱씹고 그래야겠다.
기억을 계속하는 한, 나는 발전할 테니까.
기억을 하는 한, 절대로 그 자리에만
머물러 있지 않을 테니깐.

세상의 벽 하나를 빌리다

1판1쇄 2007년 5월 28일 | **1판7쇄** 2009년 6월 16일

지은이 최범석

펴낸이 김정순

기획 · 편집 서영희 이병률

사진협조 다모토리

펴낸곳 (주)북하우스 퍼블리셔스 | **출판등록** 1997년 9월 23일 제 406-2003-055호

주소 121-840 서울시 마포구 서교동 395-4 선진빌딩 6층

전자우편 editor@bookhouse.co.kr

홈페이지 www.bookhouse.co.kr

전화 (02) 3144-3123 | **팩스** (02) 3144-3121

ISBN 978-89-5605-189-5 03810

이 도서의 국립중앙도서관 출판시도서목록(CIP)은 e-CIP홈페이지(http://www.nl.go.kr/ecip)에서 이용하실 수 있습니다. (CIP제어번호 : CIP 2007001550)